UWE KLAUSNER

OPERATION WERWOLF

Blutweihe

EHRENKODEX Berlin im Juli 1941, knapp zwei Jahre nach Kriegsbeginn. Ein Serienmörder versetzt die Stadt in Angst und Schrecken. Die Opfer werden grausam verstümmelt und obwohl die Fahndung der Kripo auf Hochtouren läuft, ist ein Ende der »Operation Werwolf« nicht in Sicht.

Um den renitenten Kollegen bloßzustellen, wird Tom von Sydow, Ermittler bei der Mordinspektion Berlin, von seinem Vorgesetzten genötigt, den brisanten Fall zu übernehmen. Dank seiner Verbindungen zur Halbwelt gelingt es dem Ermittler dann auch bald, dem gewieften Psychopathen auf die Spur zu kommen. Dabei deckt er Verbindungen des Täters auf, die um keinen Preis nach außen dringen dürfen. Mit dem Ergebnis, dass Sydow nicht nur bei seinen Vorgesetzten, sondern auch bei Gestapo-Chef Heydrich ins Fadenkreuz gerät. Der Jäger wird zum Gejagten. Nicht lange, und Sydows Leben hängt am seidenen Faden.

Uwe Klausner wurde in Heidelberg geboren und wuchs dort auf. Sein Studium der Geschichte und Anglistik absolvierte er in Mannheim und Heidelberg, die damit verbundenen Auslandsaufenthalte an der University of Kent in Canterbury und an der University of Minnesota in Minneapolis/ USA. Heute lebt Uwe Klausner mit seiner Familie in Bad Mergentheim. Neben seiner Tätigkeit als Autor hat er bereits mehrere Theaterstücke verfasst, darunter »Figaro – oder die Revolution frisst ihre Kinder«, »Prophet der letzten Tage«, »Mensch, Martin!« und erst jüngst »Anonymus«, ein Zweiakter über die Autorenschaft der Shakespeare-Dramen, der 2019 am Martin-Schleyer-Gymnasium in Lauda uraufgeführt wurde.

UWE KLAUSNER

OPERATION WERWOLF

Blutweihe

KRIMINALROMAN

GMEINER

Immer informiert

Spannung pur – mit unserem Newsletter informieren wir Sie
regelmäßig über Wissenswertes aus unserer Bücherwelt.

Gefällt mir!

Facebook: @Gmeiner.Verlag
Instagram: @gmeinerverlag
Twitter: @GmeinerVerlag

Besuchen Sie uns im Internet:
www.gmeiner-verlag.de

© 2020 – Gmeiner-Verlag GmbH
Im Ehnried 5, 88605 Meßkirch
Telefon 07575 / 2095 - 0
info@gmeiner-verlag.de
Alle Rechte vorbehalten
1. Auflage 2020

Lektorat: Claudia Senghaas, Kirchardt
Herstellung: Mirjam Hecht
Umschlaggestaltung: U.O.R.G. Lutz Eberle, Stuttgart
unter Verwendung eines Fotos von: © ullstein bild
Druck: CPI books GmbH, Leck
Printed in Germany
ISBN 978-3-8392-2745-9

VORBEMERKUNG

Die Idee für den Roman entstand während der Lektüre von Sachbüchern zum Thema »Serientäter im Dritten Reich«, unter ihnen der als »S-Bahn-Mörder von Berlin« bekannt gewordene und des Mordes in acht Fällen für schuldig befundene Paul Ogorzow (1912-1941).

An der Fiktionalität der Handlung änderte dies jedoch nichts.

Die Namen der Mordopfer und der Ermittler aus den Reihen der Kripo Berlin wurden geändert.

Personen der Zeitgeschichte werden unter ihren angestammten Namen aufgeführt.

FIKTIVE CHARAKTERE

(alphabetisch)

Eberhard Derpa, Revierleiter

Paul Hanke, Polizeibeamter

Max Jakubeit, Unterscharführer des SD der SS

Erich Kalinke, Kriminalassistent und Sydows rechte Hand

Hertha Krause alias ›Bijou‹, Animierdame im Tanz-Kabarett »Kakadu«

Emil Leschek, genannt Hantel-Emil, Türsteher im Tanz-Kabarett »Kakadu«

Hagen Mertz, Kriminalobersekretär der Gestapo

Herbert Michalski, Kriminalassistent und stellvertretender Leiter der Spurensicherung

Adele Mürwitz, Pensionärin

Adolf Peschke, Frührentner

Erna Pommerenke alias ›Tante Lola‹, Grande Dame der
Berliner Halbwelt

Karl Prittwitz, Oberbahninspektor

Friedbert Schultze-Maybach, Sydows Vorgesetzter und
Leiter der Kriminalgruppe M der Kripo Berlin

Ava Schumann, Revue-Tänzerin

Tom von Sydow, Kommissar der Kripo Berlin

Theodor Wattke, Leiter der Spurensicherung

Heinz Wischulke, Sanitätsgefreiter

REALE CHARAKTERE

Reinhard Heydrich (1905–1942), Chef des RSHA

Heinrich Himmler (1900–1945), Reichsführer-SS, Reichsinnenminister und Chef der Deutschen Polizei

DIE BERLINER S-BAHN 1931

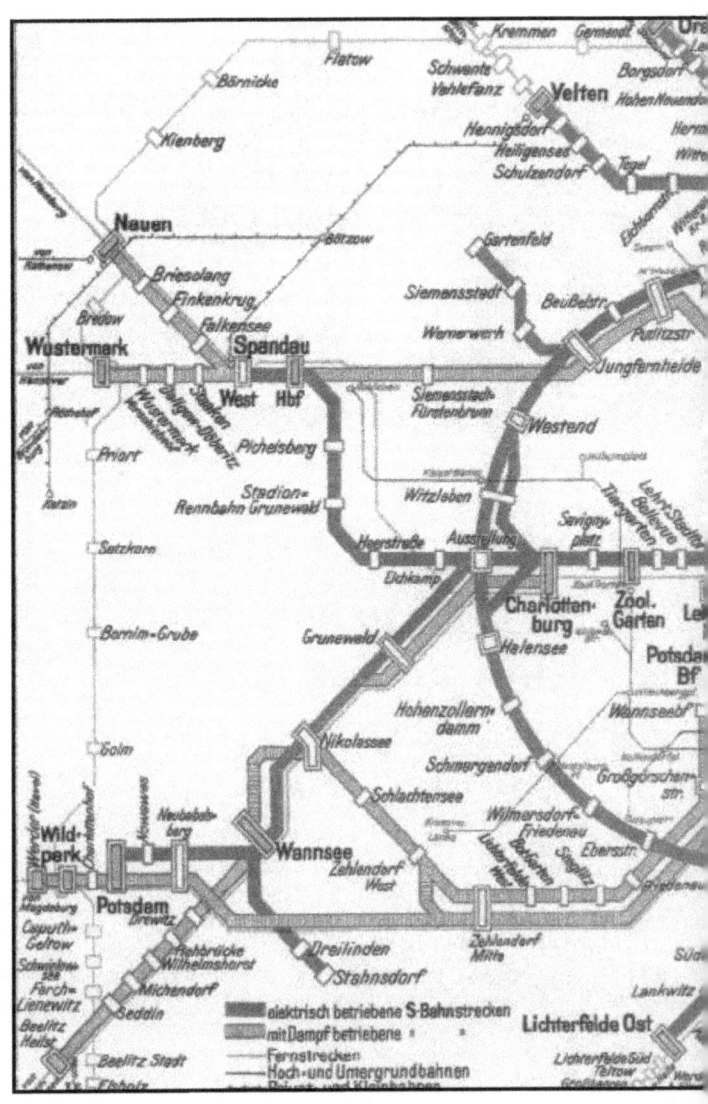

S
1931
BAHN

Basdorf
Bernau
Zepernick
Röntgental
Buch
Karow
Blankenburg
Pankow-Heinersdorf
Pankow-Schönhausen
Schönhauser Allee
Prenzlauer Allee
Weißensee
Landsberger Allee
Zentralviehhof
Frankfurter Allee
Frankfurter Allee
Lichtenberg-Friedrichsf.
Rummelsburg
Karlshorst
Treptow
Wuhlheide
Cöpenick
Hirschgarten
Friedrichshagen
Rahnsdorf
Wilhelmshagen
Erkner
Fangschleuse
Hangelsberg
Fürstenwalde

Ahrensfelde
Blumberg
Ahrensfelde Friedhof
Seefeld
Altlandsberg
Mahlsdorf
Fredersdorf
Strausberg
Petershagen
Rüdersdorf

Baumschulenweg
Oberspree
Schöneweide
Adlershof-Alt-Glienicke
Grünau
Eichwalde-Schmöckwitz
Zeuthen
Wildau
Königswusterhausen

Zossen
Spindlersfeld

Marzahn
Werneuchen

Schles. Bf
Görlitzer Bf

Alexanderplatz

ERSTES BUCH

BLUTWEIHE

»Die Nazi-Partei duldete keine kriminellen Banden neben sich. Sie machte Berlin zur Kommandozentrale von Verbrechen einer ganz neuen Dimension: der staatlich gedeckten Entwürdigung, Freiheitsberaubung, Ausplünderung und Ermordung von Millionen unschuldiger Menschen.«

(Michael Bienert / Elke Linda Buchholz, *Die Zwanziger Jahre in Berlin. Ein Wegweiser durch die Stadt*, Berlin 2018, S. 255)

KYRIE

Requiem aeternam dona eis, domine,
Ewige Ruhe gib ihnen, Herr,
Ad te omnis caro veniet.
Zu dir wird kommen alles Fleisch.

Kyrie eleison,
Herr, erbarme Dich,
Christe eleison,
Christus, erbarme Dich,
Kyrie eleison.
Herr, erbarme Dich.

(Wolfgang Amadeus Mozart, *Requiem in d-Moll* [KV 626])

»Polen hat heute Nacht zum ersten Mal auf unserem eigenen Territorium auch mit bereits regulären Soldaten geschossen. Seit 5.45 Uhr wird jetzt zurückgeschossen! Und von jetzt ab wird Bombe mit Bombe vergolten! Wer mit Gift kämpft, wird mit Giftgas bekämpft. Wer sich selbst von den Regeln einer humanen Kriegsführung entfernt, kann von uns nichts anderes erwarten, als dass wir den gleichen Schritt tun. Ich werde diesen Kampf, ganz gleich, gegen wen, so lange führen, bis die Sicherheit des Reiches und bis seine Rechte gewährleistet sind.«

(Adolf Hitler in einer Rundfunkansprache am 1. September 1939)

FREITAG, 8. SEPTEMBER 1939

1

Ostoberschlesien, Region Kattowitz
09:15 Uhr

»Ich zähle jetzt bis drei. Entweder du kommst raus, oder die Bude fliegt dir um die Ohren!«

Die Drohung verhallte ungehört. Kein Laut, auch nicht das leiseste Geräusch. Jetzt war guter Rat teuer. Auf die Tour kam er hier nicht weiter.

Aber egal. Er konnte auch anders. Die Rotzgöre würde sich noch wundern. Wenn sie nicht spurte, na wenn schon. Dann war es das eben gewesen. Wie du mir, so ich dir. Da kannte er nichts. Auch wenn sich das Luder querstellte, er saß am längeren Hebel. Wer nicht für die SS war, der war gegen sie.

Hopp oder topp.

Sie hatte die Wahl.

An der unsichtbaren Front, das würde die Kleine noch zu spüren bekommen, herrschten andere Gesetze. Ihn nach Strich und Faden verarschen, das würde ihr so passen. Da musste sich das Miststück einen Dümmeren suchen.

Die Schlampe war reif, so reif wie noch was.

Aber gewieft bis zum Gehtnichtmehr. Ein Grund mehr, vor ihr auf der Hut zu sein.

»He, du da drin, bist du taub, oder was?« Nichts ging mehr. Die Mühe hätte er sich sparen können. Aus dem Kühlschuppen, wo sich das gerissene Weibsstück verbarrikadiert hatte, drang kein Laut zu ihm nach draußen. »Mach kein Theater, du hast sowieso keine Chance!«

Der Uniformierte in Feldgrau, laut Ärmelraute Unteroffizier des SD der SS, nahm Anlauf und trat mit voller Wucht gegen die Tür. Egal wie, für die Frechheit würde das Luder büßen. Erst machte es ihm schöne Augen, und dann, nachdem die Masche nicht funktioniert hatte, kratzte es einfach die Kurve.

Der 26-jährige Blondschopf, Arier wie aus der Rassekundefibel, fluchte halblaut vor sich hin. Das hatte er nun davon. Peinlich, wenn er sich von so einer hinters Licht führen ließ. Absolut peinlich. Aber was konnte man von Juden auch erwarten. Im Guten kam man bei dem Pack nicht weiter.

»Mach keine Zicken, die Nummer zieht bei mir nicht!« Von wegen Leute wie du und ich. Das Gesocks hatte es faustdick hinter den Ohren. Egal wo, es lief überall aufs Gleiche raus. Die Juden verstanden nur eine Sprache, nämlich die des Stärkeren. Wer das Gegenteil behauptete, der war bekloppt.

Mitleid?

Auch nicht die Spur davon.

Wenn er eins gelernt hatte, dann dies: Vor dem Abschaum musste man sich in Acht nehmen. Sonst landete man auf der Schnauze.

Am besten, er machte Nägel mit Köpfen, fackelte nicht lange, trat die Tür ein und zeigte dem Flittchen, was Sache war. Falls es sich noch nicht herumgesprochen hatte, mit der SS war nicht zu spaßen.

Und mit ihm, dem Unterscharführer z.b.V., schon gar nicht. Je eher die Göre das einsah, desto besser. Falls nicht – nun ja, auch egal. Die Kleine würde den Kürzeren ziehen.

So oder so.

Und dort landen, wo sie hingehörte – hinter Gittern. Aber nur, wenn sie Glück hatte.

Wenn nicht, ihr Problem.

Ein Schuss aus seiner 08, aus kürzester Distanz, im Idealfall schräg von oben. Ohne viel Tamtam – und ohne groß zu überlegen. Hart bleiben, kontrolliert handeln, die Emotionen auf den Gefrierpunkt runterfahren. Und Skrupel, so es sie gab, ignorieren.

So weit also Regel Nummer eins.

Falls das nichts half, auf Pervitin war Verlass. Es hieß zwar, es gäbe Leute, bei denen das, was hier ablief, keine Spuren hinterließ. Mag sein, da war etwas dran, aber wozu sich den Kopf zerbrechen, wenn es einfacher ging. Ein, zwei Pillen, und die Welt sah wieder anders aus. Ein Lob auf den Herrn Stabsarzt, die Dinger hatten es in sich. Wirkten wahre Wunder, je größer die Dosis, desto weniger Fracksausen. Und falls mal keine zur Hand waren, ein Schluck aus dem Flachmann tat es auch. In der Not fraß der Teufel bekanntlich Fliegen – und der Landser soff sich einen an.

Oder pumpte sich bis zum Anschlag mit Drogen voll.

Im Dienst oder nicht, betäubt lebte es sich nun mal besser.

So weit, Herr Unterscharführer, Regel Nummer zwei.

»Na schön, du miese kleine Hure, ich habe dich gewarnt.« Hart sein, den inneren Schweinehund überwinden, die Befehle ohne Wenn und Aber ausführen.

Ob besoffen oder unter Drogen, da musste er durch. Schwächlinge waren hier absolut fehl am Platz.

»Wart's ab, dir werde ich die Flausen austreiben.« Allmählich hatte er die Faxen dicke. Befehl war schließlich Befehl. Ärger hatte er schon genug am Hals.

Regel Nummer drei: Besser, du heulst mit den Wölfen. Dann sparst du dir eine Menge Scherereien.

Na dann mal los, bringen wir es hinter uns.

Exekution per Genickschuss, und die Sache ist geritzt.

Wäre doch gelacht, wenn er mit der Zicke nicht fertigwerden würde. Und überhaupt: Eine Tote mehr, wen juckte das schon. Dies war der dritte Einsatz innerhalb von acht Tagen, eine Aktion der besonderen – oder besser: der heiklen – Art. Das Kommando war überall dort aufgetaucht, wo es brenzlig wurde, und was die Zivilisten betraf, die dabei draufgingen, das ging ihm sonst wo vorbei. Allein heute, acht Tage nach dem Einmarsch, waren es Dutzende, wenn nicht gar Hunderte gewesen, darunter Frauen und Kinder, Letztere in der Mehrzahl. Wozu dann das Kopfzerbrechen, im Krieg herrschten andere Gesetze. Eine Tote mehr oder weniger, darauf kam es doch nun wirklich nicht mehr an.

Ein Judenbalg, der dran glauben musste. Wen außer ein paar Klageweibern interessierte das schon. In ein paar Tagen würde kein Hahn mehr nach der Kleinen krähen.

Jede Wette.

»Na schön, du hast es so gewollt!« Dann eben nicht. Er konnte auch anders. Nur noch zwei, drei Handgriffe, ein kurzer, aber heftiger Ruck an der Abrissschnur, Deckung auf der Kellertreppe, damit er nichts abbekam, in Erwartung des Feuerzaubers von zehn zurück bis null zählen – und der Göre würde Hören und Sehen vergehen.

Stilhandgranaten waren doch was Feines, für knifflige Fälle wie geschaffen.

Und überhaupt, die Polen. In dem Punkt hatte er noch eine Rechnung offen. Er war sich im Klaren, was auf ihn zukam, anders als so mancher, der zu naiv war, um eins und eins zusammenzuzählen. Bekämpfung aller reichs- und deutschfeindlichen Elemente im Rücken der kämpfenden Truppe, insbesondere Spionageabwehr, Festnahme von politisch unzuverlässigen Personen, Beschlagnahme von Waffen, Sicherstellung von geheimen, militärisch bedeutsamen Unterlagen – so weit zumindest Heydrich, Chef der SIPO und des SD, Himmlers Hirn und nimmermüder Dämon. Was der Mann, vor dem selbst der Reichsführer kuschte, damit meinte, nun ja, das konnte man sich denken. Die Jagd war eröffnet, und was katholische Pfarrer, den Adel, Kommunisten und die sogenannten Intellektuellen betraf, mit denen wurde kurzer Prozess gemacht. Alles Abschaum, der es nicht verdiente, dass man sich mit ihm abgab, die Juden – um den Todfeind beim Namen zu nennen – nicht zu vergessen. Im Ganzen an die 60.000 Reichsfeinde, die wie Freiwild zu Tode gehetzt wurden, mit Billigung von ganz oben, damit auch alles seine Richtigkeit hatte.

Mit anderen Worten, es gab viel zu tun.

Eine Jüdin unter vielen, wen kümmerte das schon.

Eins durfte man nämlich nicht vergessen. Die Polen hatten seinen Vater auf dem Gewissen. Im entscheidenden Moment war der Leiter der Musikhochschule in Danzig am falschen Ort gewesen und in eine Schießerei zwischen der Bürgerwehr und polnischen Milizen geraten. Das hatte ihn das Leben gekostet, einfach so, weil er per Zufall zwischen die Fronten geraten war. Der gestrengen Mutter, Klavierlehrerin und heimliche Herrscherin im repräsentativen Domizil am Dominikanermarkt, war daraufhin nichts anderes übriggeblieben, als die Zügel selbst in die Hand zu nehmen. Eine Weile hatte sie sich und die vierköpfige Familie über Wasser halten können, doch nur wenige Jahre später, nach dem Zusammenbruch der Börse in New York, war es mit rasender Geschwindigkeit bergab gegangen. Die Schüler blieben aus, und nur noch ein paar Wenige, darunter Nachbarn, Freunde und Bekannte, konnten es sich leisten, ihre Kinder zum Musikunterricht zu schicken.

Vor zehn Jahren, kurz vor seinem 19. Geburtstag, brach seine Welt endgültig zusammen. Aufgrund des Votums eines jüdischen Sachverständigen hatte der Magistrat der Freien Stadt Danzig dem privaten Institut die Anerkennung entzogen. Für das Konservatorium bedeutete das den finanziellen Ruin, für seine Mutter den Anfang vom Ende ihres Lebens. Exakt ein Jahr nach dem Tag des Zorns hatte die stets spröde und distanziert wirkende Tochter aus alteingesessenem Haus Suizid begangen. Tod durch Erdrosseln, herbeigeführt mithilfe einer Klaviersaite, wie sollte es auch anders sein.

Er selbst hatte sich wieder hochgerappelt, mühsam zwar, doch mit unermüdlicher Energie. Vergessen war die Heimsuchung jedoch nicht – bis heute, mehr als ein Jahrzehnt danach. Der Tag der Abrechnung war gekommen, und es gab niemanden, der ihm jetzt, wo es ans Eingemachte ging, in die Quere kommen würde.

Ein Juden-Flittchen, das um Gnade winselte, schon gar nicht.

Die Handgranate scharf machen, von zehn rückwärts bis null zählen und abwarten, was passierte.

Um der Göre eine Lektion zu erteilen.
Und zwar eine, die sie nicht vergaß.

Na dann mal los, die Zeit drängte. Viel Feind', das wussten schon die Altvorderen, viel Ehr'.

Ein Schluck aus dem Flachmann, dann konnte es losgehen.

Zehn, neun…

Und außerdem, eins durfte man nicht vergessen. Er und die Kameraden vom »Kommando Werwolf«, nur knapp drei Dutzend Auserwählte, in puncto Kaltblütigkeit jedoch ohne Beispiel, alle miteinander mussten sie ihren Mann stehen. Denn einer musste die Dreckarbeit ja machen, wenn schon nicht die Generalstäbler in Zossen, dann eben die Treuesten der Treuen, Himmlers Eingreiftruppe hinter der Front. ›Meine Ehre heißt Treue‹, so stand es auf der Gürtelschnalle der SS geschrieben. Egal, was passierte, ob abseits des Kampfgeschehens oder in vorderster Linie. Was das betraf, waren die Rollen klar verteilt. Hier die vier Einsatzgruppen, wenn es hochkam, maximal 3.000 Mann, bis in die Zehenspitzen motiviert, darunter SD, Zielfahnder der Kripo, SIPO oder Waffen-SS. Und weiter vorn, bei der kämpfenden Truppe, die Bilderbuch-Soldaten, sprich: all jene, die es nicht abwarten konnten, in die Wochenschau zu kommen. Die nicht genug Mumm besaßen, reinen Tisch zu machen, und sich obendrein für etwas Besseres hielten. Für nichts und wieder nichts in den Schlagzeilen, so gut hätte er es mal haben sollen. Um im Anschluss, als Belohnung für ihre Ruhmestat, mit dem Ritterkreuz dekoriert zu werden.

So einfach war das.

Ein Orden, das wäre es gewesen. Eichenlaub mit

Schwertern und Brillanten zum Ritterkreuz des Eisernen Kreuzes.

Acht, sieben …

Aber davon, wie von einem Auftritt in der Wochenschau, im Hintergrund das Schmettern der Siegesfanfaren, konnten er und der Rest der Truppe nur träumen. Was hier ablief, das hatte mit Landser-Romantik nichts zu tun. Nicht im Geringsten. Geheime Reichssache, das sagte ja schon alles. Als ob man den Einsatz, der unweigerlich in ein Massaker ausarten würde, auf Dauer hätte verheimlichen können. Hier, auf einem tristen Hinterhof in einer noch tristeren Kleinstadt im polnisch besetzten Teil von Schlesien, wo knapp die Hälfte Juden waren, hier wurde nicht lange gefackelt. Hier wurden Nägel mit Köpfen gemacht, und wem das nicht passte, für den würde es ein böses Erwachen geben.

Sofern er die Blutweihe überlebte.

Sechs, fünf …

Ein Judenflittchen mehr oder weniger, wen kümmerte das schon.

Die Hand am Futteral seiner 08, atmete er hastig durch. Der Tag, an dem er es den Polacken zeigen würde, war gekommen, und kein Hahn würde danach krähen. Schon gar nicht die Briten und Franzosen, die zwar groß rumgetönt, bislang aber keinen Finger gerührt hatten. Im Westen Sitzkrieg, und im Osten Blitzkrieg, so lautete die Losung für den Tag.

Und wenn sie sich noch so sehr ins Zeug legten, die Polacken würden den Kürzeren ziehen. Nur noch ein, zwei Wochen und die Sache war gelaufen.

Jede Wette.

Vier, drei …

Aus sicherer Entfernung, die Mauser DRP 98 im Anschlag, richtete er den Blick nach vorn. Die Wolken, rußfarben wie der Putz, der von den Wänden der baufälligen Mietshäuser abblätterte, spiegelten sich auf dem mit Öllachen übersäten Hof, und aus der Ferne hallten Schreie und Gewehrsalven an sein Ohr. Weiter nördlich, unweit des Flusses und dem Gekreische nach zu urteilen nur eine Querstraße entfernt, musste die Synagoge liegen, und es bedurfte keiner Fantasie, um sich das, was dort ablief, vor Augen zu führen. Am renitentesten, das zum Thema Erfahrung, waren nicht etwa die Vogelscheuchen im Kaftan, in der Mehrzahl Graubärte, die sich wie Vieh zur Schlachtbank treiben ließen. Mit wenigen Ausnahmen, das lehrte die Erfahrung, wussten die Betbrüder mit den Ringellocken Bescheid. Gott Jehova, so es ihn denn gab, hatte sie im Stich gelassen. An Widerstand war nicht zu denken, und wer nicht auf den Kopf gefallen war, wusste, was die Stunde geschlagen hatte. Und fügte sich in sein Schicksal. Die Frauen freilich, die Judengöre im Kühlschuppen eingeschlossen, waren aus gänzlich anderem Holz geschnitzt.

Zwei, eins …

Veranstalteten ein Tamtam, dass dir Hören und Sehen verging.

Zogen sämtliche Register, um dem Teufel von der Schippe zu springen.

Nur noch mal kurz Luft holen, dann ging es zur Sache. Getreu dem Befehl, hart durchzugreifen, würde er nicht lange fackeln. Und im Anschluss möglichst schnell die Fliege machen. Schließlich wusste man ja nie, er wäre nicht der Erste, den man wegen Übergriffen auf Zivilisten vor den Kadi gezerrt hätte. Aber was soll's, damit musste er in seiner Situation rechnen. So war nun mal der Lauf der Welt, und wer keine Scheuklappen trug, der wusste, wie der Hase lief. Einmal angenommen, der Krieg ginge verloren – schwer vorstellbar, wenngleich nicht gänzlich auszuschließen –, dann würden sie für das, was sie hier anrichteten, zur Verantwortung gezogen werden.

Und dann Gnade ihnen Gott.

Eins und die …

Verflucht, jetzt wurde es aber langsam Zeit.

Mag sein, er bildete sich das nur ein, aber wie er so auf der verrußten Kellertreppe kauerte, da war ihm, als läge Blutgeruch in der Luft, vermischt mit dem Gestank, der aus der Tür der Metzgerei ins Freie drang.

Koscheres Fleisch, zum Abgewöhnen.

Also wirklich, diese Brut hatte den Leibhaftigen im Leib. Am besten, man jagte das ganze Viertel in die …

Null!

Die Explosion, die wie der Einschlag eines Blitzbündels von den Wänden widerhallte, war stärker als erwartet, und es dauerte, bis sich der beißend scharfe Qualm verzog. Wie erwartet war der Hof von Trümmerteilen übersät, und um zum Schuppen zu gelangen, musste er über verkohlte Balken, Schutt und Backsteinhaufen klettern. Die Luft, eine Mischung aus Staub, verbranntem Fleisch und Rußpartikeln, die wie Schneeflocken auf ihn herabrieselten, raubte ihm fast den Atem, und wie der Blick auf eine zerborstene Fensterscheibe bewies, waren die Schweißringe unter der Uniformjacke nicht zu übersehen.

Und seine Atemzüge, die von einer Turbulenz in die nächste taumelten, nicht zu überhören.

Es war Zeit, der Wahrheit ins Auge zu blicken. Wider sonstige Gewohnheiten hatte er Muffe. Und das wahrhaftig nicht zu knapp. Warum gerade hier und nicht irgendwo anders, konnte er sich nicht erklären.

An der Schlampe, die ihn mit schreckgeweitetem Rehblick musterte, konnte es jedenfalls nicht liegen. Dem Anschein nach zu urteilen war die Kleine höchstens 17, wenn nicht gar jünger. Ihrem Aussehen, das ihn an eine Orientalin erinnerte, tat dies freilich keinen Abbruch. Im Gegenteil. Je länger er die im Erblühen begriffene Schönheit betrachtete, die sich laut hustend vom staubbedeckten Boden aufrappelte, wie von Sinnen vor ihm zurückwich und den Rücken an die schwarz-weiß gekachelte Wand presste, desto ungestümer der Drang, der von ihm Besitz ergriff. Und desto heftiger das Pulsieren in den Lenden, gegen das kein Kraut gewachsen schien. Es war schon eine Weile her, seit er eine Frau an Land gezogen hatte – nichts Ernstes, ein harmloses Techtelmechtel. Der übliche Ringelpietz mit Anfassen, zu mehr war die Dame nicht bereit gewesen.

Warum sich also nicht ein wenig amüsieren, bevor er dem Weibsbild eine Kugel durch den Kopf jagte. Was sein Nachholbedürfnis betraf, kam ihm die Unschuld vom Lande wie gerufen.

Dunkles, im Dämmerlicht wie Ebenholz glänzendes Haar, das auf die schmalen und vor Angst zusammengezogenen Schultern fiel. Bedeckt von einem dunklen Kleid mit weißem Spitzenkragen, das ihn an die Uniform eines Mädchenpensionats erinnerte. Die Augen, ebenfalls schwarz und von sanft geschwungenen Lidern unter wie Pagoden anmutenden Brauen überwölbt, nicht zu vergessen.

Eine richtige Schönheit, die Kleine. Und viel zu hübsch, um wie die fettleibigen Matronen an die Wand gestellt zu werden.

Unehrenhaft oder nicht, ab und zu musste man auch an sich denken.

Na los, wenn schon, denn schon.

So schnell kommt die Gelegenheit nicht wieder.

»Na, wen haben wir denn da!«, hörte er sich mit erstickter Stimme hecheln, während er sich zögernd, aber wachsam heranpirschte, die Rinderhälften im Blick, die von der Decke des verwüsteten Kühlschuppens baumelten. Merkwürdig genug, dass sie nichts abbekommen hatten, aber jetzt, da er in den Genuss von Frischfleisch käme, absolut trivial. Sollten die Juden doch in sich reinstopfen, was sie wollten, die Henkersmahlzeit sei den Bastarden gegönnt.

Der eine mochte es gern zart, der andere lieber zäh. Egal wie, Hauptsache, man kam auf seine Kosten.

So jung, und schon so verführerisch. Um nicht zu sagen aufreizend.

Um nicht zu sagen scharf.

Im Bann der verschüchterten Schönheit, für die es jetzt, wo er sie wie eine Ware taxierte, kein Entrinnen gab, entledigte er sich seines Karabiners, lockerte den Hemdkragen und heftete sich an die Fersen seines Opfers, hinter den Fleischhälften, von wo aus ihm der Geruch von geronnenem Blut entgegenschlug, nur noch in Umrissen zu erkennen. Der Kühlschuppen war größer, als es von außen den Anschein hatte, die Luft stickig, abgestanden und schal. Aber das, genau wie die Staubpartikel, die wie ein Vorhang an den gekachelten Wänden klebten, tat der Vorfreude, die ihn ergriff, keinen Abbruch. Ungeachtet der Konsequenzen, ob Endstation Knast oder Arbeitslager, den Spaß ließ er sich nicht verderben. Die Herren Offiziere, allen voran der Sturmbannführer, die konnten ihn alle mal. Die Sippschaft im Palais Prinz Albrecht eingeschlossen. Ohne Nervenkitzel, für ihn das Salz in der Suppe, konnte man den Einsatz an der Front vergessen. Kein Wunder, wenn man dazu vergattert wurde, für den Rest der Truppe die Kohlen aus dem Feuer zu holen.

Wie pflegten die alten Römer doch zu sagen: Carpe diem – nutze den Tag.

Und amüsiere dich, so oft es geht.

Am Kopfende des Schuppens angelangt, stützte er sich auf einen Hacktisch, durchzogen von tiefen Rillen, die von regem Gebrauch durch die Benutzer kündeten. Die Blutflecken, die einen neueren Datums, die anderen matt und fahl, waren nicht zu übersehen, aber das kümmerte ihn einen Dreck. Das Pochen in seiner Schläfe, beim Anblick der jungen Frau heftiger denn je, steigerte sich zu einem wilden Klopfen, und wie er sie so musterte, schoss ihm der Schweiß wie ein Sturzbach über den Rücken.

Die Kleine war reif, so reif wie noch etwas.

Dachte er zumindest.

Die Hand auf dem Hacktisch, schoss ihm das Blut fontänenartig in den Kopf, von jetzt auf nachher, wie Lava vor der Eruption. Die Sicht verschwamm ihm vor den Augen, und er hatte Mühe, auch nur halbwegs klar zu denken. Fakt war, käme das, was er im Sinn hatte, heraus, dann wäre er die längste Zeit bei der SS gewesen. Die Juden in Scharen abzuknallen, das konnte ja noch angehen. Dazu war er ja schließlich hier, mit Billigung von höchster Stelle. Aber sich mit einer ihrer Frauen einzulassen, noch dazu mit einem halben Kind, das war schlimmer, als wenn man mit Stalin auf Sauftour ging. Und überhaupt, was hieß da schlimm, es war ein Unding. Es gab auch ein Wort dafür, dass wusste er nur zu gut. Nämlich »Rassenschande«, mit Betonung auf den letzten beiden Silben. Etwas Widersinnigeres, um nicht zu sagen Abartigeres, konnte es für einen SS-Mann nicht geben, und dementsprechend harsch würde man mit ihm umspringen. Käme heraus, was er sich geleistet hatte, könnte er von Glück sagen, wenn er in ein KZ verfrachtet wurde.

Und durfte sich nicht wundern, wenn man ihn an die Wand stellte.

Scheiß auf die Ehre, dafür kann man sich nichts kaufen.

Dann mal los. Man musste das Eisen schmieden, solange es heiß war.

Eine Melodie auf den Lippen, die er seit frühester Jugend kannte, flog ein zynisches Lächeln über sein Gesicht. Damals, bei der Aufführung des Requiems in der Marienkirche, als sein Vater den gemischten Chor dirigierte, damals war seine Welt noch heil gewesen. *Tag der Tränen, Tag der Wehen, da vom Grabe wird erstehen zum Gericht der Mensch voll Sünden, lass ihn, Gott, Erbarmen finden.*

Doch selbst wenn er es gewollt hätte, er konnte die Uhr nicht mehr zurückdrehen.

Erbarmen zeigen, das kam überhaupt nicht infrage. Das war etwas für Schwächlinge. Für Leute, die zu feige waren, bis zum Äußersten zu gehen.

Auge um Auge. Im Umgang mit Juden genau das Richtige, die Sprache würden sie verstehen. Und was den alten Herrn da droben betraf, den man Gott oder sonst wie zu nennen pflegte, seine Tage waren ohnehin gezählt.

Ach was, sie waren vorbei.

Für immer.

Die Hand noch immer an der gleichen Stelle, horchte er verärgert auf. Auf dem Hof waren eilige Stiefeltritte zu hören, und er musste nicht lange herumrätseln, um wen es sich bei dem Spielverderber handelte. »Ach hier steckst du also!«, hörte er die Stimme in seinem Rücken plärren, zunächst mit Erleichterung, aber dann, beim Anblick der jungen Frau, zwischen Verunsicherung und Angst hin- und hergerissen. »Sag mal, hast du noch alle Tassen im Schrank? Die Filetstücke sind für den Sturmbannführer reserviert, das weißt du so gut wie ich, also Finger weg, sonst kriegen wir den Wind von vorn!«

»Tu mir den Gefallen und kümmere dich um deinen eigenen Kram, verstanden?«

»Und was, wenn uns jemand verpfeift? Dir ist doch hoffentlich klar, was passiert, wenn …«

»Wenn *was*?«, fiel er seinem Stubenkameraden ins Wort, der den Mund vor Überraschung nicht zubekam, drehte den Kopf und funkelte ihn zähnefletschend an. Nicht schon wieder, schoss es ihm durchs Gehirn, und schon gar nicht jetzt, im Augenblick des Triumphs. Sanitätsgefreiter Heinz Wischulke, kurz »Qualle« genannt, hatte die Angewohnheit, immer dann aufzukreuzen, wenn man anderweitig beschäftigt war. Nicht unbedingt der Abgebrühteste unter der Sonne, und, das kam erschwerend hinzu, mit einer sentimentalen Ader ausstaffiert. »Darf man fragen, was dich das angeht, du alter Klugschei…«

Hätte er die Hand, die wie die Klaue eines sprungbereiten Raubtiers anmutete, nicht an Ort und Stelle gelassen, sein Leben wäre komplett anders verlaufen. Da er es aber nicht für nötig hielt, sich um 180 Grad zu drehen, musste er mit den Konsequenzen seines Leichtsinns leben.

Mehr schlecht als recht, aber das stand auf einem anderen Blatt.

Die Strafe folgte auf dem Fuß, so plötzlich, dass er glaubte, er befände sich in einem Traum.

Doch dem war nicht so. Obwohl er sich nichts Sehnlicheres wünschte.

Der Schmerz, der seinen angewinkelten rechten Arm durchzuckte, fühlte sich wie die Berührung einer Starkstromleitung an, und ihm war, als nähme die Tortur kein Ende. Nach Luft ringend, riss er den Mund sperrangelweit auf, doch der Schrei, von dem er sich Linderung erhoffte, blieb ihm in der Kehle stecken. Nie zuvor hatte er ein derartiges Martyrium durchlebt, ein Lodern, das ihn von Kopf bis Fuß erfasste. Alles um ihn herum, der gekachelte Boden, die Rinderhälften an der Wand, die Schlachtmesser auf dem Beistelltisch am Fenster, die Lampe, die wie ein Pendel von der Decke herabbaumelte, die Knorpelreste, Knochensplitter und Tierhaare auf dem Boden – all das geriet mit einem Mal ins Wanken, wie bei einem Erdbeben, vor dem es keine Zuflucht für ihn gab.

Und dann, beim Versuch, irgendwo Halt zu finden, fiel es ihm wie Schuppen von den Augen. Die Blutlache auf dem Tisch, die sich in Sekundenschnelle ausbreitete, sie sprach eine allzu deutliche Sprache.

Der Mischmasch aus Knochen, Fingernägeln, Hautfetzen und zermanschtem Fleisch, dieser Brei war einmal seine rechte Hand gewesen. Abgetrennt von einem Hackmesser, das in Sichtweite vor ihm auf den Bodenfliesen lag.

Von dem Flittchen dagegen, das sich in Luft aufgelöst zu haben schien, keine Spur.

Und von Wischulke auch nicht, wie konnte es anders sein.

Der Ohnmacht nah, bäumte er sich entschlossen auf, die Uniform, dereinst sein Ein und Alles, mit Blutspritzern übersät.

Dafür würde die Kleine büßen, und wenn es das Letzte war, was er in diesem Leben tat. Ach woher, dafür würden ihm alle Frauen büßen.

Wen genau er sich vorknöpfte, darauf kam es nun wirklich nicht mehr an.

DIES IRAE

Welch ein Zittern, welch ein Beben,
wenn zu richten alles Leben,
sich der Richter wird erheben!

(Wolfgang Amadeus Mozart, *Requiem*)

FREITAG, 20. SEPTEMBER 1940

2

»Ist da noch frei, gnädiges Fräulein?«

Da war etwas in ihr, was sie zögern ließ. Eine Art Vorahnung, flüchtig und nur schwer in Worte zu kleiden.

Der Waggon war leer, wozu also das Getue. Von wegen gnädiges Fräulein. Die Zeiten waren längst vorbei. Wenn der Kerl mit ihr anbandeln wollte, den Zahn würde sie ihm ziehen. Von Männern hatte sie die Nase voll, und zwar ein für alle Mal. Egal wer, die konnten ihr gestohlen bleiben. Im Moment wollte sie nur noch eins, auf direktem Weg nach Hause. Ein, zwei Bissen essen und vor dem Zubettgehen eine rauchen. Zu mehr war sie heute Abend nicht imstande. Einfach nur heim, ab in die Falle, Augen zu und nichts mehr sehen oder hören. Und wenn es Willy Fritsch persönlich gewesen wäre, sie hätte ihrem Idol einen Korb gegeben.

Vielleicht lag es ja am Alter, aber nach der Spätschicht kam sie sich wie gerädert vor. Was Wunder auch, wenn man tagtäglich bis zum Umfallen malochte. Die Männer im Betrieb hatten einrücken müssen, die Ledigen zuerst, als Nächstes die Familienväter und zuletzt die Kollegen um die dreißig, also genau nach Plan. Ersatz war nicht in Sicht, und was die Fremdarbeiter aus den Ostgebieten betraf, die dachten nicht daran, sich aus Anhänglichkeit zum Führer ein Bein auszureißen. Wären auch schön dumm gewesen, wenn man es neutral betrachtete.

Und so war es gekommen, wie die Kolleginnen und sie es vorausgesehen hatten. Das Gros der Arbeit blieb natürlich an ihnen hängen, wie zu Hause, so auch am Fließband in der Fabrik. Jeder an seinem Platz, die Frauen an vorderster Front, und sei das Rad im Getriebe der Kriegsmaschinerie auch noch so klein. Allzeit bereit, um Führer, Volk und Vaterland zum Sieg über das perfide Albion zur verhelfen. Selbst dann, wenn man vor Müdigkeit kaum noch geradeaus gehen oder sich auf das, was um einen herum vorging, konzentrieren konnte.

Schuften an der Heimatfront, für gerade einmal 32 Reichsmark die Woche, Nachtzuschlag inklusive. Krankenversicherung selbstredend nicht.

Das hatte sie sich immer schon gewünscht.

»Ich störe doch nicht, oder?«

Obwohl, von Gefahr konnte keine Rede sein. Im Schein der Notlampen, die das Abteil in mattblaues Zwielicht tauchten, konnte sie den Mann auf dem Mittelgang zwar kaum erkennen. Aber das wollte nicht viel heißen, wer weiß, vielleicht war er ja ganz nett. Und was die abgedunkelten Fenster betraf, derentwegen man sich wie im Zoo vorkam, Vorschrift war nun mal Vorschrift. Ob es einem in den Kram passte oder nicht, die Devise lautete, friss oder stirb. Wenn es eine Lektion gab, die sie nach acht Jahren Nazi-Diktatur gelernt hatte, dann diese.

Und überhaupt, die ganze hirnlose Propaganda, und das, ginge es nach Goebbels, von der Wiege bis ins kühle Grab. »Der Feind sieht Dein Licht – verdunkeln!«, so stand es auf den Plakaten im Wartesaal geschrieben. Oder, noch einfühlsamer: »Licht ist Dein Tod!« Mit Verlaub, das war ja wohl ziemlich daneben, wenn nicht gar makaber. Die Luftwaffe über London, und dann so etwas. Wer da nicht stutzig wurde, bei dem war alles zu spät. Entweder es stimmte und die Nazis waren auf der Siegerstraße, oder es handelte sich um billige Parolen. Wahr oder nicht, im Sprücheklopfen waren die Parteibonzen Meister, das musste ihnen der Neid lassen. Auch wenn es kein Mensch mehr hören konnte, sie selbst am allerwenigsten.

Eins ließ sich nicht bestreiten, ob mit oder ohne rosa Brille. Der Krieg war längst noch nicht gewonnen, und wenn sich Goebbels auf den Kopf stellte, um den Leuten Sand in die Augen zu streuen. Eines nicht allzu fernen Tages würde der Mephisto des Dritten Reiches die Quittung für das Blendwerk bekommen, darauf ging sie jede Wette ein.

Gedämpftes Licht, so weit das Auge des Betrachters reichte. Und nur handtellergroße Gucklöcher, um einen Blick aus dem Abteilfenster zu werfen. Merkwürdig, dass sie gerade jetzt, kurz vor dem Einnicken, den Wunsch nach Kontakt zur Außenwelt verspürte. Das sollte mal jemand verstehen, zumal sie jeden Quadratmeter entlang der Strecke kannte. Der Mond, hier und da ein paar Sterne, eine Limousine mit Abblendlicht, wie ein Trugbild von der Dunkelheit verschluckt, Umrisse von Lagerhallen, Fabrikschloten und Mietskasernen, warmes Licht hinter notdürftig abgedunkelten Fenstern, mehr wäre nicht zu erspähen gewesen. Und trotzdem war da dieser Drang, aus dem hermetisch abgeschotteten Abteil zu verschwinden, in Karlshorst oder wo auch immer auszusteigen und den Rest der Strecke zu Fuß zu gehen.

An sich war der Gedanke absurd, denn wer weiß, was für Typen sich da draußen rumtrieben. Ob an dem Gerücht, ein Serienmörder laufe immer noch frei herum, etwas dran war, nun ja, das wollte sie nicht herausfinden.

Schuld an dem Schlamassel war der Krieg, mit der Meinung stand sie nicht allein. Selbst hier, in einem Abteil 2. Klasse auf der Strecke zwischen Erkner und dem Ostkreuz, hinterließ der Schlamassel seine Spuren. Um gegen Angriffe aus der Luft gefeit zu sein, so die Flut an Propagandaplakaten, dürfe kein Fitzelchen Licht aufblitzen. So weit, so gut. Das Gleiche galt für ihre Datsche, unweit des Betriebsbahnhofes in Rummelsburg gelegen und nur einen Katzensprung von der Haltestelle entfernt. Raus aus der S-Bahn, im Eiltempo durch die Unterführung, über die Fußgängerbrücke und den asphaltierten Weg am Rand des Bahndamms entlang. Und schon war sie in Nullkommanichts zu Hause. Dort, in der spartanisch möblierten Wohnlaube, hatte sie sich nach ihrer Scheidung mit den Kindern verschanzt, der Not gehorchend – und aus Angst, von einem Choleriker im Suff halb tot geprügelt zu werden.

»Ihnen ist doch nicht etwa schlecht, oder?«

Sie verneinte, und beim Klang der sonoren Stimme, Reminiszenz an den Kavalier alter Schule, löste sich ihr Unbehagen in Wohlgefallen auf. Der Mann würde ihr schon nichts tun, und wenn doch, sie würde sich ihrer Haut zu wehren wissen.

»Bitte!« Zu mehr und einer halbherzigen Geste konnte sie sich nicht durchringen, und als habe er mit nichts anderem gerechnet, nahm der Mann auf der gepolsterten Sitzbank Platz.

Gepflegte Manieren, stattlich, um nicht zu sagen attraktiv, vom Akzent her zwischen Masuren und Baltikum anzusiedeln, Arier wie aus dem Bilderbuch, dunkle Handschuhe, die Uniform der Reichsbahn tadellos in Schuss, kurzum: die Seriosität in Person. Von finsteren Absichten, geschweige denn Mordlust, keine Spur.

Hinter allem und jedem den Teufel vermuten, das sah ihr wieder mal ähnlich. Nicht jeder Mann, der mit der S-Bahn fuhr, hatte es auf Frauen abgesehen. Und nicht jeder Mann war so brutal wie das versoffene Wrack, auf das sie vor achteinhalb Jahren reingefallen war.

Das nur zum Thema Ängste, von denen sie ganze Arien schmettern konnte. Dass es jedoch Männer gab, die ihre schlimmsten Befürchtungen übertrafen, darauf wäre sie nie gekommen.

Auch jetzt nicht, trotz ungutem Gefühl.

Um auf Distanz zu gehen, warf sie einen Blick auf die Uhr. Im kalten Zwielicht, das dem Ambiente einen bizarren Beigeschmack verlieh, konnte sie die Ziffern zwar kaum erkennen. Doch die Geste erfüllte ihren Zweck.

Zumindest vorübergehend.

Schwarze Handschuhe, und das bei milden Temperaturen. Die rechte Hand deutlich größer als die linke, spitz wie die Klauen eines Wolfs. Und dann erst dieser Blick, fast wie bei Peter Lorre im Film »M«. Es war zwar schon ziemlich lange her, seit sie ihn im Kino gesehen hatte, doch an die Glubschaugen des Mörders konnte sie sich noch genau erinnern. Damals hatten sie ihr eine Höllenangst eingejagt, so sehr, dass sie Albträume davon bekam.

Welchen Untertitel hatte der Film doch gleich gehabt?
Genau.

»Eine Stadt sucht einen Mörder«.

Und jetzt das.

Von Panik gepackt, atmete sie heftig durch. Besser, sie stieg am nächsten Bahnhof aus. 17 Minuten Fahrzeit, von der höchstens die Hälfte verstrichen war, konnten ziemlich lang werden. Zwei Kilometer und ein paar Zerquetschte zu Fuß, es gab weiß Gott Schlimmeres auf der Welt.

In der Tat, das gab es.

Weit Schlimmeres sogar.

Doch davon ahnte sie in dem Moment, als der Zug den S-Bahnhof in Karlshorst hinter sich ließ, noch nichts.

Dann aber war da plötzlich dieser Geruch, den der Mann im Halbdunkel verströmte.

Und die Pupillen der hervortretenden Augen. Vom halblauten Flüstern, aufgrund der Fahrgeräusche kaum zu verstehen, nicht zu reden: »Welch ein Zittern, welch ein Beben, wenn zu richten alles Leben, sich der Richter wird erheben.«

»Verzeihung, haben Sie es mit mir?«

Wie aus dem Schlaf gerissen, fuhr der Unbekannte in die Höhe. »Schon möglich«, murmelte er vor sich hin, Worte, die wie eine versteckte Drohung klangen. »Nur Geduld, ich bin noch am Überlegen.«

Kölnisch Wasser, vermischt mit erkaltetem Schweiß, maskulinen Ausdünstungen und dem Geruch von Doppelkorn, bei dem es ihr glatt den Magen umdrehte. Ein Hauch von erkalteter Asche, Schmieröl und Kohlestaub nicht zu vergessen.

Von wegen Kavalier der alten Schule. So naiv, um dies ernsthaft anzunehmen, hatte auch nur sie sein können.

Die Quittung ließ nicht lange auf sich warten.

Urplötzlich, als könne er Gedanken lesen, schwang ihr Peiniger eine Art Knüppel über den Kopf, und sie ertappte sich bei dem Gedanken, wo er ihn auf einmal herhatte. Sekundenbruchteile später, das Schrillen des Signalhorns im Ort, welches wie das Menetekel ihres Martyriums anmutete, sauste die Hiebwaffe aus Hartgummi auf sie nieder. Halb benommen betastete sie ihren Hinterkopf, riss den Unterarm hoch und drehte sich reflexartig nach rechts.

Vergebens.

Schlag folgte auf Schlag, auf die Schulter, ins Gesicht, auf den Unterarm und die Fläche der linken Hand.

Doch damit nicht genug. Kaum war ihre Gegenwehr erlahmt, zielte der Unbekannte auf den Kopf, immer und immer wieder, vor Wut, die sein Gesicht in eine hasserfüllte Fratze verwandelte, nicht zu bändigen.

Und dann, als sie blutüberströmt auf dem Mittelgang kauerte, einen durchdringenden, dem Kreischen einer Motorsäge ähnelnden Pfeifton im Ohr, hatte ihre letzte Stunde geschlagen.

Als habe er alle Zeit der Welt, entledigte sich der Unbekannte seiner Uniformjacke, hängte sie an einen Haken und zog seinen dunklen Lederhandschuh aus, zuerst den linken, und dann, die Lippen triefend vor Speichel, den rechten, unter dem sich eine Prothese aus Aluminium verbarg.

Vor Entsetzen, das sie bis in die letzte Faser ihres Körpers durchzuckte, brachte sie nicht einmal ein Wimmern hervor, die aufgequollenen Augen starr noch oben gerichtet, von wo aus sich die Prothese wie der Greifarm einer Maschine auf sie herabsenkte, ihre Kehle umschloss und den letzten Rest an Leben in ihr erstickte.

Sekunden später, bevor sich der Tod ihrer erbarmte, verspürte sie einen durchdringenden Schmerz, so stark, dass ein Aufbäumen durch ihren geschundenen Körper ging. Dann aber, als der Unbekannte ihre rechte Hand wie eine Trophäe in die Höhe reckte, war das Martyrium beendet und sie stürzte in einen endlos erscheinenden Schlund hinab.

Immerwährende Finsternis.

Endlich.

Und kein Gedanke an die Schändung, welche die Bestie in Menschengestalt an ihr vollzog.

Oder daran, wie er ihr Gesicht in Stücke riss und ihren leblosen Körper zur Tür schleifte, um ihn bei Tempo 60 aus dem Waggon der Linie 3 zu werfen.

Der Tod war als Erlöser gekommen.

Gerade noch rechtzeitig.

Amen.

RECORDARE

Juste judex ultionis,
Gerechter Richter der Vergeltung,
Donum fac remissionis
schenke Vergebung
Ante diem rationis.
vor dem Tag der Abrechnung.

(Wolfgang Amadeus Mozart, *Requiem*)

MITTWOCH, 2. JULI 1941

»Deutsches Volk! In diesem Augenblick vollzieht sich ein Aufmarsch, der in Ausdehnung und Umfang der größte ist, den die Welt bisher gesehen hat. Von Ostpreußen bis zu den Karpaten reichen die Formationen der deutschen Ostfront. Die Aufgabe dieser Front ist daher nicht mehr der Schutz einzelner Länder, sondern die Sicherung Europas und damit die Rettung aller. Ich habe mich deshalb heute entschlossen, das Schicksal und die Zukunft des Deutschen Reiches und unseres Volkes wieder in die Hand unserer Soldaten zu legen.

Möge uns der Herrgott gerade in diesem Kampfe helfen!«

(Adolf Hitler in einer Proklamation am 22. Juni 1941)

3

*Berlin-Charlottenburg, Tanz-Kabarett »Kakadu« an der
Kreuzung Ku'damm / Joachimsthaler Straße*
23:10 Uhr

Gestapo.

Auch das noch. Ausgerechnet jetzt, außerhalb der
Sperrstunde. Und mitten im größten Trubel.

Momentan blieb ihm wirklich nichts erspart.

Emil Leschek, Türsteher im Tanz-Kabarett »Kakadu«,
kannte sich mit Menschen aus. Ein prüfender Blick, der
übliche Small Talk, eine scherzhafte, bei Bedarf frivole
Bemerkung. Das reichte, um zu wissen, wen man vor
sich hatte. Und um sich in Zeiten wie diesen über Wasser zu halten.

In seinem Metier, das lehrte die Erfahrung, durfte man
keine Schwäche zeigen. Ein Moment der Unachtsamkeit,
und schon hatte man das Nachsehen, will heißen die
Kugel einer Parabellum im Kopf. Auch wenn die Nazis
das Gegenteil behaupteten, im Vergleich zu den wilden
Zwanzigern, als Emil noch groß im Geschäft war, hatte
sich diesbezüglich nichts geändert. Damals, vor zwölf,
dreizehn Jahren, als Schießereien mit den Bullen an der
Tagesordnung waren, wurde unter seinesgleichen nicht
lange gefackelt, und wer in der Halbwelt etwas galt, ging

in der Plötze ein und aus. Kein Tag, an dem das Über-
fallkommando nicht ausrücken musste, kein Monat, in
dem es nicht gleich mehrere Schlägereien gab. Wild-
west in Wilmersdorf, die Schlagzeile traf den Nagel auf
den Kopf. Freund und Feind, das heißt Syndikate und
Polente, waren nicht immer genau zu unterscheiden, und
wer in wessen Sold stand, darüber gingen die Meinun-
gen auseinander. Besser, man behielt seine Gedanken für
sich, und, wichtiger noch, man traute niemandem über
den Weg. Vorsicht war nun mal die Mutter der Porzel-
lankiste, und Menschenkenntnis das A und O. Nur so,
mit einem ganz speziellen Riecher, ahnte man schon im
Voraus, was die Stunde geschlagen hatte.

Wie in diesem Moment, als sich das selbstgefällige
Kommissgesicht in sein Blickfeld schob.

Gestapo.

Das hatte ihm gerade noch gefehlt.

Leschek, Kiez-Legende und in Kreisen der Halbwelt
als Hantel-Emil bekannt, brach der Schweiß aus sämtlichen Poren. Der gebürtige Weddinger hasste alles, was
auch nur nach Braunhemd roch, allen voran den Orts-
gruppenleiter, mit dem ihn eine innige Antipathie verband. Vor allem aber hasste er die Leute, die vor ihm
kuschten, fast so sehr wie die Schergen im dunklen
Ledermantel, die jeden Befehl, egal wie verbrecherisch,
ohne Wenn und Aber befolgten.

Aus seiner Meinung, die ihm wiederholt Scherereien einbrachte, machte der Türsteher im »Kakadu«
kein Geheimnis. Vor zehn Jahren, als der Ku'damm die
Bezeichnung »Amüsiermeile« noch verdiente, war er
in eine Messerstecherei mit einem Sturmtrupp der SA
geraten. Dabei hatte der Zweieinhalb-Zentner-Mann ein

Auge eingebüßt, was die Antipathie gegenüber Braunhemden auf die Spitze trieb. Alles, was mit dem Regime zu tun hatte, war für den Koloss mit der blank polierten Glatze ein rotes Tuch, trotz Sondermeldungen von der Ostfront, die seinen Kiez in einen wahren Taumel versetzten.

»Bedaure, der Herr«, ließ Emil den Beamten vor der Tür mit ausgesuchter Höflichkeit wissen, warf einen beiläufigen Blick auf seine Dienstmarke, die attestierte, dass es sich um einen Mitarbeiter der Gestapo handelte, und dachte nicht daran, vor der Geheimpolizei zu kuschen. »Aber heute Abend haben wir geschlossen. Private Feier, tut mir leid.«

Der vordere der drei Männer, die sich um das vergitterte Schubfenster scharten, blinzelte amüsiert. »Na schön«, gab das blutleere Kommissgesicht zurück, kräuselte die gespaltene Oberlippe und bemühte sich, den aufkeimenden Jähzorn zu unterdrücken. »Wie Sie sich denken können, Herr …«

»Sie können ruhig Emil zu mir sagen«, gab der Türsteher mit naivem Lächeln zurück, von dem ein Stan Laurel noch hätte lernen können, betätigte den Alarmknopf neben der Tür und mühte sich redlich, gute Miene zu bösem Spiel zu machen.

Antipathie hin oder her, mit der Gestapo legte man sich nach Möglichkeit nicht an. Acht Jahre Terror hinterließen ihre Spuren, selbst bei ihm, der behauptete, ihn haue so schnell nichts um. Ob als Kraftmensch im Varieté Scala, ob als Amateurboxer oder Geldeintreiber für diverse Syndikate, die in den 20-er Jahren den Ton angaben, ob als Rausschmeißer in anrüchigen Etablissements, von denen die meisten schon lange dichtgemacht hatten, das Original mit der polierten Platte hatte eine schillernde Karriere vorzuweisen. »Das tun hier nämlich alle so.«

Dass ihm sein Herz immer häufiger zu schaffen machte, darüber machte er sich schon Gedanken. Auch deshalb tat Emil Leschek genau das, was jeder andere in seiner Situation getan hätte: Er schaltete einen Gang zurück, im Wissen, dass Heydrichs Henker am längeren Hebel saßen. »Wissen Sie, meine Chefin, die Frau Pommerenke, also die Lola, die kann Extratouren auf den Tod nicht ausstehen, Sie müssten mal sehen, wenn die alte Dame ungemütlich wird, dann ist alles zu spät, das kann ich Ihnen sagen. Unter uns, wenn ich Sie wäre, ich würde die Sache auf sich beruhen lassen, Sie können sich gar nicht vorstellen, wie es ist, wenn die Chefin aus den Pantinen kippt. Mit der Erna ist wirklich nicht zu spaßen, ob Sie es mir glauben oder …«

»Genauso wenig wie mit mir, stellen Sie sich vor!«, fuhr ihm der mittelgroße Brillenträger in die Parade, dessen Blick an einen Leguan auf Beutezug erinnerte, reckte den Kopf, als wolle er das Manko an Körpergröße wettmachen, und stierte Leschek mit hervorschnellender Zungenspitze an. »Wie immer Sie auch heißen mögen, wenn Sie nicht sofort die Tür aufmachen, bekommen Sie es mit mir zu tun. Damit das klar ist, wir können auch anders. Entweder Sie tun, was Ihnen gesagt wird, oder wir lochen Sie ein, bevor Sie oder die Asozialen da drin Piep sagen können. Was das bedeutet, überlasse ich Ihrer Fantasie. Mit Typen wie Ihnen fackeln wir nicht lange, lassen Sie sich das gesagt sein. Vorschlag zur Güte: Falls Sie sich verändern möchten, wir sind Ihnen bei der Suche behilflich.« Im Gesicht des Schnüfflers breitete sich ein Lächeln aus. »Es geht doch nichts über Arbeit an der frischen Luft, finden Sie nicht auch? Im Kreise von Gleichgesinnten, das versteht sich ja wohl von selbst, Kost, Logis und Körperertüchtigung inklusive. Wie sieht es aus, wäre das nichts für Sie? Falls Sie Interesse haben, lassen Sie es mich wissen. Ein Wort genügt, und Sie sind dabei!«

»Schönen Dank auch, der Herr – kein Bedarf.«

»Na, wenn das so ist, wären wir uns ja einig«, knurrte der Vertreter der gefürchteten Geheimpolizei zurück, von einem Durchschnittsberliner so gut wie nicht zu unterscheiden. Breitkrempiger dunkler Hut, dazu passender Anzug, Parteiabzeichen auf dem Revers, dezente, schwarzweiß gestreifte Krawatte. Genau so stellte man sich den dienstbeflissenen Henkersgehilfen vor, wie geschaffen, missliebige Subjekte aus dem Weg zu räumen. Und selbst Leschek, der ein Gemüt wie ein Fleischwolf besaß, das Fürchten zu lehren. »Wären Sie jetzt vielleicht so gut, die Tür aufzumachen? Wir sind in Eile, müssen Sie wissen.«

»Darf man fragen, aus welchem Grund …«

»Na, Sie haben vielleicht Nerven!«, fuhr der Geheimpolizist dazwischen, einen Schmiss auf der linken Wange, was das Bild, das man sich von einem Sadisten machte, abzurunden schien. »Ich schlage vor, Sie halten sich aus allem raus, dann bekommen Sie auch keine Scherereien. So, und jetzt wäre ich Ihnen dankbar, wenn Sie sich den Heckmeck verkneifen würden. Damit Sie Bescheid wissen, bei mir können Sie mit Ihrer Unschuldsmasche nicht landen.«

Die Hand auf der Klinke, ließ Emil den ungebetenen Besuch passieren, deutete auf die mit rotem Samt ausgekleidete Treppenflucht, die ins Souterrain des mondänen Etablissements führte, und folgte dem Greiftrupp auf dem Fuß. Die Kandelaber an der Wand sandten mattrote Strahlen aus, und während er versuchte, mit dem wortkargen Dreigestirn Schritt zu halten, schienen sich die Silhouetten der Agenten in nichts aufzulösen.

Der Türsteher stieß einen gedämpften Seufzer aus. Egal wo, das Faustrecht war auf dem Vormarsch, und es gab niemanden, der es wagte, sich den Menschenschindern zu widersetzen, geschweige denn gegen das Unrecht vorzugehen. »Ich will ja nichts sagen, Herr …«

»Kriminalobersekretär, falls Sie es genau wissen wollen.«

»Ich will ja wirklich nichts sagen, aber wenn Sie nach Vergewaltigern oder Serienmördern suchen, sind Sie bei uns falsch.«

»Wie bitte?« Auf halbem Weg nach unten, wo ihm eine Pforte aus Mahagoni den Weg versperrte, machte der Anführer des Greiftrupps kehrt. »Sag das noch mal, Presssack!«

Lescheck hätte sich ohrfeigen können. Doch für Vorwürfe an die eigene Adresse, wiewohl berechtigt, war es jetzt zu spät. Der Kraftmensch von einst, Ende der 20-er die Hauptattraktion im Varieté Wintergarten, sackte in sich zusammen.

Ins Fettnäpfchen getreten, wieder mal. Typisch für ihn. Er konnte einfach nicht die Klappe halten. Ein Manko unter vielen, aber mit Sicherheit das größte. Und ein Ausrutscher mit Folgen, fragte sich nur, mit welchen.

»Was denn?«

»Stell dich nicht dümmer, als du bist, du Schießbudenfigur. Was du gesagt hast, will ich wissen!«, brüllte der

Gestapo-Beamte im Stil eines Feldwebels los, senkte den Blick und stierte Leschek über die Ränder seiner Bürokratenbrille an. »Aber dalli, sonst nehmen wir dich in die Mangel, bis die Zähne in deinem Ganovenarsch Klavier spielen!«

Alle Neune, jetzt hatte er den Salat.

Der Türsteher atmete hektisch durch, und wie um das Desaster perfekt zu machen, in das er sich dank seiner Unbedachtheit hineinmanövriert hatte, griff der Gestapo-Agent zur Waffe.

Warum hatte er nicht einfach die Klappe gehalten. Warum nur. Dann wäre ihm das hier erspart geblieben. Und manch anderes, was ihm blühte, mit dazu.

»Na los, sonst puste ich dir deinen Quadratschädel weg!« Starr vor Schreck, fokussierte Leschek den Schalldämpfer einer Walther PPK, die Hand auf dem polierten Kahlkopf, auf dem sich eine Lache aus Schweißperlen bildete.

»Mach's Maul auf, oder ich muss ein bisschen nachhelfen!«

An sich gab es für Emil zwei Möglichkeiten, die erste ein Akt der Vernunft, wenngleich seiner nicht würdig, die zweite der schiere Wahnsinn, der Anfang vom sicheren Ende. Entweder er überwand den Groll, der sich in ihm zusammenbraute, gab klein bei und zog letztendlich den Kürzeren, was am Abtransport ins Café Heydrich zwecks Sonderbehandlung nichts geändert hätte, oder er hörte auf seinen Instinkt, der ihm riet, seine Haut so teuer wie möglich zu verkaufen.

Endstation Prinz-Albrecht-Straße, Rückfahrkarte nicht vonnöten.

Oder KZ Sachsenhausen, kam ganz drauf an.

Schöne Aussichten, oder nicht?

»Sag mal, bist du taub, oder was? Ich hab dich was gefragt, Fettklops, raus mit der Sprache!«

»Ob Sie es glauben oder nicht, ich habe keine Ahnung, wovon Sie spre…«

»Und ob du sie hast, halt mich bloß nicht für bekloppt. Ihr Ganoven steckt doch alle unter einer Decke, davon kann man ja wohl ausgehen.« Flankiert von seinen Handlangern, die Lescheks Arme auf den Rücken wuchteten, um dem Zwei-Meter-Riesen Handschellen anzulegen, trat der Anführer des Greiftrupps auf den Türsteher zu. »Ich sag's nicht noch mal: Entweder du packst jetzt aus, oder du kannst deine Zelte im KZ aufschlagen. Also: Was weißt du über den S-Bahn-Mörder, raus mit der Sprache, sonst drehen wir dich durch die Mangel, dass dir Hören und Sehen vergeht!«

»Nichts«, beteuerte Leschek, wohl wissend, dass dies auch nicht annähernd der Wahrheit entsprach. Das Gerücht, ein Serientäter laufe frei herum und habe bereits mehrere Frauen auf dem Gewissen, ohne dass die Kripo eine heiße Spur gefunden habe, machte seit längerem die Runde, zuerst unter dem Personal der Reichsbahn, wo die Mutmaßungen nur so ins Kraut schossen, in der Folge aber auch dort, wo der Mörder über die Frauen hergefallen war. Allein drei von insgesamt vier Getöteten, die auf das Konto des berüchtigten Killers zu gehen schienen, waren von Letzterem brutal vergewaltigt und im Umkreis von wenigen Kilometern aufgefunden worden. Emil, derzeit wohnhaft in Friedrichsfelde, wo sein Schwager als Rangierer tätig war, hatte als einer der Ersten von den Gräueltaten erfahren, begangen zwischen Erkner und dem Ostkreuz, zumeist nachts und in einem Waggon zweiter Klasse. Die Details, insofern sie der Wahrheit entsprachen, ließen selbst hartgesottene Naturen erschaudern.

Der Mörder, so wurde hinter vorgehaltener Hand kolportiert, stelle alles Bisherige in den Schatten. Auch das, was Berlin an Abscheulichkeiten aufzuweisen habe. Aus Angst, ins Visier der Gestapo zu geraten, hielten sich die Eingeweihten zwar bedeckt, allen voran die Kollegen im Milieu. Dennoch war durchgesickert, dass es sich nicht um einen gewöhnlichen Sittenstrolch handelte, sondern um einen Psychopathen, der seinen Opfern schwere Verstümmelungen zufügte. Details so recht nach dem Geschmack der Acht-Uhr-Blätter, die ihre Leser mit dem neuesten Klatsch und Tratsch versorgten, und geeignet, die Gerüchteküche zum Brodeln zu bringen.

Dabei, das heißt bei makabren Mutmaßungen, war es jedoch geblieben. In den Zeitungen war kein Wort über die Mordserie zu lesen gewesen, und das, wie Emil zu Recht vermutete, nicht ohne Grund. Die Nazis hatten es sich nun mal in den Kopf gesetzt, in Berlin für Recht und Ordnung zu sorgen, mit einigem Erfolg, das musste ihnen der Neid lassen. Ein Serientäter, der nach Belieben meucheln, vergewaltigen und seine Mordfantasien an wehrlosen Opfern abreagieren konnte, so etwas konnte folglich nicht passieren. Was nicht sein durfte, das durfte nun mal nicht sein. Stand doch nicht nur der Ruf der Polizei auf dem Spiel, die nach wie vor im Dunkeln tappte, sondern auch das Ansehen des Regimes, das sich damit brüstete, für Recht, Ordnung und die Reinhaltung der nationalsozialistischen Volksgemeinschaft zu sorgen.

Ein Name für den Täter war indes schnell gefunden und binnen kurzem in aller Munde. Der Werwolf, behaupteten diejenigen, die über das nötige Quäntchen Fantasie verfügten, habe es vor allem auf junge Frauen abgesehen. Und zwar auf solche, deren Lebenswandel erheblich zu wünschen übrig ließ. Lebedamen oder nicht, an der Tatsache, dass der Täter mit nie dagewesener Brutalität zu Werke ging, bestand laut Flüsterpropaganda kein Zweifel. Kein Wunder also, dass die Gestapo Himmel und Hölle in Bewegung setzte, um auf die Spur des vermeintlichen Monstrums zu kommen. Und sei es nur, um der Kripo eine lange Nase zu drehen.

Wie Emil aus verlässlicher Quelle wusste, war zwischen den Konkurrenten ein erbitterter Wettstreit ausgebrochen, bei dem die Kripo allmählich ins Hintertreffen geriet. Beide indes, sowohl die Schergen Heydrichs als auch die Ermittler im Präsidium, verfolgten das gleiche Ziel, wiewohl mit gänzlich unterschiedlichen Motiven. Um wen auch immer es sich bei dem geheimnisumwitterten Werwolf handelte, es war an der Zeit, dass etwas geschah. Je länger sich das Monstrum auf freiem Fuß befand, desto rascher würde die Unruhe unter den Berlinern um sich greifen.

Halb Berlin in Panik, für die Nazis der reinste Albtraum.

Und für die Gestapo die Blamage schlechthin.

»Nichts?«, echote der Anführer des Greiftrupps, die Hand am Abzug seiner Dienstwaffe, deren Mündung er auf Lescheks Stirn presste. »Und du bist dir da auch wirklich sicher?«

»So ziemlich.«

»Dein letztes Wort?«

»Mein allerletztes, ob Sie es glauben oder nicht.«

Die Miene des Leguans gefror zu Eis.

»Na schön, du hast es so gewollt!«, stieß Lescheks Gegenüber mit tückischem Zischeln hervor und bedeutete seinen Handlangern, Hantel-Emil nach draußen zu eskortieren. »Den heben wir uns für später auf – abführen. Und über Funk Verstärkung anfordern, aber dalli!«

»Einen Moment noch.«

»Was ist, Rübezahl, du hast es dir doch nicht etwa anders überlegt?«, machte der Scherge von Himmlers Gnaden aus seiner Verachtung keinen Hehl, die Waffe immer noch in der Hand, um im Notfall Gebrauch davon zu machen. »Was glotzt du so bedröppelt aus der Wäsche, Angst vor der eigenen Courage?«

»Weder davor noch vor dir, du halbe Portion – wie käme ich dazu. Und was deine beiden Gorillas angeht, die erledige ich mit links. Was meinst du, wie groß wären eure Chancen, wenn ich keine Handschellen anhätte, eins zu eins, eins zu hundert, eins zu tausend oder eins zu einer Mil…«

Er konnte einfach nicht die Klappe halten. Dieses Manko, auf das er noch nie so stolz gewesen war wie heute, sollte den 58-Jährigen das Leben kosten.

Das Letzte, was Hantel-Emil spürte, war die Spitze einer Injektionsnadel, die sich tief in die rechte Hüfte bohrte, ein untrügliches Zeichen, dass er übers Ziel hinausgeschossen war.

Blieb also nur, die Augen zu schließen. Und sich selbst zu seinem Entschluss zu gratulieren, so folgenreich er auch gewesen war.

Ein Abgang nach Maß, schoss es ihm in einem Anflug von Vergnügtheit durch den Kopf, dagegen gab es ja wohl nichts einzuwenden. Er hatte sich entschieden zu weit aus dem Fenster gelehnt, und wie unter seinesgleichen üblich, bekam der Koloss vom Bergmannkiez die Rechnung präsentiert. Eins freilich hatte er jedoch bis heute für sich behalten, nämlich dass es mit seiner Pumpe aufgrund seines Übergewichts nicht zum Besten stand und dass er bis zum Abwinken Herztabletten schlucken musste, ohne die er längst einsachtzig tiefer gelandet wäre. Auf keinen Fall durfte man das in seinen Kreisen an die große Glocke hängen, andernfalls wäre man nicht für voll genommen worden. Stolze zweieinhalb Zentner, auf knapp zwei Meter Körpergröße verteilt. In Kombination mit seiner Vorliebe für Hochprozentiges und Havannas ein Vabanquespiel par excellence.

Doch damit, will heißen mit russisch Roulette á la Emil, war es unwiderruflich vorbei. Leschek hatte seine Entscheidung längst getroffen, und wie ihm erst jetzt, im Angesicht seines Peinigers, klar wurde, waren die Würfel bereits vor Monaten gefallen.

Wenn schon einen Abgang machen, schoss es ihm durch den Sinn, als er binnen Sekunden in sich zusammensackte, dann wenigstens mit Stil.

Das war er seiner Ganovenehre schuldig.

Denn einer, so lautete sein letzter Gedanke, musste schließlich den Anfang machen. Sonst würden die Henker dieser Welt die Oberhand gewinnen.

Und das durfte auf keinen Fall passieren.

*

»Na, wie geht's uns denn so, schöner Mann?«, gurrte Bijou, Animierdame im »Kakadu«, dem Stammgast an der Bar im Souterrain ins Ohr, bei dem ihre Avancen auf taube Ohren stießen. »Was ist, gibst du mir einen aus?«

Die Antwort auf die Offerte blieb aus. Heute, viereinhalb Wochen nach seiner Beförderung, hatte der schlaksige junge Grübler andere Sorgen. Kommissar bei der Kripo Berlin, schon als Pennäler war das sein erklärtes Ziel gewesen. Um auf dem Laufenden zu sein, hatte er Artikel über Kriminelle gesammelt, im Berlin der 20-er keine Seltenheit. An erster Stelle rangierten dabei die Gebrüder Saß, Einbrecherkönige aus Moabit, gefolgt von den Ringvereinen, die keine Gelegenheit ausließen, die Polizei auf Trab zu halten. Ernst Gennat, Leiter der Mordinspektion mit der Bilanz von 298 aufgeklärten Tötungsdelikten, war sein absolutes Idol gewesen, und er hatte sich vorgenommen, dem legendenumwobenen Ermittler nachzueifern. In jenen Tagen, kurz bevor die Börse ins Taumeln geriet, zählten die Kommissare zu den Topstars der Gazetten. Kein Tag, an dem nicht ausgiebig über sie berichtet wurde, mitunter sogar mehrmals pro Woche. Und dann, für Heranwachsende unverzichtbar, gab es auch noch die Groschenhefte, eine wahre Fundgrube, was reale und fiktive Ganovenjäger betraf.

Heute, fünf Jahre und einen Monat nach seiner Versetzung zur Kripo, tickten die Uhren im Präsidium anders. Und beileibe nicht nur dort, sondern überall im Land. Mit dem Staat, so der verbreitete Flüsterwitz, war keiner mehr zu machen, und was den jungen Mann betraf, konnte er dem nur zustimmen. Damals, zu Zeiten eines Adolf Leih, Pate des organisierten Verbrechens, hatten sich die Ganoven in den Kaschemmen am Schlesischen Bahnhof herumgetrieben. Ab 1933, mit Beginn des sogenannten Dritten Reiches, residierten sie in den Ministerien, und man musste kein detektivisches Genie sein, um ihren Machenschaften auf die Spur zu kommen. Dumm nur, dass Reichsführer-SS Heinrich Himmler, einer der Drahtzieher im Syndikat des Schreckens, vor fünf Jahren zum Chef der Deutschen Polizei ernannt worden war. Zweifelsohne war damit der Bock zum Gärtner gemacht und die Kripo in den Dienst eines Systems gestellt worden, mit dem zumindest er nichts zu tun haben wollte.

»Wie es mir geht, willst du wissen? Hast doch Augen im Kopf, oder?« Eins hatte er begriffen: In einer Zeit, wo die Welt aus den Fugen geriet, war für Quertreiber wie ihn kein Platz, und er wunderte sich, wie er es fertigbrachte, bei der Kripo seinen Mann zu stehen. Im Grunde, das wurde ihm nach reiflicher Überlegung bewusst, hätte er längst Nägel mit Köpfen und sich so unauffällig wie möglich aus dem Staub machen sollen. Aus den Plänen, irgendwo anders neu anzufangen, war jedoch nichts geworden. Warum, das wusste er selbst nicht so genau. An den Ganoven im Braunhemd konnte es jedenfalls nicht liegen, denn die, wie im Übrigen auch ihre Claqueure, hatte er gefressen. Was ein echter Preuße war, als den er sich mit Vorliebe betrachtete, der fiel auf Latrinenparolen nicht herein, egal aus wessen Mund sie kamen.

»Du guckst ja so komisch, Sydow-Schatz, irgendwas nicht in Ordnung?«

»*Von* Sydow – Ordnung muss ja schließlich sein«, feixte der frischgebackene Kriminalkommissar zurück, an dem ein Raymond Chandler seine helle Freude gehabt hätte, signalisierte dem Barkeeper, dass er am Verdursten sei, und bestellte den dritten Gin in Folge, zum Verdruss der parfümierten Circe, die den markanten Duft von Quelques Fleurs verströmte. »Wie oft soll ich dir das eigentlich noch sagen, oh du blond toupierte Frau meiner Träume!«

»Schön wär's.«

»Was denn, Süße?«

»Na, das mit der Traumfrau«, mokierte sich Bijou, eine auf Lolita getrimmte Blondine Anfang 20, die mit bürgerlichem Namen Hertha Krause hieß, saugte am Mundstück ihrer Juno, als ob sie seit Wochen keine Fluppe mehr geraucht hätte, und stocherte mit dem Strohhalm in ihrem Cocktailglas herum. Anders als erhofft biss Sydow jedoch nicht an und zeigte der Animierdame die kalte Schulter. »Aber danke für die Blumen, ob du es ernst gemeint hast oder nicht.«

»Keine Ursache, man tut, was man kann.« Wider sonstige Gewohnheiten war er nicht in der Stimmung, Süßholz zu raspeln, und das hatte auch seinen Grund. Im Präsidium war wieder mal die Hölle los gewesen, und nicht nur da, wie er zu seinem Leidwesen konstatierte. Auch in Liebesdingen lief es momentan nicht rund, ein Grund mehr, die Reminiszenzen an der Bar im »Kakadu« zu ertränken. Ein Glas Beefeater oder zwei, und schon sah die Welt wieder anders aus. Letztere war ohnehin schon kompliziert genug, vom Krieg, der nun schon fast zwei Jahre dauerte, nicht zu reden.

Im Gegensatz zu etlichen Kollegen war Sydow von einer Einberufung zwar verschont geblieben, aber damit hatte es sich dann auch schon gehabt. Die Siegeschancen, mit der Meinung stand er nicht allein, waren ohnehin gleich null, und es grenzte an Idiotie, das Wort überhaupt in den Mund zu nehmen. Was passierte, wenn am Ende auch noch die Amerikaner mitmischten, daran wollte Sydow lieber nicht denken. Er war hier, um sich zu amüsieren, wie so viele, die ahnten, dass ihnen das Lachen bald vergehen würde.

Falls es ihnen nicht schon längst vergangen war.

Da lobte er sich doch seine Arbeit, die lenkte ihn wenigstens ab. Mit der Fahndung nach dem S-Bahn-Mörder, die bei der Kripo hektische Aktivität ausgelöst hatte, hatte er zwar nur am Rande zu tun, aber das bedeutete nicht, dass er eine ruhige Kugel schob. Entgegen der Behauptung, die Kriminalität stehe vor dem Aus, konnte er sich über einen Mangel an Beschäftigung nicht beklagen. Die Kollegen von der SOKO Werwolf, auf Anordnung von Himmler aus der Taufe gehoben, bliesen ins gleiche Horn wie er. Bei der Fahndung nach dem Mörder drohte ihnen die Puste auszugehen, und wenn das so weiterging, bekäme die Kripo den Wind von vorn. Die Gestapo wartete nur darauf, den Fall an sich zu ziehen, und genau das galt es unter allen Umständen zu vermeiden.

Das Fazit war so unausweichlich wie einleuchtend, auch wenn niemand darüber sprach. Der Rest der Kollegen, vorwiegend jüngere Semester wie er, malochte, was das Zeug hielt. Und das, von amourösen Turbulenzen abgesehen, war auch der Grund, warum Sydow ein Glas nach dem andern leerte. Hin und wieder musste man auch mal auf den Putz hauen, so lautete die Losung für den Tag. Selbst dann, wenn man knapp bei Kasse war.

»Hallöchen, Herr Kommissar – ich rede mit dir. Ein Pfennig für deine Gedanken, schöner Mann!«

»Du wirst es nicht glauben, aber ich höre gut.« Typisch Hertha, sie ließ einfach nicht locker. Dabei wollte er doch nur einen auf Nostalgie machen, ohne Ringelpietz mit Anfassen, bei einem Glas Gin, um ein wenig abzuschalten. Oder bei einem halben Dutzend, je nachdem, welchen Verlauf der Abend nahm. »Und das mit dem schönen

Mann will ich nicht mehr hören, kapiert? Wenn schon, dann Mister Universum – alles andere wäre Beamtenbeleidigung.«

»Deine Witze werden immer schlechter, hat dir das schon mal jemand gesagt?«

»Was soll's, Schwamm drüber. Humor ist, wenn man trotzdem lacht«, gab Sydow zurück, in Gedanken beim nächsten Gin, der in Kürze fällig war. So aufregend wie während seiner Schulzeit, als das Nachtleben auf dem Ku'damm noch Stil hatte, würde der Streifzug durch die Kaschemmen zwar nicht werden, aber was das »Kakadu« betraf, gab es nichts zu meckern. Ein Blick auf die gerahmten Fotos, umgeben vom purpurroten Plüsch der Sitznischen, und alle, die in glücklicheren Tagen für Furore gesorgt hatten, waren wieder da. Fast schien es, als lebe die Zeit vor dem Börsencrash wieder auf, ein Grund mehr, das Hier und Jetzt außen vor zu lassen.

Damals, gerade mal 16 Jahre alt und Fan der Comedian Harmonists, hätte er einen Mord begangen, um an eine Karte für das Konzert im Scala zu kommen. Aber auch so konnte man über einen Mangel an Vergnügungen nicht klagen. Vom Geschmack einmal abgesehen, am Ku'damm kam man nicht vorbei. Dort gab es alles, was das Herz begehrte, von Kabaretts, Weinlokalen, Grillstuben, Austernbuden, Bars und Kinos bis hin zu legendären Treffs, allen voran das Romanische Café, wo sich die Crème de la Crême der Intellektuellen tummelte – oder alle jene, die sich dazu zählten. Cafés gab es dort wie Sand am Meer, auch solche mit Séparée, wie geschaffen für romantische Stunden zu zweit. Ob Josephine Baker, die Attraktion im Nelson-Theater, nur einen Katzensprung vom »Kakadu« entfernt, ob Asta Nielsen, Claire

Waldoff, Emil Jannings oder Marlene Dietrich, die, wie könnte es anders sein, von Kopf bis Fuß auf Liebe eingestellt war – der Vergleich mit heute fiel vernichtend aus.

Doch davon ließ sich die illustre Schar nicht unterkriegen. An der Bar, wo kontaktfreudige Nymphen nach Kundschaft lechzten, war kein einziger Platz mehr frei, und wer sich scheute, die Dame seiner Wahl zum Tanz aufzufordern, für den kamen die Tischtelefone wie gerufen. Aber auch Rudi Szabo, seines Zeichens Pianist, jenseits der 60 und Veteran aus der Stummfilm-Ära, die Haarsträhnen triefend vor Pomade, konnte sich über einen Mangel an Arbeit nicht beklagen. Krieg oder nicht, die Nachtschwärmer wollten sich amüsieren, und je länger der Abend dauerte, desto vehementer legte sich der Mann am Klavier ins Zeug. Die Tatsache, dass Rudi und der Saxofonist miteinander verbandelt waren, schien niemanden besonders zu stören, und wenn die beiden richtig loslegten, gab es auf der Tanzfläche aus Spiegelplatten kein Halten mehr.

»Na, dann mal prost, so jung wie heute kommen wir nicht mehr zusammen.« Zum Feiern war Sydow eigentlich nicht zumute, trotz der Beförderung, mit der er nicht im Traum gerechnet hatte. Aber besser hier, sagte er sich, das mittlerweile vierte Glas Gordon's in der Hand, als in seiner Junggesellenbude zu versauern. Im Beisein der Berliner Halbwelt, wo jeder beinahe jeden kannte, lebte es sich angenehmer als da draußen, fast wie unter Freunden, genau das Richtige für ihn. Die wahren Verbrecher, das wusste Sydow aus berufenem Munde, tummelten sich woanders, und wenn die Gerüchte stimmten, hatte Heydrich auch hier die Hand im Spiel. Die oberen Chargen, so wurde hinter vorgehaltener Hand kolportiert, verkehrten in speziell für sie eingerichteten Etablissements, in die normale Sterbliche keinen Fuß setzten. Verdiente Parteigenossen, Industrielle und hin und wieder Diplomaten, eine Mischung so recht nach dem Geschmack des RSHA, das die verwanzten Zimmer nach Belieben abhören und die Betroffenen bei Bedarf in die Enge treiben konnte.

Und das nannte sich dann Geheime Reichssache.

Al Capone und Konsorten ließen grüßen.

Eins stand somit fest: Hier, in der vermeintlichen Höhle des Löwen, hatte man sich zumindest einen Rest von Anstand bewahrt, was man von der Behörde, für die Sydow arbeitete, selbst unter Zuhilfenahme von Scheuklappen nicht sagen konnte. Die Tage eines Ernst Gennat, wo die Kripo aus integren Mitarbeitern bestand, waren unwiderruflich vorbei. Ohne Heydrich, Himmlers rechte Hand, rührte der Polizeipräsident keinen Finger, und ohne die Gestapo, die ihre Nase in alles hineinsteckte, was sie einen feuchten Schmutz anging, lief so gut wie überhaupt nichts mehr. Wie viele Spitzel sich in den Reihen der Mordinspektion tummelten, wollte Sydow lieber nicht wissen.

Ein Grund mehr, mit Verve über die Stränge zu schlagen.

Bijou, die ihn mit verzückter Miene musterte, schien dies nicht zu stören, zumindest tat die talentierte Süßholzraspel so. »Eine Ausstrahlung wie Valentino – und noch immer nicht unter der Haube, das soll mal einer verstehen.«

»Und das ist auch gut so, Schätzchen!«, gab Sydow im Brustton der Überzeugung zurück, bestellte sich das nächste Glas und betrachtete sein Konterfei im Bar-

spiegel, der über die gesamte Breite des Tresens reichte.
»Ich und verheiratet, das fehlte gerade noch!«

Der Vergleich mit Valentino hinkte, das war dem
28-Jährigen nur zu bewusst. Sydow war über 1,90 Meter
groß, breitschultrig, stoppelbärtig und das exakte Gegenteil von einem Schönling, wie er auf der Leinwand oder im
Varieté gang und gäbe war. Beinahe alles an dem gebürti-
gen Neuruppiner war markant, angefangen bei der Kinn-
partie, in der sich eine gehörige Portion Sturheit wider-
spiegelte, die vor den Höhergestellten im Präsidium nicht
Halt machte. Markant, um nicht zu sagen ungewöhnlich, waren auch die weit auseinanderliegenden Wangenknochen, die ungewöhnlich breite, mit Sommersprossen
besprenkelte Stirnpartie und die opulenten rotblonden
Brauen, Erbteil seiner englischen Mutter, mit der er seit
Jahren keinen Kontakt mehr hatte. Opulent und nach
Meinung seiner Vorgesetzten entschieden zu lang war
auch die rotblonde und nach hinten gekämmte Mähne.
Sydow, auf die A-Promis in der Chefetage nicht gut zu
sprechen, hörte darüber hinweg. Am nachhaltigsten, weil
überaus einprägsam, wirkten die hellblau schimmernden Augen. Der Grund, weshalb auch Bijou alias Hertha Krause einen Narren an ihm gefressen hatte. »Und
was wäre daran so schlimm, mein rotblonder Recke?«

»Tu dir das nicht an, Süße!«, wehrte der Kripobeamte
mit erhobenen Händen ab, leerte das Glas und strich
dem Fräuleinwunder über die Wange, auf der sich ein
mit Hand aufgetragener Schönheitsfleck befand. Bijous
geschlitzte Glitzerrobe, die an dem auffallend hage-
ren Körper herumschlackerte, warf lange Falten, und
er fragte sich, wie lange sie den Fummel wohl schon
spazieren führte. »Du weißt nicht, wovon du sprichst.«

»Und ob ich das weiß«, gurrte Bijou alias Hertha Krause zurück, das für sie typische Lilian-Harvey-Lächeln und reichlich Rouge auf der bleichen Wange, mit dem sie die Spuren ihres Kokainkonsums kaschierte. »Mit Männern kenne ich mich aus, mein Schatz, das kannst du mir getrost glauben.«

»Allein schon von Berufs wegen, was?«, konterte Sydow, dessen Humor nicht jedermanns Sache war. Auch jetzt, mit reichlich Gin im Blut, konnte er den Scherzbold im Polizisten nicht verleugnen, im Verein mit seiner Berliner Schnauze die Gewähr, über kurz oder lang ins Fettnäpfchen zu treten. »Apropos, wo steckt denn eigentlich dein Zu… äh … Sorry, Zuckerpüppchen, ist mir nur so rausgerutscht. Wo steckt denn eigentlich dein Beschützer, wenn man fragen darf?«

»Der kann mich mal, falls du es genau wissen willst!«, fuhr die Nachtschwärmerin ihren sichtlich angeheiterten Konversationspartner an, der sich das Schmunzeln nur mit Mühe verkniff. »Aber wenn wir gerade dabei sind, mit Ava und dir ist doch alles in Ordnung?«

»Klar. Wieso fragst du?«

»Na, warum wohl – weil du einen Gin nach dem anderen kippst«, gab Bijou zurück, deren Mutterinstinkt die Oberhand über das Geschäftsgebaren gewann. »Liebeskummer hoch zehn, oder sehe ich das falsch?«

»Deine Anteilnahme in Ehren, Hertha – aber findest du, das geht dich etwas an?«

»Klar«, ahmte die Animierdame Sydow nach, nahm ihm das Glas aus der Hand, in das er sich gerade nachschenken ließ, und beförderte es außer Reichweite, bevor sie einen erneuten Anlauf nahm. »Und ob mich das etwas angeht. Irgendjemand muss ja auf dich aufpassen, sonst kommst du auf die schiefe Bahn.« Bijou kicherte lasziv in sich hinein. »Aber jetzt mal im Ernst, Tom: Das mit dir und Ava, das konnte einfach nicht gutgehen. Eine Varietétänzerin und ein Polyp von Adel, das passt wie die Faust aufs Auge. Weißt du, was ich denke?«

»Habe ich gerade richtig gehört: Du denkst?«

»Werd mir bloß nicht frech«, ließ sich die Provinzvenus nicht aus dem Konzept bringen, hob tadelnd den Zeigefinger und wedelte vor Sydows Gesicht herum. »Oder glaubst du, ich weiß nicht, wie wir Frauen ticken?«

»Dann lass mal hören, Hertha, ich bin ganz Ohr. Wer weiß, vielleicht lerne ich noch was dazu.«

»Regel Nummer eins: So wie du rumläufst, kannst du keinen Blumentopf gewinnen, schon gar nicht bei einer Dame, die etwas auf sich hält.«

»Klingt logisch.« Das Sakko von anno dazumal, die Krawatte zerknittert, um nicht zu sagen unansehnlich, der Hemdkragen offen und nicht gebügelt, weil er keinen Nerv für derartige Kinkerlitzchen hatte. Irgendwie hatte Bijou ja recht. »Und was, bitte schön, gibt es sonst noch an mir rumzumeckern?«

»Wer meckert denn an dir rum?«, entrüstete sich Bijou, schüttelte den Kopf und warf einen schicksalsergebenen Blick an die Decke, verziert mit einem künstlichen Sternenhimmel, der im Licht eines Kaleidoskops erstrahlte. »Also wirklich, mit euch Männern ist doch wirklich kein Staat zu machen!«

»Nimm dich in Acht, Hertha, sonst bekommst du es mit dem Führer zu tun. Du weißt ja, über Abstinenzler macht man sich nicht lustig. Was das betrifft, versteht die Gestapo keinen Spaß.«

Die Zigarettenspitze in der rechten Hand, die sie vor Schreck beinahe fallen ließ, rang die Nachtschwärmerin nach Worten. »Den meine ich auch nicht – und das weißt du ganz genau. Oder denkst du, ich habe Lust, im KZ zu landen? Anschaffen steht unter Strafe, dir als Bullen muss ich das nicht sagen.«

»Tut mir leid, Süße. War nicht so gemeint.«

»Du wirst lachen, das glaube ich dir sogar. Weißt du, was ich an dir so schätze, *Süßer*?«

Sydow atmete mit schicksalsergebener Miene aus. Er ahnte, was als Nächstes kommen würde, aber da er keinen Wert auf Lobeshymnen legte, hob er begütigend die Hand. »Versteh das bitte nicht falsch, Hertha, aber wenn es dir nichts ausmacht, hätte ich jetzt gern meine ...«

Sydow kam nicht dazu, seinen Satz zu vollenden.

»Na, ihr zwee Turteltäubchen, so weit allet in Ordnung?« Erna Pommerenke, resolute Besitzerin des Kakadu und halb liebevoll, halb flapsig »Tante Lola« genannt, drückte den zerfledderten Rest ihrer Havanna aus, zog Sydow am Ohr und fügte mit rauchigem Timbre hinzu: »Mit dir stimmt doch wat nich', Jungchen, kann det sein? Wie sagte mein Oller doch jleich? Haste Liebeskummer, bring 'ne schnelle ...«

»Schönen Dank auch, Tante Lola, das baut mich wieder auf«, fuhr Sydow dazwischen, setzte ein Lächeln auf, wie es künstlicher fast nicht ging, und wartete ab, bis der Raucherhusten, vom dem die Maitresse de Plaisir geschüttelt wurde, wieder abgeklungen war. »Weißt du was? Wenn ich dich nicht hätte, könnte ich einpacken.«

»Dit haste aber schön jesagt«, gab die Betreiberin des Amüsierbetriebs zurück, über deren Werdegang die wildesten Gerüchte kursierten. Sie selbst, Ufa-Sternchen der ersten Stunde, hüllte sich wider sonstige Gewohnheiten in Schweigen. Die Vorboten des Alters, allen voran die tief liegenden Augenhöhlen, waren dennoch nicht zu übersehen. Auch die eingesunkenen Wangen, mit reichlich Rouge übertüncht, sprachen eine deutliche, von einem Leben mit Höhen und Tiefen zeugende Sprache. Einzig der wohlwollende, gleichwohl wachsame Blick, mit dem sie ihre Kundschaft im Vorbeigehen musterte, zeugte davon, dass sie den Ruf, der ihr vorauseilte, nicht zu Unrecht besaß. Erna Pommerenke, passionierte Kettenraucherin mit einer Vorliebe für Cognac aus dem Hause Courvoisier, hielt im Milieu die Fäden in der Hand, und wer klug war, rührte nicht daran. »Komm her, lass dir knuddeln, du langer Lulatsch. Den Schwitzkasten haste dir verdient.«

»Du bist so gut zu mir, ich weiß gar nicht, wie ich dir danken soll.« Kein Freund von Gefühlsbekundungen, fügte sich Sydow ins Unvermeidliche. »Und wie sieht's aus, Tante Lola – so weit alles in Butter?«

»Igitt, dit kratzt ja wie der Teufel, könntest dir ruhig mal wieder rasieren! So kannste bei die Mädels hier nich landen, lass dir dit jesagt sein.«

»Muss auch nicht sein, hab auch so schon genug am Hals.«

»Jetzt tu mal nich so, so viel Zeit wirste ja noch haben.« Tante Lola richtete sich kopfschüttelnd auf. »Ob alles in Butter is, willste wissen? So ziemlich, würde ick sagen. Wäre der Krieg nich, würde es noch viel besser laufen. Du weeßt ja, wie dit mit den Nazis ist. Für die sind wir der letzte Dreck, dabei habense selbst genug davon am Stecken. Unsereins als Volksschädlinge hinstellen, die haben es jerade nötig. Gegen die sind wir die reinsten

Waisenknaben, lass dir dit jesagt sein. Beispiel gefällig, Herr Kommissar?«

»Ich bitte darum, Frau Wirtin.«

»Ick weeß dit nur über fünf Ecken, aber ick bin mir sicher, an den Gerüchten is wat dran.«

»Betreffs wen?«

»Vergiss es, Schätzchen – Namen kriegste von mir nich zu hören.« Auf der Hut vor Lauschern, beugte sich Tante Lola über den Tresen, winkte Sydow zu sich heran und zischte: »Ick weeß ja nich, wie viel davon bis zu de Kripo durchjedrungen is, aber wat man aus Polen so zu hören bekommt, dit hält man einfach nich für möglich.«

»Die Zustände sind nicht so, wie sie sein sollten – ich weiß.«

»Gelinde ausjedrückt. Mit anderen Worten, die Parteibonzen raffen allet zusammen, was nich niet- und nagelfest is. Schließlich möchte man den Gattinnen wat bieten, denn wer will schon jern im Generalgouvernement versauern. Krakau soll ja 'ne schöne Stadt sein, aber damit ist es bekanntlich nich jetan. Du verstehst, wat ick damit zum Ausdruck bringen will?«

Und ob Sydow verstand. Gerüchte, die Frau des Generalgouverneurs schwelge geradezu im Luxus, waren von Krakau bis ins Präsidium vorgedrungen. Sogar Parteigenosse Himmler, so wurde kolportiert, sei mittlerweile hellhörig geworden, und das wollte bekanntlich etwas heißen.

»Wie schön.« Die Lebedame lächelte süffisant. »Und jetzt kommt ausgerechnet dieser Goebbels daher und stellt uns hin, als ob wir hier der Abschaum der Menschheit wären. Volksschädlinge, Gewohnheitsverbrecher, Kriegsgewinnler, Profiteure, Saboteure an der Heimatfront: Nich jerade schmeichelhaft, oder wat sagt der Herr Kommissar dazu?«

»Dem bleibt die Spucke weg, je älter er wird, desto mehr.«

»Mir auch, stell dir vor. Das bisschen Schwarzhandel, ick bitte dir! Davon kann man doch nich reich werden. Wat kann ick denn dafür, wenn die Fressalien rationiert worden sind. Doch wohl überhaupt nüscht, oder? Hätten die da oben nich mit allen Zores angefangen, könnten wir de Bezugsscheine einmotten. Aber nee, der Führer kriegt den Kanal ja nich voll, legt sich neuerdings auch noch mit dem Iwan an. Das soll mal einer verstehen, icke jedenfalls nich. Und wat die Tommys anjeht, eins lass dir jesagt sein: Zappenduster is bei denen noch lange nich, einer wie Churchill lässt sich so schnell nich unterbuttern. Die Retourkutsche kommt bestimmt, machen wir uns nüscht vor. Und dann gnade uns Gott, dann wird hier keen Stein mehr auf dem andern bleiben. Das mit den Angriffen auf London, das werden uns die Tommys nicht verzeihen. Die haben ein gutes Jedächtnis, wenn es drum jeht, offene Rechnungen zu begleichen. Die sind verdammt zäh, aber wem sage ick das.«

»Eben. Hab ja selbst ein bisschen davon abgekriegt.«

»Aber nur ein bisschen, deinem alten Herrn sei Dank!«, flachste Sydows Gesprächspartnerin zurück, stets mit von der Partie, wenn es darum ging, sich um Kopf und Kragen zu reden. »Kriegswirtschaftsdelikte, wenn ick das schon höre. Ick will dir mal wat flüstern, Süßer: Wenn die da oben so weitermachen, jehen wir alle miteinander die Spree runter.«

»Ich fürchte, da kann ich dir nicht widersprechen.«

»Und deshalb: Wat die Leute nich kriegen, um sich ein paar schöne Stunden zu machen, dit bekommen sie von uns. Wo, bitte schön, liegt denn das Problem? Und jetzt tun die Nazis so, als ob sie die Ehrlichkeit mit der Muttermilch einjesogen hätten, machen einen auf Hilfssheriff und wollen mir weismachen, dass Tauschhandel strikt geahndet werden muss. Als ob wir nich schon jenuch Probleme an der Backe hätten. Von wegen Verstoß gegen die Rationierungs- und Bewirtschaftungsvorschriften, dass ick nich lache. Ick sag dir eens, Schätzchen: Seit die dran sind, geht es mit dem Land bergab. Unsereinem steigen sie in die Hacken, und woanders hat die SS keine Skrupel, unschuldige Menschen über die Klinge …« Im Begriff, mit der geballten Faust auf die Theke zu hauen, brach die ungekrönte Königin der Halbwelt ab. »Aber wat soll's, ick will mir nich beklagen«, fuhr sie nach einem kräftigen Schluck aus dem Cognacschwenker fort, beinahe schon kleinlaut, wie Sydow nach einem unauffälligen Rundblick registrierte. »Ick will es mal so sagen: Solange mir deine Kollegen von der Sitte nich auf die Bude rücken, solange läuft der Laden weiter. Lief schon mal besser, da verrate ick dir keen Jeheimnis.«

»Und sonst – irgendwas in petto für mich?«

»Drücken wir's mal so aus, im Westen nichts Neues«, gab Erna Pommerenke zurück, richtete sich zu voller Größe auf und justierte das weinrote Stirnband, in dem eine lackierte Zierfeder steckte. »Und bei euch am Alex, auch dort allet in Butter?«

»Schön wär's.«

»Mit anderen Worten, dit Dreckschwein läuft immer noch frei rum.«

»Falls du den S-Bahn-Mörder meinst – leider ja.«
Sydow atmete nachdenklich durch. »Vier Morde in Folge,
das macht ihm so schnell keiner nach.«

»Da haste recht, schlimmer jeht es wirklich nich.«

»Ach, weißt du, Tante Lola, da gibt es noch ganz
andere. Falls du verstehst, was ich meine.«

»Darf ick dir einen mütterlichen Rat geben, Jungchen?«

»Du doch immer.«

»Wenn du nich in der Plötze landen willst, reiß dir
nach Möglichkeit am Riemen. An mir solltest du dir keen
Beispiel nehmen, ick kann einfach nicht anders. Aber
du, junger Mann, du hast dein Leben noch vor dir, du
kannst es zu wat bringen. Wenn ick dir also einen Rat
geben kann, trau niemandem über den Weg, die Gestapo
ist überall. Besonders da, wo du sie nich vermutest.«

»Wem sagst du das.« Sydow lächelte gequält. »Vier
Morde, in immer kürzeren Abständen. Wenn das so weitergeht, nimmt uns niemand mehr für voll.«

Die mütterliche Ratgeberin pflichtete ihm bei. »Da
kannste recht haben, Süßer. Wäre ick ein Bulle, ick käme
mir total bescheuert vor. Vier Morde, einer brutaler als
der nächste. Und der Irre läuft immer noch frei rum.
Von einer Spur oder einem Verdächtigen nich zu reden.
Effektivität gleich null, trotz Großaufgebot der Polente.«
Die Patin der Kleinkriminellen winkte ab. »Der Dreckskerl macht anscheinend, wat er will, so wat hältste ja im
Kopf nich aus.«

»Wie wahr, Tante Lola«, erwiderte Sydow gedehnt,
kurz davor, ein weiteres Glas Beefeater zu bestellen.
»Wie wahr.« Wider Erwarten blieb die Order jedoch
aus, nicht etwa aufgrund mangelnder Kondition, son-

dern aus Unlust der speziellen Art. Der Spaß am Trinken war dahin, kein Wunder, wenn man so viele Promille intus hatte wie er.

Eins aber stand für Sydow fest, ob man es wahrhaben wollte oder nicht. In der an Skandalen nicht eben armen Kriminalhistorie von Berlin hatte sich die Kripo einmal mehr nicht mit Ruhm bekleckert. An der Erkenntnis, so schwer sie ihm auch fiel, kam er auch heute nicht vorbei.

»So gern ich es täte, aber in dem Punkt hast du recht.«

»Ick weeß.«

Es war wie verhext. Anders konnte man es nicht sagen. Nach Monaten intensiver Fahndung befand sich der Mörder immer noch auf freiem Fuß. Wobei die Chancen, dass sich daran etwas ändern würde, so gut wie gegen null gingen. Das Phantom, hinter dem sie herjagten, konnte schalten und walten, wie es wollte. Das und manch anderes, was die Fahndung nach dem S-Bahn-Mörder betraf, war nicht von der Hand zu weisen. »Aber wenn wir gerade über den Phantom-Killer reden, ich bin für jeden Hinweis dankbar. Diskretion Ehrensache, das weißt du ja.«

»Tut mir leid, mein Junge, aber ick fürchte, ick kann euch da nich weiterhelfen.«

»Hand aufs Herz, Tante Lola: Kannst du nicht oder willst du nicht?«

»Mit Wollen hat das nüscht zu tun, fürchte ick.« Erna Pommerenke, für Sydow eine Art Mutterersatz, tat so, als habe sie die Veränderung in seinem Tonfall nicht bemerkt. »Sondern damit, dass die Jungs und icke im Dunkeln tappen. Janz ehrlich, wir haben keenen blassen Schimmer, um wen es sich bei dem Perversling handelt. So leid es mir für dich tut, mehr kann ick dazu nich sagen. Apropos, wenn wir gerade dabei sind: Für meine Leute lege ich die Hand ins Feuer, die tun so wat nich. Wehrlosen Frauen auflauern und wie ein Tier über sie herfallen, das ist ja wohl das Letzte. Damit möchte ick nüscht zu tun haben – und die Mitglieder im Klub der Volksschädlinge auch nich. Die Jungs und ich, wir alle stehen vor einem Rätsel, das kannst du mir getrost glauben.«

»Die Kollegen und ich auch. Das ist ja gerade das Problem.«

»Siehst du, dann haben wir ja wat gemeinsam«, platzte die Grand Dame des Milieus heraus, urplötzlich von einer dichten Nebelwand verschluckt, die von einer angerauchten Havanna stammte. Die Ärzte hatten ihr zwar geraten, kürzerzutreten, aber darüber konnte die Kettenraucherin nur lachen. »Tante Lola und die Kripo im selben Boot, wer hätte das gedacht. Dass ich das noch erleben durfte, in meinem vorgerückten Alter. Aber Scherz beiseite, ich werde tun, was ich kann. Versprochen, Herzchen, ich kümmere mich darum.«

»Ich weiß es zu schätzen, Tante Lola, den Versuch wäre es wert. Wer weiß, vielleicht hast du eine glücklichere Hand als wir.« Der Kommissar ließ den Zeigefinger über den Rand seines Ginglases streichen, schob es kurz entschlossen beiseite und sagte: »Wie dem auch sei, du weißt ja, wo ich zu erreichen bin.«

Erna Pommerenke nickte resolut. »Kopf hoch, Jungchen, wäre doch gelacht, wenn wir det Schwein nich zu fassen bekämen. Egal wer, die Kanaille kann sich auf wat jefasst machen, und wenn ick janz Berlin auf den Kopf stellen muss. Den drehe ick höchstpersönlich durch die Mangel, und dann, mein Lieber – dann werden wir mal sehen.«

»Genau das wollte ich hören, Tante Lola. Weißt du, auf dich und die Jungs ist wenigstens Verlass.« Die Handfläche auf dem Tresen, schraubte sich Sydow in die Höhe und tippte mit dem Zeigefinger an die Schläfe, von wo aus die Strähnen nach hinten gekämmt worden waren. Das Rotblond überwog bei weitem, wenngleich hier und da ein wenig Grau hindurchschimmerte. »Dann mach ich mich mal auf die Socken, die Damen – morgen ist schließlich auch noch ein Tag.«

»Moment, junger Mann – so schnell schießen die Preußen nich!«

Auf dem Weg zur Tür, blieb Sydow abrupt stehen. »Was hast du vor?«, richtete er das Wort an Erna Pommerenke, die ihn mit beifälligem Grinsen musterte. »Du willst mich doch nicht adoptieren, oder?«

Die Gastronomin brach in schallendes Gelächter aus, das in einen neuerlichen Hustenanfall mündete. Der Freude, die sich in der verlebten Gesichtspartie abzeichnete, schien dies jedoch keinen Abbruch zu tun. »Mir beerben, das würde dir Jungspund so passen. Aber ick will mal nich so sein, auch wenn du es als Bulle nich verdienst«, fuhr Tante Lola belustigt fort, gab dem Klavierspieler einen Wink und bedeutete den Getreuen, ihr Gehör zu schenken. »Allet mal herhören, ick hab euch wat zu sagen, Jungs!«

Die versammelte Halbwelt, in der Mehrzahl Kleinkriminelle, Schwarzhändler und gleich mehrere durchtrainierte Paladine, die aus naheliegenden Gründen in ihrem Sold standen, ließ fast augenblicklich die Gespräche ruhen.

»Der junge Mann da neben mir, den haben sie vor kurzem befördert. Dit muss gefeiert werden, findet ihr nich auch?«

Zustimmendes Gemurmel. Und hocherfreute Gesichter, wohin der Blick auch schweifte.

»Dann mal nüscht wie ran an die Tränke, bevor ick es mir anders überlege!«, trompetete die Mutter Courage des Milieus, ließ sich vom Barkeeper nachfüllen und fügte im Jargon eines Offizierskasinos hinzu: »Erheben Sie sich, meine Herrn. Auf meinen langjährigen Freund Tom, er lebe hoch, hoch, h…«

Ein Schrillen, ebenso plötzlich wie alarmierend, bereitete dem Toast der Gratulantin ein abruptes Ende, und die Vorfreude der Anwesenden verschwand im Nu.

Dreimal kurz, dreimal lang, dreimal kurz.

Jeder im Raum, die Wortführerin eingeschlossen, wusste, was die Abfolge der Alarmtöne zu bedeuten hatte.

Gestapo.

Jetzt war Schluss mit lustig.

Für wie lange, das war die bange Frage.

4

Die Frau war wirklich nicht nichts Besonderes. Und doch blieb sein Blick an ihr haften, wie ein Magnet, als habe man seinen Kopf in einen Schraubstock gepresst. Er war wie hypnotisiert, konnte einfach nicht anders, als sie von Kopf bis Fuß zu taxieren. Und sich vorzustellen, wie es wäre, sie als Mittel zum Zweck zu benutzen.

Als Glied in der Kette, wie die anderen vier davor.

Das Haar kastanienbraun, um einen winzigen Tick zu hell, fast strähnig. Auch nicht entfernt so weich und glänzend wie bei dem Aas von damals. Im Grunde viel zu alt, fast 30, womöglich sogar darüber. Verhärmt und spröde, um nicht zu sagen verbittert.

Kurzum, als Opfer nicht gerade erste Wahl.

Aber dafür, als Ausgleich, mit dunklem Teint, ganz nach seinem Geschmack.

Das würde ihn beflügeln, die Lust am Töten auf die Spitze treiben.

Wie die Frau so dastand, in der Schlange vor dem Fahrkartenschalter, eine Fluppe im herabhängenden Mundwinkel, die Lippen trocken und eingerissen, die Haut verwelkt, die Zähne gelb und überlappend, kam sie ihm bieder, um nicht zu sagen gewöhnlich vor. Ein Gesicht unter vielen, austauschbar, nichtssagend und konturlos.

Für seine Zwecke denkbar ungeeignet.

Wäre der exotisch anmutende Teint nicht gewesen. Mithin das einzig Interessante, wenn nicht gar Außergewöhnliche an ihr. Genug jedenfalls, um sie in die engere Wahl zu nehmen. Besser zugreifen, sagte er sich, als weiter nach der Stecknadel im Heuhaufen zu suchen. Tag und Nacht auf Achse, um ein Phantom aufzuspüren, das zehrte an den Nerven. Entweder er griff jetzt zu, oder der Trieb, der ihn an nichts anderes mehr denken ließ, würde ihn in den Wahnsinn treiben.

Falls das, wogegen er sich mit Haut und Haaren sträubte, nicht schon längst Wirklichkeit geworden war.

Der Blick, mit dem sie ihn musterte, er irritierte ihn stets aufs Neue. Schon wieder eine, die ihn ansah, als habe sie noch nie eine Handprothese gesehen. Dabei gab es sie in Massen, die Veteranen aus dem 14/18-er Krieg, gezeichnet fürs Leben, ohne Beine, Arme oder Finger. Die Haut verätzt vom Gas, Atem des jähen Todes, der Geist verwirrt durch die Schreckensbilder, die sich wie Flammen durch die ausgedörrten Hirnwindungen fraßen. Die Gliedmaßen amputiert, nur noch ein Schatten ihrer selbst. Behaftet mit einem unauslöschlichen Makel, einem Schandfleck, der ein Lebtag lang nicht ausgetilgt werden würde.

Im Unterschied zu ihm jedoch nicht so töricht, um einem hergelaufenen Flittchen auf den Leim zu gehen.

Alle miteinander hatten sie es in der Hand gehabt. Ein Moment der Unachtsamkeit, und ihr Schicksal war besiegelt. Und wenn sie noch so sehr damit haderten, der Fehler war nicht wiedergutzumachen.

Doch, war er.

Der seinige schon.

Er würde die Vergangenheit auslöschen, aus seinen Albträumen tilgen, zu Brei treten, bis kein Staubkorn davon übrigblieb. Indem er sie tötete, eine nach der andern, mittlerweile vier an der Zahl. Und wenn es so weiterging, wie er sich das vorstellte, würde Nummer fünf in Kürze folgen.

In weniger als einer Viertelstunde, um genau zu sein.

Die Frau am Fahrkartenschalter war so gut wie tot. Sie wusste es nur noch nicht. Und das war auch gut so. Denn auch das, im Verein mit ihrem tumben Blick, würde seinen Genuss in bislang unerreichte Höhen katapultieren.

Das würde ihn buchstäblich in Rage versetzen.

Blieb also nur, ihre Fährte aufzunehmen. Alles andere würde sich ergeben. Bis er auf die Richtige stieß, dauerte es oft Tage, mitunter sogar Wochen. Tage, an denen er durch die Hölle ging. Da half nur der Suff, um die Zeit zu überbrücken, ob mithilfe von Fusel oder Schampus, wen kümmerte das schon. Sonst hätte er am Ende den Verstand verloren. Ab und zu ging er auch zu einer Hure, je billiger, desto lieber. Dort konnte er sich wenigstens abreagieren, den Kopf aus der imaginären Drahtschlinge ziehen. Von Vergnügen konnte zwar nicht immer die Rede sein, doch was tat man nicht alles, um wieder in die Spur zu kommen.

Aber das mit den Kriegsbräuten, bei denen man nur mit dem Finger schnippen musste, um sie ins Bett zu kriegen, das hatte was. Davon konnte er nicht genug kriegen, sooft er mit ihnen zugange war. Mit der Prozedur, die ihn stets aufs Neue in Raserei versetzte, hatte das dennoch nichts zu tun. Heute Abend ging es darum, für ausgleichende Gerechtigkeit zu sorgen, nicht mehr, aber auch nicht weniger.

Die Szene vor zwei Jahren, sie ging ihm nicht mehr aus dem Kopf. Auch jetzt, weit weg vom Ort des Geschehens, ließ ihn der Fluch der Vergangenheit nicht los. Ein unbedachtes Wort, eine vage Andeutung, der Geruch nach Fleisch, Knorpel und geronnenem Blut, und das Puzzle des Grauens fügte sich zusammen. Was er auch tat, um die Scharte auszuwetzen, gegen die Dämonen von damals kam er nicht an. Fast schien es, als könne er den Schmerz, der seinen Arm wie bei der Berührung einer Hochspannungsleitung durchzuckte, immer wieder aufs Neue spüren. Das Judenflittchen hatte ihm das Leben zur Hölle gemacht, und deshalb – und nur deswegen – mussten seine Opfer dafür büßen. Im Grunde hatte er nichts gegen Frauen, es sei denn, sie lösten etwas in ihm aus, was ihn binnen Bruchteilen von Sekunden in Rage versetzte.

Das ihn dazu trieb, eine nach der andern zu töten.

Wie die Unbekannte in der abgetragenen Strickweste, die ihren Schafsblick über seine Prothese schweifen ließ, bevor sie behäbig zur Unterführung trottete, wie ein Stück Vieh auf dem Weg zur Schlachtbank, ohne Gespür für die drohende Gefahr.

Immer schön langsam, in der Ruhe liegt die Kraft. Mehr gab es nicht zu sagen. *Du wirst sie brauchen, darum eile mit Weile, schönes Kind. Der Tod kann noch ein paar Minuten warten.*

Aber nur, weil du es bist.

S-Bahnhof Köpenick, Gleis zwei, 22:40 Uhr. Zug in Richtung Ostkreuz, planmäßige Ankunft in 14 Minuten.

Aber nur, falls nichts dazwischenkam.

In den Mantel der Deutschen Reichsbahn gehüllt, dessen Kragen er mechanisch hochklappte, verlor sich sein Blick in der Dunkelheit, die seine Gestalt wie einen Trauerschleier umhüllte. So eine Uniform mit Schirmmütze, für seine Zwecke war sie ideal, geradezu unentbehrlich. Damit verschaffte man sich Respekt, und niemand wäre auf die Idee gekommen, bei ihm könne es sich um den meistgesuchten Mann von Berlin handeln. Schon gar nicht das halbe Dutzend Fahrgäste, deren Umrisse wie Traumgebilde mit der Nachtschwärze verschmolzen.

Verdunkelung allerorten, besser konnte er es nicht haben. Führer, wir danken dir.

Weiter so.

Kaum hatte er die Lage sondiert, war es auch schon so weit. Aus der Finsternis, zuvor schier undurchdringlich, traten die Umrisse der Fahrerkabine hervor, gefolgt von einem halben Dutzend gelbroter Waggons, je zwei davon erster, zweiter und dritter Klasse, letztere mit Holzpritschen, sofern man keinen Wert auf Bequemlichkeit legte.

So gut wie leer, wer sagte es denn. Jetzt konnte es endlich losgehen.

Die Frau schien vollkommen arglos, hatte keine Ahnung, was ihr blühte. Und das bei mittlerweile vier Exekutionen, begangen im Umkreis von wenigen Kilometern. Anscheinend lebte sie hinterm Mond, anders konnte er sich die Apathie nicht erklären. So viel Ignoranz auf einem Fleck, das war ihm noch nicht untergekommen. Na warte, der würde er es zeigen, der Töle würde das Lachen bald vergehen. Alles konnte er ertragen, nur das nicht. Die Strafe würde auf dem Fuße folgen, sobald als möglich.

Und so gnadenlos wie möglich.

Denn sein war die Rache, jetzt und immerdar.

Nicht etwa, dass er keine Skrupel gehabt hätte. Die gab es reichlich, je länger seine Mission dauerte, desto häufiger. Gegen die Manie, die erlittene Schmach zu tilgen, kamen sie jedoch nicht an. Seit dem Tag, an dem er zum Krüppel wurde, war er wie besessen davon. Außerstande, sich der Dämonen, die ihm keine Ruhe mehr gönnten, zu erwehren. *Wenig gilt vor Dir mein Flehen, doch aus Gnade lass geschehen, dass ich mög der Höll entgehen.* Pointierter hätte man sein Dilemma nicht in Worte kleiden können.

Nur noch wenige Sekunden bis zur Abfahrt, Bühne frei für die Protagonisten. Fehlte nur noch der Mann mit dem Taktstock, um dem Requiem die nötige Weihe zu verleihen. Fehlte nur noch er, dann würde das Spektakel seinen Lauf nehmen. Publikum war nicht erwünscht, wie bei Privatvorstellungen üblich.

Und siehe da, das Glück war ihm hold. Wie erhofft, steuerten die Wartenden auf die erste Klasse zu. Warum es sich nicht bequem machen, trotz verbilligtem Fahrschein. So machten es doch die meisten. Kontrolliert wurde eher selten, um diese Zeit so gut wie nie. Und wenn, dann musste man eben blechen. Halb so wild, der Krieg war eindeutig schlimmer. Was das betraf, konnte er ganze Arien singen.

Eins musste man den Bullen lassen. Um ihn zu schnappen, kamen sie auf die absurdesten Ideen. Not machte bekanntlich erfinderisch, wem sagte er das. Als Frauen verkleidete Fahnder, die ihm in den Zügen auflauerten, die Lachnummer schlechthin. Einfach zum Kringeln, da blieb kein Auge trocken. Wer den Schaden hatte, musste für den Spott nicht sorgen. Und den gab es reichlich, wenn auch hinter vorgehaltener Hand. Andere Maßnahmen, zum Beispiel die Zivilstreifen, wirkten da schon professioneller, Erfolg nichtsdestotrotz gleich null. Aber auch das, wie zu befürchten, war noch längst nicht alles. Den Vogel hatte wie immer die SA abgeschossen, so unbeliebt wie ehedem, aus deren Reihen sich Freiwillige als Begleitschutz andienten. Die Schlägertruppe der Nation als Leibwächter, als Beschützer der ungeküssten Jungfrauen, absurder ging es nun wirklich nicht.

Doch, ging es. Hier und da wurden auch Beamte der Bahnpolizei gesichtet, auch sie dümmer, als die Kollegen von der Kripo es erlaubten. Aus Angst, der ominöse Mörder – also seine Wenigkeit – könne erneut zuschlagen, war somit alles aufgeboten worden, was in eine Uniform passte.

Vergebens.

Alle miteinander, das Zugpersonal an vorderster Front, tappten sie im Dunkeln. Einer borierter als der andere, an Einfalt unschwer zu überbieten.

Und das war auch gut so. Denn schließlich wollte er seinen Spaß haben.

Und das so lange wie möglich.

Nur eine Armlänge vom Objekt seiner Rachegelüste entfernt, lachte er sich klammheimlich ins Fäustchen. Alles, was recht war, aber die Bullen waren auch zu dämlich. Nur ein Idiot, als den er sich nicht betrachtete, wäre das Risiko eingegangen, einem Fahnder der Kripo in die Arme zu laufen. Um nach Belieben schalten und walten zu können, musste man sich vergewissern, was Sache war. Man musste Beziehungen haben, sonst konnte man sofort einpacken. Und genau die hatte er, gelernt war schließlich gelernt. Wozu gab es denn eigentlich Kameraden, die ihm noch einen Gefallen schuldig waren.

Oder zwei.

Beziehungsweise mehrere, je nach Bedarf.

Meine Ehre heißt Treue, den Spruch hatte er sich gemerkt.

Die Frage war, was tun. Wie ihre Mitreisenden hatte die Frau einen Fahrschein dritter Klasse gelöst, verharrte jedoch unschlüssig auf der Stelle. Würde sie der Herde hinterhertrotten, dann hätte er das Nachsehen. Zu viele Zeugen, zu hohes Risiko. Um sein Ding durchzuziehen, musste er mit ihr allein sein. Daran ließ sich nun mal nichts ändern. Mittlerweile hatte er zwar so etwas wie Routine bekommen, aber um seine Fantasien auszuleben, durfte er kein Risiko eingehen. Um zu tun, was getan werden musste, musste er sich voll und ganz auf das Objekt des Hasses konzentrieren. Denn nur so, gänzlich unbeobachtet, würde die Lust am Töten den Siedepunkt erreichen. Und nur darauf, das akribische Vorgehen mit inbegriffen, kam es am heutigen Abend an.

Wahllos töten, einfach so, aus Spaß an der Freude, das war nun wirklich nicht sein Ding. Morden nach Plan, routiniert, professionell und bis in die Details durchdacht – das schon eher.

Ergo: Je abgeklärter, desto besser.

Und desto gründlicher, um möglichst lange davon zu zehren.

Na also, geht doch. Einem plötzlichen Entschluss folgend, umklammerte die Frau ihre Handtasche und schlurfte auf den Waggon der dritten Klasse zu. Pech für sie, die Ärmste. Damit war ihr Schicksal besiegelt. Ehrlich währte zwar am längsten, aber nicht, wenn man es mit ihm zu tun bekam. Um ihm Paroli zu bieten, musste man auf Draht sein.

Und das war der Trampel nicht.

»Bitte zurücktreten, der Zug fährt ab.« Auf dem Weg zur Waggontür sah er sich nach allen Seiten um. Niemand folgte ihm. Alles richtig gemacht.

Nummer fünf im Fadenkreuz.

Bühne frei, das Requiem konnte beginnen.

Auf dem Weg zur Sitzbank, auf der es sich die Frau gerade bequem machte, ließ er die Hand auf der ausgebeulten Manteltasche ruhen. Das Hackmesser war noch da. Wo denn sonst, hätte ihn auch gewundert. Und der Totschläger im rechten Ärmel auch. Blieb also nur, die gewohnte Masche durchzuziehen. Er würde die Unbekannte ansprechen, sie fragen, ob er ihr Gesellschaft leisten dürfe, und im Anschluss ein paar Worte mit ihr wechseln.

Kurz darauf, sobald der Zug die Station Wuhlheide verließ, würde er die Maske fallen lassen. Dabei kam es vor allem auf Schnelligkeit an. Zeit würde er nicht viel haben, ein, zwei Minuten vielleicht, unter Umständen sogar drei. Es musste Schlag auf Schlag gehen, im wahrsten Sinne des Wortes. Zuerst der Totschläger, um die Frau außer Gefecht zu setzen, dann das Hackmesser, um die Amputation vorzunehmen, und zu guter Letzt die Prozedur, auf die es ankam. Die Verstümmelung des Gesichts mittels Prothese nicht zu vergessen. Erst dann, nach erfolgter Tat, würde er der Delinquentin den Todesstoß versetzen. So sie robust genug war, die Tortur zu überstehen. Genau darauf, will heißen auf die entsprechende Dosierung, kam es in der Hauptsache an. Zu seinem Ärger hatte es hin und wieder Komplikationen gegeben, denn nicht jede hatte das Prozedere überlebt. Auf Perfektion legte er großen Wert, nichts schlimmer, als wenn die Sache aus dem Ruder lief.

Und nichts alarmierender, als wenn der Zufall das Kommando übernahm.

So wie jetzt, im denkbar ungünstigsten Moment.

»Verzeihung, Herr Kollege, dürfte ich mal kurz vorbei?«

»Aber … aber sicher!«, war alles, was er in seiner Konfusion hervorbrachte, denn wer rechnete denn schon mit so etwas. Der Mechaniker, im ölverschmierten Drillich und eine Werkzeugkiste unter dem Arm, zwängte sich mit Mühe an dem vermeintlichen Kollegen vorbei, ohne ihm oder der Frau Beachtung zu schenken. Dann zog er eine Taschenlampe hervor, schloss den Sicherungskasten auf und ließ den Blick über die metallenen Schalter schweifen. Damit, so schien es, war er fürs Erste beschäftigt.

Für wie lange, stand auf einem anderen Blatt.

Verdammt, ausgerechnet jetzt. Das Pech klebte ihm an den Fersen. Zuerst dieser Tolpatsch, eine Art Notlösung, kein Vergleich mit dem Nymphchen vor zwei Jahren.

Und dann dies.

Heute war einfach nicht sein Tag. Sand im Getriebe, nichts klappte mehr.

Zorn brandete in ihm auf. Und die Angst, der Prolet von Mechaniker würde sich sein Gesicht einprägen. Unter seiner Uniform, faltenlos wie immer, sammelte sich der Schweiß und das Blut schoss ihm mit Urgewalten in den Schädel. Eine fahrige Bewegung der behaarten Pranke, in der sich die langstielige Taschenlampe befand, ein Lichtstreifen, der über ihn hinwegstrich, ein Blick in sein Gesicht, eher aus Neugier denn mit Absicht, und schon hatte er ein Problem.

Und was für eins.

Der Teufel wollte es, und der Kerl erinnerte sich an ihn, konnte ihn am Ende gar identifizieren. Dann hätte er ein weiteres Problem, nämlich mit den Bullen. Von zusätzlichen Zeugen, allen voran die Frau am Fenster, nicht zu reden.

Es wäre sein Ende. Daran hegte er keinen Zweifel.

Abbruch der Vorstellung, und das unmittelbar vor dem Finale. Schlimmer hätte es für ihn nicht kommen können.

Verzweifelt bemüht, seiner Enttäuschung Herr zu werden, wandte er sich zum Gehen. Ans Aufgeben dachte er jedoch nicht. Denn wozu hatte er Plan B. Nicht gerade ideal, um seine Fantasie zu beflügeln, aber besser, als mit leeren Händen dazustehen.

Nur noch wenige Minuten. Dann würde er den nächsten Versuch starten.

Und dann Gnade ihr Gott.

Seine Rache würde furchtbar sein.

So furchtbar wie nie zuvor.

5

Berlin-Charlottenburg, Tanz-Kabarett »Kakadu« an der Kreuzung Ku'damm / Joachimsthaler Straße
23:45 Uhr

»Sie sagen mir jetzt sofort, was Sie mit Hantel-Emil gemacht haben, oder ...«

»Oder was? Sprechen Sie sich aus, die Zeit nehme ich mir.« Der Fahnder der Gestapo, in Begleitung von mehreren Kollegen, die mit gezückter Waffe durch die Tür stürmten, braute sich drohend vor der Kneipenwirtin auf. »Wir von der Gestapo sind ja schließlich keine Unmenschen.«

Tante Lola schluckte ihre Antwort hinunter. Im Umgang mit der Geheimpolizei, die ihren Ruf weg hatte, war Vorsicht oberstes Gebot. Ein Fingerschnippen genügte, und die Greifer würden dafür sorgen, dass im »Kakadu« die Lichter ausgingen, und was geschah, wenn man sie einer Befragung unterzog, das konnte sich die Kiezkönigin ausmalen. Jeder im Raum, auch sie, war über die Verhörmethoden im Bilde, und nur ein Dummkopf legte es darauf an, in ihr Fadenkreuz zu geraten.

»Sie sind doch nicht hier, um Rosenkränze mit mir zu beten, oder?«, fuhr sie mit Blick auf ihre Kunden fort, wie die meisten nur mäßig überrascht. War ihnen doch das, was nun folgte, nur zu bekannt, deshalb schluckten sie ihren Groll hinunter. Keiner unter den Anwesenden, der nicht Lust gehabt hätte, den Herren mit den Ledermänteln den Marsch zu blasen. Und keiner, der sich nicht hütete, einen Disput vom Zaun zu brechen.

Geheime Staatspolizei, allein schon der Name sprach für sich. Klappe halten, Beine auseinander, Hände und Gesicht zur Wand. Besser das, so die stillschweigende Übereinkunft, als mit zertrümmertem Schädel in der Spree zu landen.

Besser das als die üblichen Schikanen. So es denn dabei blieb.

Ein Blick in die Augen des Anführers, die vor Hass und Verachtung nur so sprühten, und Tante Lola wurde klar, dass dies keine routinemäßige Razzia war. »Ich bewundere Ihre Menschenkenntnis, Frau …«

»Pommerenke«, vollendete die Inhaberin, die nichts mehr hasste, als die Zeit mit billigem Geplänkel zu vertrödeln. »Vorname Erna. Sie wissen schon: Die mit dem bewegten Vorleben.«

Der Leguan prustete amüsiert, und wie um seine Gefährlichkeit zu demonstrieren, bleckte er die spitz zulaufenden Zähne. Augen wie ein Reptil, Lippen wie ein Strich, blutleer und fahl, eine Zunge, die man sonst nur bei fleischfressenden Echsen fand. Die Aura, die der Mann verströmte, sprach für sich. »Was Sie mit der Mehrzahl Ihrer Gäste gemeinsam hätten«, presste er zwischen aufgeplatzten Lippen hervor und wies mit dem Kopf auf die gegenüberliegende Wand, wo sich Rücken an Rücken aneinanderreihte.

»Freut mich, dass Sie es uns so leicht machen.« Der Anführer gluckste amüsiert. »Alle Achtung, Verehrteste, hier ist ja alles versammelt, was an Volksschädlingen Rang und Namen hat. Aber nichts für ungut, Frau Pommerenke. Gleiches gesellt sich bekanntlich zu Gleichem. Mir jedenfalls ersparen Sie eine Menge Arbeit, nicht auszudenken, wenn wir jedem einzeln hinterherrennen müssten. Zumal in Berlin kein Mangel an Ganoven herrscht.«

Tante Lola gestattete sich ein Grinsen, und einmal mehr fiel es ihr nicht leicht, ihre launigen Kommentare für sich zu behalten. »Wie recht Sie doch haben, Herr …«

»Kriminalobersekretär. Das genügt.« Die Oberlippe unter die gezackten Schneidezähne geklemmt, runzelte der Gestapo-Mann die Stirn. »Wissen Sie, was ich mich die ganze Zeit über frage, gute Frau?«

Tante Lola zuckte mit den Achseln.

»Ich frage mich, woher Sie die Dreistigkeit nehmen, mir ein X für ein U vorzumachen.«

»Tue ich das?«

»Meiner Meinung nach schon«, gab der Anführer zurück und legte eine Pause ein, die darauf abzielte, sein Gegenüber aus der Reserve zu locken. Der Effekt ließ indes auf sich warten, und so ergänzte er in süffisantem Ton: »Oder sehen Sie das etwa anders?«

Tante Lola hechelte nach Luft, bemüht, das Zucken der Mundwinkel zu kaschieren. »Warum sagen Sie mir nicht einfach, was Sie wollen, Herr Kriminalsekretär? Je konkreter, desto besser für uns beide.«

»Kriminalobersekretär. Wie oft soll ich das eigentlich noch sagen, Frau Pommerenke.« Da die Frage offenbar nicht als solche gedacht war, fügte der Anführer postwendend hinzu: »Und noch etwas: *Ich* bin es, der hier die Fragen stellt, und nicht Sie – haben wir uns verstanden?«

»Dann fragen Sie. Ich bin ganz Ohr.«

»Warum nicht gleich so, *Tante Lola*, so gefallen Sie mir schon viel besser.« Der Leguan blinzelte amüsiert in die Runde. »Wie Sie bereits zu bemerken geruhten, ich bin nicht hier, um Ihre Bude auf den Kopf zu stellen. Es sei denn, Sie zwingen mich dazu. Was ich damit andeuten will, ist: Wir beide, Sie und ich, wir beide wissen doch genau, wie der Hase läuft. Wenn entweder Sie oder eine der Kakerlaken da drüben mich für dumm verkaufen wollen, dann können Sie Ihre Kaschemme dichtmachen. Aber nur, wenn Sie Glück haben. Wenn Sie Pech haben, lasse ich Sie vorreiten. Und Ihre Bordsteinschwalben mit dazu. Als ob Sie nicht wüssten, dass gewerbsmäßige Prostitution verboten ist und bei Zuwiderhandlung mit Gefängnis bis zu fünf Jahren oder mehr geahndet werden kann.« Das Kommissgesicht atmete genussvoll aus. »Sie sehen schon, Frau Pommerenke, was meine Handhabe betrifft, Profiteure wie Sie zur Räson zu bringen, sind der Fantasie keine Grenzen gesetzt. Konzentrationslager und Arbeit unter erschwerten Bedingungen inklusive. Aber dazu muss es ja nicht kommen. Und was die Hinterhof-Ganoven betrifft, die dort drüben von den Kollegen ins Gebet genommen werden, nichts leichter, als den Abschaum nach Tegel zu expedieren. Wie schon gesagt, wir beide wissen doch, was Sache ist. Wir haben Krieg, und da ist es nun mal so, dass der Handel mit rationierten Waren als Straftat geahndet wird. Insbesondere, wenn er in großem Stil erfolgt. Die Versorgung der Volksgenossen hat Priorität, Privatinteressen kommen unter ferner liefen. Wer das nicht einsieht, den werden wir zu seinem Glück zwingen. Import- und Exporthandel, im Verborgenen und unter Umgehung der gesetzlichen Bestimmungen, das können und werden wir nicht dulden. Wer sich weigert, den gesetzlichen Bestimmungen Folge zu leisten, der – oder die – spielt mit dem Feuer. Und wenn wir nun schon beim Thema sind, ich darf doch davon ausgehen, dass Ihnen das Gesetz gegen gefährliche Gewohnheitsverbrecher, das vom 24. November 1933 datiert, ein Begriff ist?«

»Sagen wir mal so, ich habe davon gehört.«

»Wie schön.« Der Geheimpolizist, Prototyp des devoten Bürokraten, wie ihn das Regime sich wünschte, wedelte gönnerhaft mit der Hand. »Dann wissen Sie auch, dass jeder hier – und damit auch Sie – ohne Angabe von Gründen in Sicherheitsverwahrung genommen werden kann. Hand aufs Herz, Frau Pommerenke: Wollen Sie das? So dämlich werden Sie ja wohl nicht sein, oder?«

»Wenn ich mal eben kurz nachhaken darf: War das eine Frage oder eine Feststellung?«

»Hängt vom Blickwinkel ab, würde ich sagen.« Die Nikotinfinger eng aneinandergepresst, wandte der Leguan den Blick von seiner Gesprächspartnerin ab, begutachtete die sorgsam zurechtgestutzten Fingernägel und flüsterte: »Wenn ich Ihnen einen Rat geben darf, gute Frau: Mit Ihrer Renitenz machen Sie alles nur noch schlimmer. Ich betone nochmals: Ihre Hofnarren und Sie wandeln auf verdammt dünnem Eis. Ein falscher Schritt, und aus ist der Traum vom Spekulantentum. Bedeutet: Sollten die vollgefressenen Maden da drüben auch nur mit der Wimper zucken, dann …«

»Dann was?«

»Jetzt tun Sie doch nicht so, Tante Lola. Oder muss ich Ihnen erläutern, was man unter Vorbeugehaft versteht?« Der Agent fletschte die giftgelben Zähne. »Kleine Gedächtnisstütze, damit wir nicht aneinander vorbeireden: Personen mit entsprechendem Vorstrafenregister können jederzeit aus dem Verkehr gezogen werden. Auf unbestimmte Zeit – und ohne Angabe von Gründen. Wenn es sein muss, sogar für immer. Noch Fragen?«

»Kein Bedarf.« Tante Lola schüttelte den Kopf. »Ich weiß, mit wem ich es zu tun habe, Sachsenhausen ist ja nicht weit von hier.«

Der Kriminalobersekretär griente vergnügt. »Und Bergen-Belsen auch nicht, stellen Sie sich vor. Nun ja, nach Buchenwald ist man schon ein bisschen länger unterwegs, von Esterwegen und Dachau nicht zu reden. Und dann gibt es ja da noch die Lager für die weiblichen Gewohnheitsverbrecher, als da wären: Flossenbürg, Lichtenberg, Mauthausen und …«

»Schon kapiert, Sie können sich die Litanei sparen.«

»Das KZ Ravensbrück, um die Liste vollzumachen. Haben Sie was gesagt, Frau Pommerenke?«

»Schönen Dank auch. Ich bin im Bilde.«

»Sind Sie nicht.«

»Ach ja?«

»Wäre dem so – was ich aufgrund der mir vorliegenden Informationen bezweifle –, dann wären Sie nicht so dreist, einen Pianisten mit homoerotischen Neigungen zu beschäftigen. Die Beamten vom Sonderdezernat Homosexualität, von dem man selbst hier schon gehört haben dürfte, würden sich freuen, Ihnen und der gegelten Schwuchtel am Klavier ihre Aufwartung zu machen. Was dann passiert, bleibt der Fantasie des Mitwissers überlassen. Sie müssen wissen, die Reichszentrale zur Bekämpfung der Homosexualität und Abtreibung arbeitet rund um die Uhr, und da kann es leicht passieren, dass Ihre weiblichen Gäste unliebsamen Besuch …«

»Was wollen Sie? Wozu der Sermon, wenn's auch einfacher geht.«

Der Leguan brach unvermittelt ab. »Informationen aus erster Hand.«

»Dafür sind die Märchenerzähler vom ›Völkischen Beobachter‹ zuständig, nicht ich.«

»Informationen über die Hintergründe einer Mordserie, an deren Aufklärung wir mit Hochdruck arbeiten.«

»Mordserie? Keine Ahnung, wovon Sie sprechen, *Herr Kriminalobersekretär.*«

»Ersparen Sie uns die Komödie, schöne Frau. Sie wissen genau, wovon die Rede ist.«

»Und was ist mit der Kripo? Haben die Jungs am Alex zu viel zu tun?«

»Genau darin liegt das Problem, Frau Pommerenke«, wich der Fahnder einer Antwort aus und setzte die Begutachtung seiner Fingerkuppen fort. »Sie stellen die falschen Fragen, so was kann leicht zur Krankheit werden. Oder kann zum unerwarteten Exitus führen, falls Sie verstehen, was ich meine. In Plötzensee sind noch Kapazitäten frei, machen Sie sich da mal keine Illusionen. Aber um auf Ihre Frage zurückzukommen: Sie wissen doch, die Gestapo entscheidet, was die Gestapo interessiert. Mit anderen Worten, was in Ihrem Schmuddel-Klub am Laufen ist, interessiert uns brennend. Ob die Kripo darüber Bescheid weiß, spielt keine Rolle. Den Herren wächst die Arbeit über den Kopf, ich fürchte, der Fall ist eine Nummer zu groß für sie.«

»Finden Sie wirklich?« Das Ginglas in der rechten Hand, drehte sich Sydow um, überquerte die Tanzfläche und postierte sich neben seine Gönnerin, die ihn mit schreckgeweitetem Ausdruck musterte. Als Kennerin der menschlichen Psyche wusste sie, was jetzt kommen würde, und die Aussicht jagte ihr einen Schauder über den Rücken. »Ich will Ihnen ja den Abend nicht verderben, aber finden Sie nicht, das geht ein bisschen zu weit?«

»Wenn Sie nicht sofort die Klappe halten, dann …«

»Jetzt hören Sie mir mal gut zu, *Herr Kollege*«, ließ Sydow den Gestapo-Mann nicht ausreden, knallte das Glas auf die schmiedeeiserne Balustrade und achtete nicht auf die Blicke, die ihn von überallher trafen. »Wenn ihr von der Gestapo uns nicht andauernd dazwischenfunken würdet, ginge uns die Arbeit wesentlich leichter von der Hand. Klar doch, mit der Reputation der Elite können wir zwar nicht Schritt halten, aber wer will das schon. Meine Kollegen und ich jedenfalls nicht, da gebe ich Ihnen Brief und Siegel.«

»Was fällt Ihnen ein, so mit mir zu sprechen!«, knurrte der Kriminalobersekretär den um einen Kopf größeren und ungleich kräftigeren Kontrahenten an, die Hand am Halfter seiner Waffe, das unter dem altbackenen Jackett hervorlugte. »Sie sagen mir jetzt sofort, wer Sie sind, oder …«

»Von Sydow, Mordinspektion Berlin.« Einmal in Fahrt, wich Sydow den mahnenden Blicken seiner Ziehmutter aus, hangelte die Dienstmarke aus dem Jackett und hielt sie seinem Gegenüber vor die Nase. »Da Sie auf Förmlichkeiten offenbar großen Wert legen, was mich betrifft, ich würde es begrüßen, wenn Sie mich mit vollem Namen und mit ›Herr Kriminalkommissar‹ anreden. Ganz so, wie es sich gegenüber dem ranghöheren Kollegen gebührt. Die Hackordnung innerhalb der Sicherheitskräfte – Sie verstehen! Darauf legt der Reichsführer-SS großen Wert. Und was den eingangs erwähnten

Serienmörder betrifft, wenn Sie so gewieft sind, wie Sie tun, warum sind Sie dann auf die Hilfe von vermeintlichen Kriminellen angewiesen?«

»Das wird Konsequenzen haben, darauf können Sie Gift nehmen.«

»Hätten Sie wohl gern, wie?«, höhnte Sydow, schlenderte hinter die Bar und ließ den Blick über die Flaschen mit Hochprozentigem wandern. »Wie dem auch sei, *Herr Kriminalobersekretär* – auf Ihr Spezielles. Und auf dasjenige Ihrer Kollegen, die weder rasten noch ruhen, um im Großdeutschen Reich für Ordnung zu sorgen. Wo wären wir, wenn wir Ihresgleichen nicht hätten, die Frage stelle ich mir immer wieder. Die Gestapo, dein Freund und Helfer, rund um die Uhr auf Achse, damit die Parteigenossen – tut mir leid, ich meinte natürlich die Volksgenossen – damit jedermann im Land gut schlafen kann. Die Kripo wäre da nur im Weg, im dem Punkt gebe ich Ihnen recht.«

»Sie reden sich um Kopf und Kragen, ist Ihnen das bewusst?«

»Wozu die Aufregung, Herr Kollege. Ich sage doch nur die Wahrheit. Jetzt kommen Sie schon, seien Sie doch nicht so. Lassen Sie uns einen heben, dann geht alles wie von selbst. Es reicht, wenn der Führer abstinent ist – dann müssen Sie es nicht auch noch sein. Wer weiß, was in zwei, drei Jahren geboten ist, vielleicht leben wir dann nicht mehr. Gefallen zum Wohle Deutschlands, dem zu dienen wir uns verpflichtet haben. Carpe noctem, kann ich da nur sagen, das böse Erwachen kommt von allein.« Im Raum herrschte Totenstille, doch davon schien Sydow keine Notiz zu nehmen. »Was halten Sie davon: Wer den Mörder fasst, muss der Konkurrenz einen ausgeben.

Prima Idee, oder?« Die halbleere Flasche Gordon's in der Hand, hatte Sydow Mühe, das Gleichgewicht zu halten, goss nach, bis der Inhalt über den Rand schwappte, und lachte mit bitterem Timbre auf. »Es sei denn, Sie und Ihre Domestiken trinken nicht, wie es sich für einen Geheimpolizisten gehört. Aber das wollen wir ja nicht hoffen, oder?«

6

Berlin-Friedrichsfelde, Laubenkolonie »Gutland II«
22:56 Uhr

S-Bahnhof Rummelsburg, kurz vor elf. Der Bahnsteig wie leergefegt, die Luft angenehm kühl und am Horizont die Rücklichter der S-Bahn, zwei winzige Punkte, wie Glühwürmchen auf dem Weg ins Nirgendwo. Die Wartehalle im Halbdunkel, von Personal, Polizei oder unerwünschten Zeugen keine Spur.

Die Zeit zum Handeln war gekommen.

Na, die hatte vielleicht Nerven, dem Miststück würde er die Allüren austreiben.

Als sei nichts gewesen, steuerte die Frau mit der braunen Strickweste auf die Bahnunterführung zu. Wie gewohnt blieb er im Hintergrund, ohne Blick für die gelben Sichtstreifen, die den Pendlern bei Nacht als Wegweiser dienten. In letzter Zeit hatte es wiederholt Unfälle gegeben, und nicht jeder, der sich hier herumtrieb, kannte sich so gut aus wie er.

Er war mit jedem Quadratmeter an der S-Bahn-Trasse vertraut. Dadurch war er im Vorteil. Eine Taschenlampe, um die Orientierung nicht zu verlieren, die Sperenzchen hatte er nicht nötig. Die Frau, der er in gehörigem Abstand folgte, anscheinend schon. Der weiße Kegel, der wie ein Irrlicht über die gekachelten Wände huschte, lieferte den Beweis.

Und plötzlich, wie aus dem Nichts, diese Parole, auf verblichenen grünen Fliesen, mit leuchtend roten Buchstaben. Ein Lichtblitz wie bei einem Wetterleuchten, nur für Sekundenbruchteile zu sehen. ›Nieder mit Hitler, es lebe die Sowjetunion!‹ Aus den Gedanken gerissen, lächelte er grimmig vor sich hin. Es gab Zeiten, da hätten ihn die Schmierereien in Wut versetzt. Doch das war Schnee von gestern. Der SS-Unterscharführer, dem der Glaube an Führer, Volk und Vaterland in Fleisch und Blut übergegangen war, dieser Mann existierte schon lange nicht mehr. Aus der Traum, die Zeiten waren vorbei. Und zwar endgültig, ohne Aussicht, dass sich etwas änderte.

Aufs Abstellgleis geschoben, das hatte er nicht verdient. Beileibe nicht von irgendwem, sondern von den eigenen Kameraden, weggeworfen wie Müll, der zu nichts mehr nütze war. Solange er lebte, würde er den Tag, an dem er den Boden unter den Füßen verlor, nicht vergessen. »Meine Ehre heißt Treue« – einfach lachhaft, und nur einer der saudämlichen Sprüche, die wie Hagelkörner auf ihn eingeprasselt waren.

›Nieder mit Hitler, es lebe die Sowjetunion.‹ Wer auch immer den Mumm besaß, die Parole an die Wand zu pinseln, die Person sprach ihm aus der Seele. Eines nicht allzu fernen Tages, davon war er überzeugt, würde der Krieg dorthin zurückkehren, wo er begonnen hatte. Von wegen Spaziergang, wenn sich die Generalstäbler da mal nicht täuschten. Von den Siegesmeldungen aus dem Osten durfte man sich nicht blenden lassen. Der russische Winter, den anscheinend niemand auf der Rechnung hatte, kam bestimmt. Und dann, spätestens in ein, zwei Jahren, war kehrt marsch angesagt. Dann würden die Siegesfanfaren verstummen – und Siegfrieds Trauermarsch zum meistgespielten Musikstück werden.

Die Augen nach vorn gerichtet, wo der Weg auf die unbeleuchtete Bahnüberführung stieß, setzte er die Verfolgung fort. Kein Zweifel, die Töle hatte die Hosen voll. Ohne sich umzudrehen, stierte sie stur geradeaus, und wie er seine Beute so musterte, den Geruch nach Urin, verschüttetem Bier und Hundekot in der Nase, fiel ihm auf, dass ihre Schritte immer größer wurden. Kaum merklich zwar, doch dann, nach einer kurzen Verschnaufpause, so überhastet, als sei der Teufel hinter ihr her.

Zur falschen Zeit am falschen Ort. Die Ärmste konnte einem leidtun. Erneut konnte er sich ein Lächeln nicht verkneifen. Was hatte man ihm nicht alles für Beinamen verpasst. Ob aus Furcht oder Ignoranz, sei dahingestellt. Ganz Berlin, so war allenthalben zu hören, befinde sich in Panik, die Parteibonzen an vorderster Front. Mit wem man auch sprach, wenn man mit der S-Bahn fuhr, es ging immer um das gleiche Thema. Nämlich um ihn. Vom Polizeipräsidenten bis zum Schupo, alle miteinander tappten sie im Dunkeln. Klar, dass er es genoss, die Leute zu belauschen, wenn sie das Blaue vom Himmel herunter fabulierten. »Phantom-Killer«, »S-Bahn-Mörder«, »Frankenstein aus Friedrichshain«, »Scheusal«, »Monstrum in Menschengestalt«, »Werwolf«: Der Fantasie waren keine Grenzen gesetzt. In ihren Augen, die Dilettanten im Präsidium inbegriffen, war er eine Bestie, vergleichbar mit Carl Großmann, in den 20-ern das Schreckgespenst vom Dienst. Dabei war er es, der sich vor seinen Mitmenschen ängstigte, und das nicht erst seit heute.

Dabei waren sie es, die ihm ans Leder wollten, nicht umgekehrt.

Bislang hatte er vier Frauen liquidiert, zwei weitere, der Trampel mit der Strickweste inbegriffen, würden folgen. Sechs Opfer, was war das schon. Sechs von knapp zwei Millionen Huren in Berlin, eigentlich nicht der Rede wert. Im Vergleich zum Blutbad in Polen, bei dem er seine rechte Hand eingebüßt hatte, der reinste Klacks. Ganz abgesehen von dem, was die Kameraden von einst noch in petto hatten. Die SS, allen voran der Brillengaffer an ihrer Spitze, war für Massaker geradezu prädestiniert. Polen war nur der Auftakt gewesen, und beim Gedanken, was gerade an der Ostfront lief, ließ selbst ihn die Fantasie im Stich.

Und das wollte bekanntlich etwas heißen.

Wie dem auch sei, für das, was er tat, gab es einen Grund. Er tötete nicht aus Lust und Laune, nur weil es dem Willen eines größenwahnsinnigen Despoten entsprach. Er tötete mit System, aus Gründen, die ein Bürohengst bei der Kripo nicht verstand. War das halbe Dutzend, von dem er nicht mehr weit entfernt schien, erst voll, dann war es das gewesen. Von dem Tag an, wo er sein Ziel erreicht hatte, würde man nichts mehr zu befürchten haben. Dann, aber erst dann, waren die Dämonen, die ihn plagten, zum Untergang verdammt. Er aber, befreit von den Visionen, die ihn bis in den hintersten Winkel seines Gehirns verfolgten, er wäre wieder der, welcher er einst gewesen. Der Junge mit der Violine, ein Geschenk seines Vaters kurz vor dessen Tod. Der junge Mann, der ans Konservatorium nach Salzburg ging, um Musik zu studieren. Der liebend gern sein Examen gemacht hätte, wäre er nach dem Selbstmord seiner Mutter nicht nach

Hause beordert worden, um seine Geschwister vor dem Gang ins Waisenhaus zu bewahren.

Hätte, wäre, könnte. Hätte ihn seine Mutter, die zeitlebens in ihrer eigenen Welt lebte, nicht im Stich gelassen, dann wäre vieles, wenn nicht gar alles, anders verlaufen. Dann wäre er nicht in die SS eingetreten – und vermutlich nie zu dem geworden, der er war.

Doch für Skrupel, gleich welcher Art, war es jetzt zu spät. Die Würfel waren gefallen. Und zwar endgültig. Er hatte eine Mission zu erfüllen.

Jetzt gleich.

Hier der Jäger, vor Vorfreude kaum zu bändigen, und dort das Wild, dessen Fährte man nicht verfehlen konnte. Allein auf weiter Flur, ohne Aussicht auf Entkommen. Tumb, behäbig und hilflos, geradezu prädestiniert, um von ihm in Stücke gerissen zu werden.

Ein Opfer nach Wunsch, die ideale Beute.

Die Schirmmütze tief im Gesicht, überquerte er die Fußgängerbrücke, die den Rangierbahnhof mit der Laubenkolonie verband. Bedenken unnütz, die Operation lief wie geschmiert. Das Hackmesser befand sich noch an Ort und Stelle, der Totschläger im Ärmel auch.

Nur noch wenige Meter von der Frau entfernt, blieb er wie angewurzelt stehen. Wie dumm von ihm, um ein Haar hätte er das Wichtigste vergessen. Von Panik erfasst, griff er in die rechte Tasche – und atmete erleichtert auf. Der Notizzettel, nach dem er suchte, war noch da, versehen mit einer Botschaft, um die Kunde von seiner Allmacht zu verbreiten. Sollten sie sich ruhig die Mäuler zerreißen, ganz Berlin auf den Kopf stellen, Schupos, Kripo und die Gestapo auf ihn ansetzen und jeden Quadratmeter Wald nach dem sagenumwobenen Werwolf durchkämmen, die Mühe war vergeblich. Um ihn zur Strecke zu bringen, waren die Versager nicht gewieft genug, am allerwenigsten die Kripo, ein Sammelsurium von Dilettanten, mit denen kein Staat zu machen war.

Risiko eins zu tausend, vorsichtig geschätzt. Er wusste genau, was er tat. Planung machte den Unterschied, das war wichtiger denn je, fast so wichtig wie die Kontakte, die er unterhielt. Hin und wieder zahlte sich Kameradschaft aus, auch wenn es ihm hochkam, wenn er das Wort nur hörte. Eine Hand wusch bekanntlich die andere, wie du mir, Kumpel, so ich dir. Es war alles ein Geben und Nehmen, auch und gerade unter Kameraden.

Zwischen zehn und sechs Uhr in der Frühe würden sich hier keine Bullen blicken lassen, so lautete die frohe Kunde.

Gut zu wissen. Und beruhigend obendrein.

So alt schon, und noch so naiv. Die Hand an der Außentasche seines Mantels, lächelte er selbstzufrieden vor sich hin. Das tumbe Wesen da vorn war wirklich zu bedauern. Nur ein bisschen mehr Grütze im Gehirn, und er hätte seinen Plan vergessen können. Aber nein, die Dame wollte ja nicht hören. Allein um diese Zeit, auf einem unbeleuchteten Feldweg neben dem Bahndamm, das Mondlicht von einem Wolkenschleier verhüllt, ohne männlichen Beschützer, das grenzte beinahe schon an Dummheit.

Ach woher, das wirkte wie eine Provokation auf ihn.

»Hau ab, du Spanner – sonst kriegst du es mit mir zu tun!« Aus den Gedanken gerissen, blickte er irritiert nach vorn. Einfach unfassbar, was er da sah, nahezu ein Ding der Unmöglichkeit. Da stand diese Frau, eingehüllt in eine Rauchwolke, die von einer vorbeistampfenden Rangierlok stammte, den Kopf trotzig in die Höhe gereckt, und leuchtete ihm mitten ins Gesicht. »Zieh Leine, du Arsch, sonst rufe ich die Polizei!«

Die Handkante vor der Stirn, um sich gegen den entlarvenden Lichtstrahl abzuschirmen, tastete er sich voran. Und da war er auch schon wieder, der Geruch nach Schweiß, der aus jeder noch so kleinen Pore strömte, wie ein Aufputschmittel, das den Jähzorn, der ihn ergriff, zum Sieden brachte.

»Zieh Leine, hab ich gesagt, aber dalli!«

Kalt erwischt, wich er einen Schritt zurück, kniff die Augen zusammen und harrte der Dinge, die da kamen. So ein Mist, aber wenn ihn nicht alles täuschte, dann hatte die Schlampe eine Sprühdose in der Hand. Wie dumm von ihm. Damit hatte er nicht gerechnet. Und noch etwas fiel ihm auf: Das renitente Aas war genauso groß wie er, wenn nicht sogar im Vorteil. Pech auch, dass die Entfernung bis zum Tor der Kolonie »Gutland II«, Heimat von circa 8.000 Laubenpiepern, allenfalls 100 Meter betrug.

Nur noch wenige Schritte, und die Vogelscheuche, die es gewagt hatte, ihn Spanner zu nennen, hatte es geschafft.

Spanner.

Einer wie der durfte man das keinesfalls durchgehen lassen.

Falsch. So was durfte man niemandem durchgehen lassen. Selbst seinem ärgsten Widersacher nicht. Von einer hergelaufenen Schlampe nicht zu reden.

Die Hand am rechten Ärmel, wo der Totschläger auf seinen Einsatz wartete, ging ein Ruck durch seinen erschlafften Körper. Urplötzlich, wie der Vorspann zu einem längst vergessenen Film, war sie wieder da, jene Szene, als er mit vorgehaltener Waffe in den Kühlschuppen stürmte. Da war es wieder, das durchtriebene Flittchen, die Hände an die gekachelte Wand gepresst, als könne es kein Wässerchen trüben. Und auch der Schmerz, von Mal zu Mal schlimmer, stellte sich wieder ein, die reinste Folter, an Intensität nicht zu überbieten.

Just die Frau also, derentwegen er, Ex-Unterscharführer des SD der SS, zum Krüppel geworden war.

Keine Frage, das durfte er dem gerissenen Luder nicht durchgehen lassen.

Er musste ihm Manieren beibringen.

Auf der Stelle.

»Was nuschelst du da in deinen Bart, du Schlappschwanz? Hau endlich ab, sonst schreie ich um Hilfe!«

Nur keine Hemmungen, sag mir die Meinung, wenn dir danach ist!

Dumm nur, dass es dir nichts nützen wird.

»Vergiss es.«

Der Totschläger fühlte sich kalt und schweißbesprenkelt an, und während er ihn hervorzerrte, fielen ihm die vertrauten Zeilen wieder ein. Zeilen, die sich tief in sein Gedächtnis eingegraben hatten, seit frühester Jugend, als die Welt, in der er lebte, noch in Ordnung gewesen war.

Silbe um Silbe, Wort für Wort, Zeile um Zeile. Als sei er es gewesen, der die Noten zu Papier gebracht hatte.

Gerechter Richter der Vergeltung, schenke Vergebung vor dem Tag der Abrechnung.

Vergebung?

Etwa dafür, dass die Judenhure einen Krüppel aus ihm gemacht hatte?

Kam überhaupt nicht infrage. Weder jetzt noch beim nächsten Mal. Die Würfel waren gefallen, und zwar endgültig.

Die Rache war sein, hier und jetzt.

Wer nicht für die SS war, der war gegen sie.

Sieg Heil!

CONFUTATIS

Wenn zum Schweigen gebracht werden die Verdammten,
Flammis acribus addictis,
den verzehrenden Flammen ausgesetzt werden,
Voca me cum benedictis.
dann rufe mich mit den Gesegneten.
Oro supplex et acclinis,
Ich bitte unterwürfig und demütig
Cor contritum quasi cinis,
mit einem Herzen, das sich in Reue im Staub beugt,
Gere curam mei finis.
trag Sorge zu meinem Ende.

(Wolfgang Amadeus Mozart, *Requiem*)

AUS DEM KRIEGSTAGEBUCH DES
OBERKOMMANDOS DER WEHRMACHT

3. Juli 1941

Osten: Es besteht der Eindruck, dass der Gegner nur noch mit Nachhuten kämpft und sich hinter die Verteidigungsstellung Nowogrod-Wolynskij-Chmelnik-Dnjestr zurückzuziehen versucht.

Nach dem bisherigen Eindruck ist zu vermuten, dass es dem Gegner noch nicht gelungen ist, eine geschlossene Abwehrfront aufzubauen.

Die 16. und 18. Armee säubern das Hintergelände von versprengten Feindteilen.

(https://archive.org/stream/kriegstagebuchde01jacorich/ kriegstagebuchde01jacorich_djvu.txt)

DONNERSTAG, 3. JULI 1941

7

Berlin-Mitte, Polizeipräsidium am Alexanderplatz
08:45 Uhr

»Nehmen Sie doch Platz, Fräulein Adele«, komplimentierte Erich Kalinke, Kriminalassistent der Mordinspektion Berlin, die resolute Seniorin in sein Büro. Im Präsidium ging die Amateur-Kriminalistin ein und aus, nicht immer zur Freude der Beamten, die Adele mit ihrer Penetranz zur Weißglut trieb. Als höflicher und ausgesprochen gutmütiger Mensch riss sich Kalinke jedoch am Riemen und kehrte den Kavalier alter Schule hervor. »Wie wär's mit einer Tasse echtem Bohnenkaffee?«

»Sehr gern.«

»Das muss Gedankenübertragung sein, gerade eben wollte ich eine kurze Pause machen.« Durch nichts und niemanden aus der Ruhe zu bringen, setzte Kalinke sein Strahlemann-Lächeln auf. »Mit Milch und Zucker, wie immer?«

Die alte Dame bequemte sich zu einem huldvollen Lächeln.

»Und ein wenig Gebäck dazu?«

»Da sage ich nicht nein, Herr Kalinke«, gab die sichtlich geschmeichelte Pensionärin zurück, umklammerte ihren Gehstock, dessen Knauf aus echtem Elfenbein bestand, und nahm auf dem Stuhl neben dem altertümlichen Schreibtisch Platz. »Wie aufmerksam von Ihnen, vielen Dank.«

»Man tut, was man kann, gnädige Frau.« Kalinke deutete ein Kopfnicken an. Trotz der Hitze, die durch die sperrangelweit geöffneten Fenster strömte, war er in einen dunklen Anzug eingeschnürt. Auf die Idee, ihn zu tragen, wäre er selbst nie gekommen, aber da war nun mal seine Frau, die darauf bestand, ihrem Erich eine Rundumerneuerung zu verpassen. Und die damit drohte, im Falle einer Weigerung nur noch Schonkost zuzubereiten.

Ein kurzer Imbiss, falls möglich, am Boulettenstand vor dem Bahnhof Alexanderplatz, und die Arbeit ging Kalinke viel leichter von der Hand. Wären da nur nicht die verhassten Lebensmittelmarken gewesen. Denn die, pflegte er zu scherzen, seien wirksamer als jede Abmagerungskur. Für Parteibonzen, allen voran Reichsluftfahrtminister Göring, wärmstens zu empfehlen.

»Wie sehen Sie denn aus, gibt es was zu feiern?«

»Leider nein«, gab das indisponierte Schwergewicht zurück und zerrte so lange an seinem Vatermörder herum, bis er genug Luft bekam, um einigermaßen bequem zu atmen. Im Gespräch mit seinem Gast würde er sie auch brauchen, handelte es sich doch um den Typ Frau, der genau wusste, was er wollte. Aus seinem Alter machte das kecke Fräulein zwar ein Geheimnis, doch wie die gepflegte Garderobe verriet, fühlte es sich jung genug, um auf Ganovenjagd zu gehen. »Bitte mit Nougat, wenn es keine Umstände bereitet.«

»Ein Stück oder zwei?«

»Drei, heute muss das einfach sein.« Adele Mürwitz,

Prototyp der Großmutter aus Grimms Märchen, setzte die goldumrandete Lesebrille auf, wie der Stock auch sie nur bloße Dekoration, und ließ ihre Handtasche auf den aneinandergestellten Knien ruhen. »Hmmm, köstlich! Nach dem Schock habe ich das auch dringend nötig.«

»Schock?«, echote Kalinke, dessen Körperfülle im Präsidium ihresgleichen suchte, lockerte seine Krawatte und bemühte sich, einen entspannten Eindruck zu vermitteln. Im Beisein der Pensionärin, die seine Geduld bereits mehrfach strapaziert hatte, fiel ihm das nicht leicht, und er fragte sich, ob es nicht besser war, die Dame an die zuständigen Kollegen zu verweisen. Arbeit gab es nämlich mehr, als es sich mit seinem Hang zur Beschaulichkeit vertrug, und wenn er den Aktenstapel betrachtete, der sich vor ihm auftürmte, hätte er liebend gern das Weite gesucht. »Schock, sagen Sie? Wie das?«

»Ich habe ihn gesehen«, trumpfte die energische Lady auf, strich über das mit Seerosen verzierte Kostüm und reckte die zierliche Gestalt, um sich entsprechend in Szene zu setzen. Ihr Teint wirkte frisch wie ehedem, als habe sie die 40 erst kürzlich überschritten. Anders jedoch Kalinke, an dem die Belastungen seines Berufs nicht vorübergegangen waren. Wenn er sich so im Spiegel betrachtete, der über dem Waschbecken neben dem Kaffeekocher hing, dann erschrak er über sich selbst. Nicht nur, dass er eine Menge überzählige Pfunde mit sich herumschleppte, auch die Arbeit hatte ihre Spuren hinterlassen. In seinem Gesicht, zuvor rundlich und heiter wie bei einem Kind, zeigten sich die ersten Falten, und das mit gerade mal 26 Jahren. Und was den mit Akribie zurechtgestutzten Bürstenschnitt betraf, die Geheimratsecken waren nicht zu übersehen. Der Berliner Bär wirkte älter, als er war, und die gute Laune, die ihn auszeichnete, kam ihm immer häufiger abhanden.

»Also, das war so: Ich bin gerade auf dem Nachhauseweg, da werde ich auf einmal stutzig. Den kennst du doch, sage ich zu mir, und da fällt auch schon der Groschen. Wissen Sie, im Gegensatz zu meinen Mitbewohnerinnen im Altenheim lese ich nämlich immer die Zeitung, und dort vor allem den Polizeibericht, und … Wo war ich gerade stehengeblieben? Genau: Ich bin also gerade auf dem Nachhauseweg, da …«

»So weit waren wir schon, Fräulein Adele.« Jetzt war es aber genug. Kalinke, mehr als doppelt so schwer wie die ledige Hauswirtschaftslehrerin a. D., um die Heiratskandidaten stets einen Bogen gemacht hatten, hatte die Nase voll. »Verehrte gnädige Frau«, fuhr er mit sanfter Gewalt dazwischen, die Kaffeetasse in der Hand, die er der Pensionärin mit der Attitüde eines Maître im Hotel Adlon überreichte. Die Gebäckschale folgte auf dem Fuße. »Darf ich Sie darauf hinweisen, wie oft Sie in letzter Zeit bei mir vorstellig geworden sind, um eine Aussage in Sachen Serienmörder zu …«

Weiter kam Kalinke nicht.

»Achtmal innerhalb von zehn Wochen.«

»Sie sagen es.«

»Ohne auch nur das Geringste zu erreichen.«

Einen Seufzer auf den Lippen, den er sich aus Gründen der Höflichkeit verkniff, nahm Kalinke ein Blatt Papier, um sich Luft zuzufächeln.

Momentan war bei ihm einfach der Wurm drin.

Damit musste er sich notgedrungen abfinden.

»Und ohne dass es mir vonseiten Ihrer Vorgesetzten gedankt worden wäre.« Die Seniorin atmete entrüstet aus. »Schönen Gruß von mir, die Herren sollten sich was schämen. Die Polizei, dein Freund und Helfer, dass ich nicht lache! Seien wir mal ehrlich, Herr Kriminalassistent: Dieser … Wie nennen ihn die Leute doch gleich?«

»Werwolf.«

»Merkwürdiger Name. Aber wie dem auch sei: Es ist bereits fünf vor zwölf, sehr lange machen das die Leute nicht mehr mit. Die da oben sollten sich was einfallen lassen, sonst gehen sie auf die Barrikaden.«

»Ob Sie es glauben oder nicht, wir tun unser Bestes. Und zwar immer, nicht erst seit es diesen Werwolf gibt.«

Adele Mürwitz schnappte nach Luft, um etwas zu entgegnen, kam jedoch über ein Kopfschütteln nicht hinaus. Dann angelte sie sich einen Keks, um ihre Verdrossenheit zu kompensieren.

»Tatsächlich?« Wider ihre Gewohnheit, Männer für alles Übel der Welt verantwortlich zu machen, hatte Fräulein Adele Kalinke in ihr Herz geschlossen. Und das wollte bei der streitbaren Seniorin etwas heißen. »Damit Sie mich nicht falsch verstehen, Herr Kollege: Es geht hier nicht um Sie.«

Kollege, aha. So weit war es also schon gekommen. Da konnte sich Kalinke ja »von« schreiben. »Sondern um was?«

»Das Schlimmste ist, als Frau traut man sich nicht mehr auf die Straße. Ich rede hier nicht nur von mir, die Damen im Kirchenchor sagen das Gleiche. Hand aufs Herz, Herr Kalinke: Finden Sie nicht auch, es ist an der Zeit, die Verantwortlichen für die Mordserie zur Rechenschaft zu …«

»Jetzt hören Sie mir mal zu, Fräulein Adele«, unternahm Kalinke einen neuerlichen Versuch, Berlins Antwort auf Miss Marple den Wind aus den Segeln zu nehmen. »Wir, das heißt die Kollegen von der Mordinspektion, wir alle tun, was wir können. Allen voran die SOKO, der ich bedauerlicherweise nicht angehöre. Wenn es so einfach wäre, wie Sie sich das vorstellen, hätten wir den Mörder längst gefasst.«

»Haben Sie aber nicht.«

»Stimmt. Dennoch bin ich zuversichtlich, dass es uns gelingen wird, ihn zur Strecke zu bringen.«

»Ihr Wort in der Justitia Ohr, Herr Kalinke.«

»Um ihn seiner gerechten Strafe zuzuführen«, fügte Kalinke barsch hinzu und trat ans Fenster, um nach frischer Luft zu schnappen. Erst kurz vor neun, fuhr es ihm mit Blick auf die Uhr durch den Sinn. Und schon so warm, dass ihm der Schweiß aus sämtlichen Poren strömte. Heute Morgen kam es wirklich knüppeldick. Als ob der Fall, an dem sich die SOKO gerade die Zähne ausbiss, nicht schon genug Wellen geschlagen hätte. »Sieht ganz danach aus, als hätte er sie verdient.«

Die Hände auf dem Sims, ließ Kalinke die Vergangenheit Revue passieren. Bis vor sieben, acht Jahren, als er seine Karriere bei der Kripo begann, war der Alex einer der Dreh- und Angelpunkte von Berlin gewesen. Ein Ort mit großstädtischem Flair, mit Kaufhäusern, Kabaretts und Bars, wo man über einen Mangel an Amüsement nicht klagen konnte. Und wo das Amüsement war, das lehrte die Erfahrung, dort ging es nicht unbedingt gesittet zu. Drogenhandel, Hehlerei, Raubüberfälle, Prostitution, Pädophilie, Erpressung von Schutzgeldern, Kämpfe zwischen rivalisierenden politischen Gruppierungen, allen voran Kommunisten und Nazis. Der Möglichkeit, mit der Halbwelt aneinanderzugeraten, waren somit keine Grenzen gesetzt.

Ohne die Gangstersyndikate, unter Kennern der Szene auch »Ringvereine« genannt, war ohnehin so gut wie nichts gegangen, im Guten wie – um es pathetisch zu formulieren – im Bösen.

Kalinke seufzte leise auf. Irgendwie war es schon absurd. Mittlerweile war auf dem Alex Ruhe eingekehrt, zumindest was die ausufernde Kriminalität betraf. Und das hatte natürlich seinen Grund. Die Nazis saßen noch nicht richtig im Sattel, da war auch schon die SA aufgetaucht und hatte die Ganoven das Fürchten gelehrt. An kriminellen Vereinigungen, deren Zahl sich auf circa 50 belief, hatte zuvor kein Mangel geherrscht. Zehn davon, der sogenannte »Große Ring Berlin«, stellten die Crème de la Crème der Kriminellen dar, eine Art Elite, die sich rühmte, die Zügel fest in der Hand zu halten. Deren Reviere waren über die ganze Stadt verteilt, darunter der Bülowbogen in Schöneberg, eine Hochburg der Prostitution und Hehlerei, das Scheunenviertel, wo die Kleinkriminellen dominierten, bis hin zum Stettiner Bahnhof, das Zentrum der Kriminalität schlechthin. Im Wissen, das dem Treiben fast nicht beizukommen war, hatte die Polizei ihren Nutzen daraus gezogen. In den Zwanzigern und frühen Dreißigern hatte an den neuralgischen Punkten eine Art Burgfriede geherrscht. Alles war, verniedlichend ausgedrückt, ein Geben und Nehmen gewesen. Mit Betonung auf Letzterem, wie Kalinke frühzeitig bewusst geworden war. Bei Sittlichkeitsdelikten, allen voran Vergewaltigung und Kindesmissbrauch, war auf die Mithilfe der Brüdervereine Verlass gewesen, und im Gegenzug hatten die Kollegen mitunter ein Auge zugedrückt, so die Geschäfte, um die es ging, im Rahmen des Tolerierbaren blieben. Viele Tipps, auch und gerade bei Gewaltverbrechen, waren aus den Reihen der vermeintlichen Kriminellen gekommen, zum Ärger der Presse, die es sich zur Aufgabe machte, mit dem erhobenen Zeigefinger zu wedeln.

Doch damit war es auf einen Schlag vorbei gewesen. Das Netz, das die Paten der Ringvereine gesponnen hatten, war von einem auf den anderen Tag zerrissen. Wer sich zur Wehr setzte, und solche Leute gab es, denn auch Ganoven hatten etwas zu verlieren, mit dem kannte die SA kein Erbarmen. Auf Initiative von Göring zu Hilfspolizisten ernannt, hatten die Schlägertrupps einen Kiez nach dem andern durchkämmt, die Spelunken, in denen sich die Halbwelt tummelte, kurz und klein geschlagen und jeden, der aufmuckte, zum Schweigen gebracht. Folterkeller, im damaligen Jargon auch als »wilde Gefängnisse« tituliert, waren wie Pilze aus dem Boden geschossen, und kein Mensch, am allerwenigsten der Polizeipräsident von Berlin, war imstande, die Zahl der Verliese zu benennen.

Um ihn der gerechten Strafe zuzuführen. Wie bescheuert sich das doch anhörte.

Den Ermittlungen zufolge hatte der Werwolf vier Frauen auf dem Gewissen. Die Gefahr, dass dies erst der Anfang war, nun ja, sie lag natürlich auf der Hand. Um Gerüchten und einer daraus resultierenden Hysterie vorzubeugen, war auf Befehl von Himmler eine Nachrichtensperre erfolgt, nur ein Tropfen auf dem heißen Stein, wie Kalinke resigniert erkannte. Die Brutalität des Täters suchte ihresgleichen, und die Dreistigkeit, mit der er vorging, ja wohl auch. Er war zwar noch nicht lange genug bei der Kripo, um mitreden zu können, was die legendenumwobenen Zwanziger betraf. Aber nach allem, was von den Sitzungen der SOKO durchgesickert war, nahm der Fall immer monströsere Formen an.

Vier Opfer, zumeist Frauen aus einfachen Verhältnissen. Scheinbar willkürlich ausgewählt, im Umkreis von nur wenigen Kilometern.

Kalinke schnaubte nachdenklich auf. Vier tote Frauen, die Gliedmaßen zertrümmert und verstümmelt, vergewaltigt und im Anschluss, so die Ergebnisse der Obduktion, bei Tempo 60 aus einem Zug der Linie drei geworfen.

Ganze vier Frauen. Nie hätte er gewagt, den Gedanken auszusprechen, und vermutlich würde er dies auch weiterhin nicht tun. Aber was war das schon im Vergleich zu dem, was die Nazis auf ihre Kappe nehmen mussten.

Nur die Spitze des Eisbergs – und, so stand zu befürchten, noch lange nicht das Ende. Das Morden in des Führers Namen würde weitergehen, und er fragte sich, welche Schreckensszenarien der Stadt ins Haus standen. Der Tag der Vergeltung würde kommen, so sicher wie das viel zitierte Amen, und dann würden er und die andern dafür geradestehen müssen.

»Sie sehen ja so blass aus, Herr Kalinke – ist Ihnen etwa nicht gut?«

»Doch, doch, Fräulein Adele. Liegt vermutlich an der Hitze. Die bringt einen wie mich fast um.«

Man konnte es drehen und wenden, wie man wollte. Mord blieb nun einmal Mord. Ob auf Befehl oder aus niederen Motiven, das machte keinen Unterschied.

Kalinke seufzte schicksalsergeben auf. Fünf vor neun, und schon jetzt reif für eine kalte Dusche. Von hier droben unter dem Dach entging einem zwar so gut wie nichts, aber damit hatte es sich auch schon. Der Alexanderplatz, wie er ihn aus seiner Jugend kannte, war kaum noch wiederzuerkennen, und wenn er an seine Rendezvous im Aschinger dachte, wurde ihm regelrecht wehmütig ums Herz. Ein Glas Bier zum Preis von 10 Pfennig und Käsestullen gratis, wo gab es das heute noch. Die Erbsensuppe mit Speck oder Bierwurst nicht zu vergessen.

Die Zeiten hatten sich geändert – und wie. Das Café am Alexanderplatz, gespickt mit Kronleuchtern, Spiegelwänden sowie opulenten Schaufenstern und für Kalinke aufgrund seiner Kuchentheke unentbehrlich, wenn nicht gar überlebenswichtig, existierte nicht mehr. Die Zeit der Schlemmerorgien war vorbei, von Pferdedroschken und Drehorgeln nicht zu reden. Auch der Park, wo er in der Mittagspause mit seiner Ollen Händchen hielt, hatte beim Bau des Alexanderhauses weichen müssen. Auch von der Zeit, als man den Politikern noch trauen konnte, war so gut wie nichts mehr übrig geblieben, und wenn er sich umschaute, krampfte sich ihm das Herz zusammen.

Welch ein Unterschied zu damals. So glanzvoll, wie die Nostalgiker taten, waren die Zwanziger zwar nicht gewesen, doch hatten sie den Vorteil, dass man tun und lassen konnte, was man wollte. Es war gar nicht so lange her, seit er dort drunten auf Streife gegangen war, doch kam es ihm vor, als lägen Jahrhunderte dazwischen. Der Platz war nahezu menschenleer, und wo früher dichtes Gedränge herrschte, hatte der Krieg deutliche Spuren hinterlassen. Touristen gab es so gut wie keine mehr, stattdessen umso mehr Soldaten, die sich auf Fronturlaub befanden. Feldgrau war die beherrschende Farbe, ergänzt durch die Uniformen der SA-Leute, unter die sich hier und da eine Rote-Kreuz-Schwester, BDM-Mädchen oder Luftschutzhelfer mischten. Der Verkehr, so dicht wie nirgendwo sonst in Berlin, war nahezu verebbt, denn Benzin gab es nur noch auf Bezugsschein – wenn überhaupt. Auf Umwegen war es zwar möglich, an ein paar zusätzliche Coupons heranzukommen, doch wenn es herauskam, dann hatte der Betreffende ein Problem. Autos waren somit zur Rarität geworden, und wären Tram und S-Bahn nicht gewesen, deren Fahrgeräusche von den engen Wänden widerhallten, die Einöde aus Beton wäre komplett gewesen.

Überhaupt, der Krieg. Wie an allen exponierten Stellen üblich, war der Platz auch hier mit Tarnnetzen überspannt, und wer noch nicht wusste, was die Stunde schlug, dem war weiß Gott nicht mehr zu helfen. Berlin im Bombenhagel, das war längst keine Utopie mehr, wie Kalinke mit einem Schaudern realisierte. Im Jahr zuvor, genauer gesagt Ende August, hatten die Briten bereits einen Vorgeschmack auf das Kommende gegeben. Der Schaden hatte sich zwar in Grenzen gehalten, und die zwölf Toten, die den drei Angriffen zum Opfer gefallen waren, waren nur mit dürren Worten erwähnt worden. Doch dabei würde es nicht bleiben, da war sich der Kripobeamte sicher. Würden sich die Amerikaner erst dazu durchringen, den Briten beizustehen, dann war guter Rat teuer.

Und dann, so das stets gleiche Fazit seiner Grübeleien, dann gnade ihnen allen Gott.

»Ich muss schon sagen, junger Mann: Allmählich mache ich mir wirklich Sorgen.«

»Ich mir auch, Fräulein Adele, wenngleich nicht unbedingt um mich.«

»Sondern?«

»Um uns alle. Aber Schwamm drüber. Das gehört nun wirklich nicht hierher.«

3. Juli 1941, knapp zwei Jahre nach Beginn des Krieges, von dem niemand wusste, wie er ausgehen würde. Die Sonne, rot wie Kupfer und an den Rändern von Luftspiegelungen überwuchert, hinter einer bleifarbenen Dunstglocke versteckt, die Passanten am Eingang zur U-Bahn nur mehr bloße Schatten, wie Figuren auf dem Schachbrett, von unsichtbarer Hand gelenkt.

Das war die Realität.

Babylon war tot – und Metropolis ließ grüßen.

»Sie haben recht, Herr Kalinke, wenden wir uns lieber der Gegenwart zu. Wir müssen den Tatsachen ins Auge blicken, je früher, desto besser. Also: Was genau gedenken Sie zu tun?«

»Ungeschickte Formulierung, Fräulein Adele.«

»Finden Sie?«

»Falls Sie es noch nicht bemerkt haben, gnädige Frau: In der Hackordnung stehe ich ganz unten. Wie gesagt, mich dürfen Sie so etwas nicht fragen. Ich bin nur ein winziges Glied in der Kette, von mir nimmt kaum jemand Notiz. Von meiner Meinung nicht zu reden, die ist ohnehin nicht sonderlich gefragt.«

»Und was nun?«

»Wenn ich Sie wäre, würde ich es bei den Kollegen in der Chefetage versuchen. Die haben nämlich wesentlich mehr Ahnung als ich – und auch wesentlich mehr Penunzen auf der Bank.« Kalinke gestattete sich ein Lächeln. »Nichts für ungut, Fräulein Adele, aber was Ihr Anliegen betrifft, sind Sie an der falschen Adresse.«

»Na schön, dann formuliere ich meine Frage eben anders«, posaunte die alte Dame im Stakkato-Rhythmus heraus, was Kalinke zu der Mutmaßung bewog, Fräulein Adele habe ihren Beruf verfehlt. Als Verhörspezialistin wäre sie eine echte Bank gewesen, wehe den Ganoven, die sie unter ihre Fittiche genommen hätte. »Wären Sie in der Position, die Geschehnisse zu beeinflussen, dann …«

»Dann müsste ich mir etwas einfallen lassen, da haben Sie recht, gnädige Frau.« Die Hand im Nacken, wandte sich Kalinke wieder um. »Genug der Vorrede, Fräulein Adele: Was genau haben Sie gesehen?«

»Na, den Werwolf – das habe ich doch schon gesagt!«

»Um Ihr Gedächtnis aufzufrischen: Keine der Angaben, die Sie in der Vergangenheit gemacht haben, hat sich bei näherem Hinsehen als hilfreich erwiesen. Mit anderen Worten, unsere Recherchen liefen ins Leere.« Kalinke zuckte erschöpft die Achseln. »Ich will Ihnen ja nicht zu nahe treten, gnädige Frau, aber was den Fall Werwolf angeht, wäre ich Ihnen dankbar, wenn Sie die Finger davon ließen. Wissen Sie, die Sache ist viel zu heikel, als dass …«

»Als dass sich eine alte Schachtel damit beschäftigen sollte?«

»Das haben *Sie* gesagt, Fräulein Adele – nicht ich.« Ein Muster an Beherrschung, wie es bei der Kripo seinesgleichen suchte, nahm Kalinke hinter dem Schreibtisch Platz. »Na schön, dann lassen Sie mal hören. Aber machen Sie es bitte kurz.«

»Sie haben zu tun – ich weiß.«

»Wie recht Sie doch haben, gnädige Frau.«

Die Pensionärin machte aus ihrer Missbilligung keinen Hehl, vermied es jedoch, die Kritik an den Behörden auf die Spitze zu treiben. »Wie gesagt: Ich habe ihn gesehen.«

»Das sagten Sie bereits.«

»Am S-Bahnhof in Köpenick.«

»Und um wen könnte es sich Ihrer Meinung nach handeln? Können Sie den Mann beschreiben?«

»Das ist es ja gerade, was mich irritiert.«

Kalinke atmete tief durch, erwiderte jedoch nichts.

»Ich weiß nicht«, fuhr die Pensionärin mit nachdenklicher Miene fort, die Handtasche immer noch an der gleichen Stelle, wie für die Ewigkeit in Rosengranit gehauen. »Aber irgendwie kam es mir so vor, als sei er ein Mensch wie du und … Bitte verstehen Sie mich nicht falsch, Herr Kriminalassistent, aber zum Fürchten sah der Mann nun wirklich nicht aus.«

»So es sich tatsächlich um den Werwolf gehandelt haben sollte.«

»Moment mal, glauben Sie mir etwa immer noch nicht?«

»Doch, Fräulein Adele – wo denken Sie hin!«, setzte sich Kalinke mit einer Mischung aus Fatalismus und Gereiztheit zur Wehr, zückte seinen Bleistift, um sich Notizen zu machen, und ächzte: »Kommen wir zum Punkt, wie sah er aus?«

»Normal.«

»Der Kerl hat vier Frauen auf dem Gewissen, das ist Ihnen doch wohl klar, oder? Also, wenn das Ihre Auffassung von Normalität ist, gnädige Frau, dann verschwenden wir hier nur unsere …«

»Und groß.«

»Aha.«

»Gardemaß, würde ich sagen.«

»Mit anderen Worten, über einsachtzig.«

»Das auf jeden Fall.«

»Haarfarbe?«

»Hellblond, fast ausgebleicht.« Fräulein Adele seufzte bekümmert auf. »Und nicht unattraktiv, wenn ich das mal so sagen darf.«

»Sie dürfen«, antwortete Kalinke spitz. Und vollendete mit todernster Miene: »Ich weiß ja schließlich, von wem es kommt. Bitte tun Sie sich keinen Zwang an, Sie wissen doch, mir können Sie alles anvertrauen.«

Die Pensionärin hörte über die Ironie hinweg. »Aber so sind sie nun mal, die Männer. Nach außen machen sie dir schöne Augen, und in Wirklichkeit haben sie den Teufel im Leib.«

»Sie müssen es ja wissen.« Kalinke atmete geräuschvoll aus. Allmählich hatte er die Faxen dicke, und er hätte etwas dafür gegeben, wenn ihm die Tortur erspart geblieben wäre. »Farbe der Augen?«

»Tut mir leid, aber damit kann ich aus naheliegenden Gründen nicht dienen. Die Notbeleuchtung im Wartesaal, Sie verstehen.«

»Irgendwelche besonderen Kennzeichen, Merkmale, Auffälligkeiten?«

»Also, ich weiß nicht«, fuhr die in Ehren ergraute Hauswirtschaftslehrerin fort, den Blick auf die Karteischränke gerichtet, die sich im Rücken von Kalinke auftürmten. »Außer der Uniform war nicht viel von ihm zu sehen. Was soll ich sagen, er stand einfach nur da, die Hände in den Taschen, und hat ununterbrochen vor sich hingestarrt, als sei er nicht von dieser Welt.«

»Ist er aber. *Leider.* So es sich um den Mann handelt, nach dem wir suchen.« Kalinke kritzelte etwas auf seinen Stenoblock, blickte auf und ließ die Zähne über die vorspringende Unterlippe gleiten. »Sie sagten, der Unbekannte habe eine Uniform getragen. Können Sie mir sagen, welche?«

»Er trug eine Uniform der Reichsbahn. Und die dazu passende Mütze.«

»Sicher?«

»Absolut.« Fräulein Adele setzte eine triumphierende Miene auf, und der Tonfall, den sie anschlug, quoll vor Genugtuung fast über. »In dunkelblauer Farbe, aber wem sage ich das, über Uniformen wissen Sie ja wohl besser Bescheid als ich.«

»Anzunehmen. Und weiter?«

Fräulein Adele setzte eine verlegene Miene auf.

»Was dann passiert ist, möchte ich wissen.«

»Dann … nun ja … Dann ist mir ein kleines Malheur passiert.«

»Ausgerechnet Ihnen? Alles, was recht ist, Fräulein Adele, aber das kann ich mir beim besten Willen nicht …«

»Ich habe ihn aus den Augen verloren.«

»Sie haben … Sie haben *was*?« Kalinke schnappte nach Luft. Da nahm man sich die Zeit, um der Dame die gebührende Aufmerksamkeit zu widmen – und dann so etwas. Ausgerechnet jetzt, wo es endlich spannend wurde. »Aber er … Aber der Kerl kann sich doch nicht einfach in Luft aufgelöst haben!«

»Ich könnte mich ohrfeigen, glauben Sie mir.« Die Pensionärin zuckte entschuldigend die Achseln. »Ich hatte kein Kleingeld dabei, um mir eine Fahrkarte für die zweite Klasse zu kaufen. Jetzt gucken Sie nicht so, Herr Kalinke, das kann jedem passieren, oder? Wenn Sie ehrlich sind, Ihnen ja wohl auch.« Um ihrem Unmut Luft zu machen, ließ die Pensionärin ihren Stock auf das gemusterte Parkett niedersausen. »Und weil ich kein Kleingeld eingesteckt hatte, musste ich zum Kiosk, um meinen letzten Fünfziger kleinzumachen. Zu meinem Ärger hat das ein bisschen länger gedauert als erhofft, der gute Mann dort war leider nicht der Schnellste. Die jungen Leute, Sie verstehen.«

Kalinke zwang sich zu einem artigen Nicken. Jetzt hatte es ihm die Dame aber gezeigt. »Man ist so jung, wie man sich fühlt, finden Sie nicht auch?«

»Wem sagen Sie das.«

»Zurück zum Thema: Die Szene am Bahnhof in Köpenick, wann genau hat sie sich abgespielt?«

»Circa 20 vor 11.«

»Und Sie, was war mit Ihnen?«

»Na, was wird denn wohl gewesen sein – ich habe den Zug verpasst. Das passiert mir nicht noch mal, darauf gebe ich Ihnen Brief und Siegel.«

»Und wie sind Sie dann nach Hause gekommen?«

»Mit dem Taxi. Ein kostspieliges Vergnügen, aber was will man machen.« Die Pensionärin seufzte missmutig auf, und prompt wurde Kalinke von Mitgefühl gepackt. Harte Schale, butterweicher Kern. Der Berliner Bär konnte partout nicht aus seiner Haut. »Beim nächsten Mal passe ich besser auf, so wahr ich Viktoria Luise Berta Adele Mürwitz heiße.«

»Das hört man gern, gnädige Frau.« Kalinke machte eine finale Geste, leerte seine Tasse und breitete die fleischbepackten Arme aus. »Was mich betrifft, ich drücke Ihnen die Daumen.«

»Und was jetzt?«, fügte die sichtlich geknickte Amateur-Detektivin hinzu, ein Taschentuch in der Hand, um die Brillengläser zu polieren. »Die Belohnung kann ich ja wohl abschreiben. 13.000 Reichsmark, da sagt unsereins nicht nein. Aber was rede ich für dummes Zeug. Geld allein macht bekanntermaßen nicht glücklich.«

»Wie wahr.« Kalinke winkte gelassen ab. »Nur nicht verzagen, Fräulein Adele«, fügte er mit einem Schuss Zweckoptimismus hinzu, da er es nicht übers Herz brachte, die Illusionen seiner Kundin zu zerstören. Doch so plausibel die Intention auch war, die Unterredung hatte nicht viel Neues ergeben. Eine Spur war nicht in Sicht, von welcher Warte man das Problem auch betrachtete. Bereits am Vortag war verlautbart, dass eine Überprüfung der Reichsbahner erfolglos geblieben sei. Auch die SOKO, zumeist hochrangige Beamte, die vor Arroganz nur so strotzten, war mit ihrem Latein am Ende. Und was die Idee betraf, Beamte in Frauenkleidern als Lockvögel zu benutzen, mit ihr hatte man sich zum Gespött der ganzen Nation gemacht.

Egal, was sich die Kripo einfallen ließ, um ihm auf die Spur zu kommen, das Phantom war wie vom Erdboden verschluckt. Auf der Strecke zwischen Erkner und dem Ostkreuz war den Kollegen auch nicht ein Verdächtiger ins Netz gegangen, vom mysteriösen Killer ganz zu schweigen. »Mit ein bisschen Glück werden wir den Werwolf schnappen. Und was Ihre privaten Recherchen betrifft, da drücke ich Ihnen selbstredend die Daumen. Kopf hoch, Fräulein Adele, das wird schon. Auch bei uns ist noch kein Meister vom Himmel gefallen.«

»Danke für die freundlichen Worte. Ich weiß es zu schätzen, glauben Sie mir.« Auf Ihren Stock gestützt, stemmte sich die Pensionärin in die Höhe. »Ich weiß, Sie hören das nicht gern, Herr Kalinke. Aber in meinen Augen sind Sie nun mal der Einzige, der ein offenes Ohr für mein Anliegen hat. Wenn ich da an Ihren Kollegen denke, diesen … diesen …« Fräulein Adele schüttelte unwillig den Kopf. »Sie müssen entschuldigen, Herr Kriminalassistent. Ich werde immer vergesslicher, wohin soll das bloß noch führen. Bitte helfen Sie mir auf die Sprünge: Wie heißt der ungehobelte Grobian doch gleich?«

»Ach, wissen Sie, eigentlich ist von Sydow ganz in Ordnung, man muss ihn halt zu nehmen wissen, das ist alles. Dann bekommt man auch keine Probleme mit ihm. Zugegeben, seine Art ist nicht jedermanns Sache, aber was soll ich sagen, er kann eben nicht aus seiner Haut. Aber die guten Seiten überwiegen, das kann ich mit Bestimmtheit sagen.«

Das Lachen, das in diesem Moment ertönte, stellte in puncto Heiterkeit alles in den Schatten. »Gute Seiten? Das ist ja wohl was ganz Neues. Du weißt gar nicht, wie glücklich mich deine Laudatio macht, Herr Kollege.«

»Wie heißt es doch gleich, Fräulein Adele? Wenn man vom Teufel spricht, dann kommt er«, gab Kalinke geistesgegenwärtig zurück und eskortierte die alte Dame zur Tür, um sie mit sanfter Gewalt aus der Schusslinie zu dirigieren. Für Sydow, der Frauen ihres Kalibers nicht ausstehen konnte, war sie von Anbeginn ein rotes Tuch gewesen, und was ihre Recherchen betraf, machte er aus seiner Ablehnung keinen Hehl.

»Na, Herr Kollege – auch schon da?«

Wohl wissend, was ihm erspart geblieben war, gab Sydow den Weg breitwillig frei. Dann aber, nachdem die Tür hinter der alten Dame ins Schloss gefallen war, ließ er seinem Unmut freien Lauf: »Mein Gott, was wollte die denn schon wieder hier – und das schon morgens um neun, das hältst du ja im Kopf nicht aus!«

»Reg dich ab, so schlimm ist es nun auch wieder nicht gewesen«, widersprach Kalinke seinem Kollegen, dem die Nebeneffekte seines Katers in die Physiognomie gemeißelt waren. Die Augen tief in den Höhlen, der Blick übernächtigt, die Lippen trocken und von zahlreichen Rissen übersät. Der Anblick des Nachtschwärmers sprach für sich.

Und der tastende Gang, mit dem er sich bewegte, tat ein Übriges.

Um Sydows Laune war es ebenfalls nicht gut bestellt, und Kalinke fragte sich im Stillen, wie man es mit einem Raubein dieser Machart aushalten konnte. »Sie wollte uns doch nur helfen, daran gibt es ja wohl nichts auszusetzen.«

»Oh doch, jetzt tu doch nicht so!«, polterte Sydow zurück, zerrte sich das Jackett vom Leib und hielt Ausschau nach etwas Trinkbarem, um das Brennen in der Halsgegend zu ersticken. Eine halbvolle und zudem warme Flasche Limo war jedoch alles, was sich finden ließ, nicht unbedingt sein Geschmack, aber Alka Seltzer definitiv vorzuziehen. »Jetzt schau dir mal den smarten Erich an, der hat sich ja richtig aufgehübscht. Was hast du denn vor, Dicker, du willst doch nicht etwa Karriere machen?«

»Jetzt weiß ich, was mir gefehlt hat«, murmelte Kalinke mit fatalistischem Tonfall vor sich hin und unternahm einen neuerlichen Versuch, den Ventilator an der Decke in Gang zu bringen. Wie nicht anders zu erwarten, schlug dieser fehl, was das Schwergewicht zu einem halblaut gemurmelten Fluch animierte. »Deine Scherze werden von Tag zu Tag schlechter, hat dir das mal jemand gesagt?«

»Ja.«

»Und wer?«

»Na, du – gerade eben.«

»Witz komm raus, du bist umzingelt«, verkündete Kalinke lapidar, auch hier, im Angesicht des verkaterten Kollegen, geradezu ein Muster an Geduld. Wie oft er sein Schicksal verflucht hatte, dem es gefiel, ihm einen ungestümen Hitzkopf zu bescheren, für den Regeln nur am Rand von Interesse waren, das wusste er beim besten Willen nicht. »War's das für heute – oder hat der Herr von und zu noch mehr Sprüche auf Lager?«

»Leider nein«, antwortete Sydow und durchwühlte das Chaos, das auf seinem Schreibtisch herrschte. »Aber sobald mir einer einfällt, werde ich es dich wissen lassen – versprochen.«

»Darf man fragen, wonach du suchst?«

»Danach!«, ließ Sydow erleichtert verlauten und zog eine Schachtel Dunhill unter der mit Brotkrumen übersäten Morgenpost hervor, nur um festzustellen, dass sie keine Glimmstängel mehr enthielt. »So ein Mist, das hat mir gerade noch gefehlt.«

»Hier wird nicht geraucht, wie oft soll ich dir das eigentlich noch sagen!«

»Ist ja gut, Gummi-Bärchen. Die Lust ist mir auch vergangen«, lenkte Sydow mit betretener Miene ein und wandte sich dem beängstigend hohen Aktenstapel zu, der sich seit Beginn der Woche angesammelt hatte. »Au Backe, das darf ja wohl nicht wahr sein. Wenn ich den Schreibkram sehe, kommt's mir hoch.«

»Ärger mit Ava?«

»Jetzt fängt der auch noch damit an«, knurrte Sydow mit verkniffener Miene. »Nimm bitte zur Kenntnis, ich will nicht darüber sprechen.«

»Du und deine Liebschaften, das soll mal einer verstehen.«

»Verlangt ja auch keiner, oder?«, versetzte Sydow gereizt und ließ die Limo durch die ausgedörrte Kehle rinnen. »Brrr, scheußliches Zeug, da lobt man sich doch ein Berliner Kindl. Molle am Morgen vertreibt Kummer und Sorgen, Molle am Abend, erquickend und labend.«

»Mit anderen Worten, du hast deinen freien Tag genutzt, um bei Tante Lola die Puppen tanzen zu lassen.«

»Du sagst es.«

»Man riecht's«, stieß Kalinke schwer aufatmend hervor, griff in die Schublade, um eine Packung Pfefferminzbonbons hervorzuholen und reichte sie an Sydow weiter. »Aber jetzt mal im Ernst, junger Mann: So kann's mit euch beiden nicht weitergehen. Entweder ihr rauft euch zusammen, oder du machst Nägel mit Köpfen und ringst dich dazu durch, deinem Varieté-Sternchen reinen Wein einzuschenken. Die Sache monatelang in der Schwebe zu lassen, ich finde, das gehört sich einfach nicht. Schließlich seid ihr keine Teenager mehr, oder sehe ich das falsch?«

»Was soll das werden, eine Sonntagspredigt?«

»Also redet miteinander, klar? Einfach so mir nichts, dir nichts auseinandergehen, das muss ja wohl nicht sein.« Kalinke blickte kopfschüttelnd ins Leere. »Ich weiß ja nicht, wie du darüber denkst, Tom, aber wenn ich mir überlege, wie du erzogen worden bist, dann …«

»Dann was? Sprich dich aus, Herr Kollege – Zeit haben wir ja wohl genug.«

»Machen wir's kurz: Gegenüber früher erkennt man dich kaum wieder. Weißt du, es gab Zeiten, da hätte man dir den Herrn von Adel abgekauft. Was ich damit sagen will, ist: Wenn du dich weiter so gehenlässt, dann kommst du unter die Räder. Dann kannst du einpacken, bevor du piep sagen kannst. Um unseren Job zu erledigen, müssen wir in Topform sein – und nicht mit zweikommanochwas Promille durch die Weltgeschichte spazieren. Das leuchtet ja wohl ein, oder?«

»Fulminante Predigt, Herr Pfarrer. Ich bin beeindruckt.«

»Schau dich doch an, von und zu. Du siehst so was von fertig aus, wie willst du da bloß deine Arbeit absolvieren. Zu deiner Erinnerung: Da draußen läuft ein Serienmörder frei herum, und der Herr Kommissar hat nichts Besseres zu tun, als im Café Nahkampf die Korken knallen zu lassen. Sag mal, findest du das eigentlich in Ordnung?« Die Sorge um den Freund stand dem Kriminalassistenten ins Gesicht geschrieben, und als habe er es mit einem störrischen Kind zu tun, ließ er dem Schulmeister in seinem Innern freien Lauf: »Irgendwann musst du dich entscheiden, Tom. Je früher, desto besser für euch beide. Auf die Dauer kann es so nicht weitergehen, sonst haut dich der Alte in die Pfanne. Der wartet doch nur darauf, dir eins reinzuwürgen, und wenn du schlau bist, gibst du ihm keinen Grund dazu.«

»Zu spät, Erich. Das Kind ist bereits in den Brunnen gefallen.«

Kalinke machte eine entnervte Geste, stützte die Ellbogen auf den Schreibtisch und sah Sydow mit hochgezogenen Brauen an. »Na, super. Hab ich's doch gewusst, der Herr von und zu kann es einfach nicht lassen. Dann mal raus mit der Sprache: Mit wem bist du aneinandergeraten?«

»Mit der Gestapo.«

Im Begriff, seine Notizen zu redigieren, fuhr Kalinke wie eine Sprungfeder in die Höhe. »Sag das noch mal!«

»Nicht nötig, du hast richtig gehört.« Die Hand um die Flasche geschlungen, deren Etikett er akribisch entfernte, wich Sydow den Blicken seines alarmierten Freundes aus. »Aber sei so gut und behalte es für dich, ich kann mir schon denken, was jetzt kommt.«

»Was soll ich sagen, Adel verpflichtet.« Kalinke stöhnte kopfschüttelnd auf. »Und was genau, wenn Mylord die Frage gestatten, hat sich gestern Abend zugetragen?«

Um ihn nicht noch mehr gegen sich aufzubringen, kam Sydow dem Ansinnen des Kollegen nach. Am Ende seines Berichts angekommen, sammelte er die Papierschnipsel fein säuberlich ein, beugte sich stirnrunzelnd zur Seite und ließ sie in den überquellenden Abfalleimer rieseln. »So, jetzt weißt du Bescheid. Du kommst doch zu meiner Beerdigung, oder?«

Im Begriff zu antworten, wurde Kalinke jäh unterbrochen.

Und griff mit ahnungsvollem Blick zum Hörer.

Das nun folgende Gespräch, in dessen Verlauf sein Gesicht immer blasser wurde, dauerte nur ein paar Sekunden. »In Ordnung, Herr Kriminalrat«, beeilte sich Kalinke zu antworten, während sich sein Puls rapide zu beschleunigen begann. »Ich werde es dem Kollegen ausrichten.«

Dann ließ er den Hörer auf die Gabel fallen.

»Bin schon unterwegs«, verkündete Sydow lapidar, erhob sich und schlenderte zur Tür. »Kein Grund zur Aufregung, Dicker – so leicht lasse ich mich nicht unterkriegen!«

8

Berlin-Kreuzberg, Geheimes Staatspolizeiamt in der Prinz-Albrecht-Straße 8
09:20 Uhr

Rien ne va plus, das Spiel war aus. Lebendig würde er hier nicht mehr rauskommen.

Höchste Zeit, sich damit abzufinden.

Hantel-Emil hechelte nach Atem. Nur noch zwei, drei Millimeter, dann würde ihm die Drahtschlinge die Luft abschnüren. Dann gäbe es keine Hoffnung mehr, und er würde wie ein Stück Vieh verrecken.

Das Gehirn bekäme nicht genug Sauerstoff, die Lunge nicht ausreichend Luft, das Blut nicht mehr genug Druck, um durch den übergewichtigen Körper zu zirkulieren. Die Ohnmacht, von der ihn nur ein Atemzug trennte, wäre die logische Konsequenz, und er hoffte, sie würde nicht lange auf sich warten lassen.

Und der Tod, so er denn endlich käme, auch nicht.

Nach über zehn Stunden Verhör, Fausthieben, Tritten, Knüppelhieben und allen nur erdenklichen Schikanen konnte er einfach nicht mehr. Er war am Ende – und wünschte sich nichts sehnlicher, als zu sterben.

Exitus durch Erdrosseln, mit freundlicher Unterstützung der Gestapo.

Nichts lieber als das.

Emil Leschek am Boden, keineswegs nur angezählt, sondern regelrecht zu Brei geschlagen. Die Nase gebrochen, das Gesicht mit Blutergüssen übersät und die Lippen zerhackt wie rohes Fleisch. Bis vor kurzem wäre das außerhalb seiner Vorstellungskraft gewesen. Klar, er war keine 20 mehr, allein schon kräftemäßig nicht, aber dass er so schnell das Handtuch werfen würde, das setzte ihm mächtig zu. In seinem Kiez, wo er die unumstrittene Nummer eins war, hatte Leschek jahrelang den Ton angegeben, und was er ausbaldowerte, das wurde auch so gemacht. Kam ihm jemand dumm, was vergleichsweise selten geschah, hatte er dem Betreffenden gezeigt, wo es langging. Nur einige wenige hatten es darauf angelegt, ihm den Rang streitig zu machen, und wie nicht anders zu erwarten, konnten sie ihm nicht das Wasser reichen.

Doch all das war Schnee von gestern. Hier drunten, eingesperrt in eine kahle Zelle, in der es nach Schimmel, Ausdünstungen und Erbrochenem roch, in diesem Dreckloch herrschten andere Gesetze. Hier ging es anders zu als in seinem Kiez, wo es noch so etwas wie Regeln gab, egal wie sehr man miteinander haderte. An diesem Ort, wo immer er sich auch befand, konnte keine Rede davon sein. Das Recht des Stärkeren, auf das er sich zeitlebens berufen hatte, hatte ausgedient. Hier gab es keine Gewinner oder Verlierer, Profiteure oder Handlanger, Strippenzieher oder Laufburschen, Obermacker oder solche, die es noch werden wollten.

Hier gab es nur Opfer, die keine Chance hatten, sich zur Wehr zu setzen.

Und ihre Peiniger, denen sie hilflos ausgeliefert waren. Den Rest erledigte die Hitze, drückender als in einem

Treibhaus, die reinste Sauna. Bei der Enge in diesem Verlies kein Wunder. Eine hochgeklappte eiserne Pritsche an der linken Wand, bezogen mit weißblauem Militärleinen. Die Tür schmal und dunkelbraun, mit einer Essklappe versehen, die vom Korridor aus geöffnet wurde. Daneben ein Haken, an dem ein zerschlissenes schwarzes Handtuch hing, eine Art Vorhang, um bei Verdunkelung vor das Fenster in seinem Rücken gehängt zu werden. Zur Rechten ein Tisch mit einem wurmstichigen Hocker, aber den würde er vermutlich nicht mehr brauchen.

Irgendwie kam ihm das alles beinahe vertraut vor, denn in seiner Jugend, auf die er mit Schaudern zurückblickte, war er wiederholt hinter schwedischen Gardinen gelandet. Zu Hause hatte das Geld hinten und vorn nicht gereicht, kein Wunder, denn seine Mutter hatte als Wäscherin nicht viel verdient und seine Geschwister und ihn allein durchbringen müssen. Kohldampf schieben war bei den Lescheks an der Tagesordnung gewesen, wie bei den meisten, die in den Mietskasernen am Schlesischen Bahnhof hausten. Kein Wunder also, dass er schon mit zehn zu klauen begann. Natürlich nicht im großen Stil, so abgebrüht war er nun auch wieder nicht gewesen. Südfrüchte, hier und da ein paar Schrippen, Kohlen im Winter, warme Klamotten. Zu mehr hatte es nicht gereicht. In der Schule war es rasant bergab gegangen, und als er sie abbrach, hatte er ihr keine Träne nachgeweint. Dort hatte es nur Tatzen und Prügel gegeben, weniger vonseiten der Mitschüler, denen er beizeiten den Schneid abgekauft hatte, sondern zumeist durch seine Lehrer, von denen er grün und blau geschlagen wurde. Um ein Haar wäre er auf der Straße gelandet, aber da er es irgendwie fertigbrachte, sich als Mädchen für alles einen Namen zu machen, kam er halbwegs ungeschoren über die Runden.

Mit 18 war es dann aber zappenduster gewesen. Der Knast in Moabit ließ grüßen. Ein Gutes hatte die Zeit jedenfalls gehabt, trotz aller Widrigkeiten, mit denen ein Grünschnabel wie er Bekanntschaft machte. Er hatte Korbflechten gelernt – und begriffen, dass man am besten fuhr, wenn man sich auf sich selbst verließ.

»Na, Leschek – was sagst du jetzt? Hättest du kooperiert, dann wärst du auf der Gewinnerseite. Du weißt doch, wir von der Gestapo tun doch auch nur unsere Pflicht.«

Hätte, wäre, könnte – die alte Leier, stundenlang ging das nun schon so. Emil wusste zwar nicht, wieso, aber da war etwas an diesem Mann, das ihn an seinen ehemaligen Rektor erinnerte. In seiner Jugend hatte er so seine Erfahrungen gemacht, was es hieß, einem Sadisten hilflos ausgeliefert zu sein, und ihn schauderte beim Gedanken, was der Fiesling noch alles in petto hatte.

»Du sagst ja gar nichts, geht es dir nicht gut?«

Emil hörte über den Sarkasmus hinweg. Wenn überhaupt, gab es noch eine winzige Chance, die Pläne seines Widersachers zu durchkreuzen.

Und die galt es zu nutzen.

Unter Aufbietung aller Kräfte.

»Ich rede mit dir, oder bist du taub?«

Selbst wenn er gewollt hätte, er war nicht imstande, auch nur ein Krächzen hervorzubringen. Den Kopf an die Lehne des Strangulierstuhls gepresst, schnappte Emil mit letzter Kraft nach Luft. Wie nicht anders zu erwarten, ließ der Erfolg seiner Bemühungen zu wünschen übrig. Seine Kehle, welche die Luft förmlich in sich hineinsaugte, fühlte sich wie das Innere eines Hochofens an, und je panischer er nach Atem rang, desto stärker das Pochen in seinen Schläfen, desto heftiger das Würgen in der Kehle.

Leschek schloss resigniert die Augen. Nicht lange, und er würde das Bewusstsein verlieren, und was dann geschah, darüber machte er sich keine Illusionen.

Tod durch Erdrosseln.

Wie ein Stück Vieh, das es nicht wert war, dass man sich die Finger schmutzig machte.

Wie ein Paria, der es nicht wert war, ein Deutscher zu sein. »Mach's Maul auf, du asoziales Schwein – ich hab dich was gefragt!« Asozial. So weit war es also schon gekommen. Aus dem Mund des Schnüfflers, mit dem er am Vorabend aneinandergeraten war, hörte sich das fast wie eine Drohung an. Fluppen-Kalle, ein Ex-Knacki aus dem Milieu, hatte ihm erzählt, was passierte, wenn man ins KZ verfrachtet wurde. Von daher wusste Leschek Bescheid. Wie neuerdings üblich, musste auch dort alles seine Ordnung haben, das hieß, es wurden Dreiecke aus Stoff ausgeteilt, damit man die Insassen auseinanderhalten konnte. Grün für die sogenannten Ballastexistenzen, also für gewöhnliche Kriminelle. Schwarz dagegen für die Asozialen, in der Hierarchie ganz unten, der letzte Abschaum sozusagen. Die sich glücklich schätzen durften, wenn sie einen Teller Steckrübensuppe vorgesetzt bekamen, um sie am Leben zu erhalten. Wie lange, das hing von ihrem Durchhaltewillen ab.

Mit dem Überleben, das hatte sich bis zu ihm herumgesprochen, war es allerdings so eine Sache. Denn wer einmal dort landete, für den war das Lager Endstation. Angst und Schrecken verbreiten, damit kannten sich Himmler und Konsorten aus.

Von ihren Handlangern nicht zu reden.

»Was ist, hat es dir die Sprache verschlagen?«

Hantel-Emil antwortete nicht. Auf einmal war da dieser Pfeifton in seinem Ohr, schrill wie eine übertourige Säge. Ein Geräusch, das ihn beinahe um den Verstand brachte.

»Nicht kooperationswillig, wie bedauerlich.«

Der Augenwinkel verklebt mit Blut, das aus der Platzwunde an der rechten Schläfe sickerte, stierte Leschek angestrengt geradeaus. Irgendwo da vorn, im Dämmerschatten hinter der Tür, hatte der Herr über Leben und Tod Position bezogen. Ein Wink genügte, und der Kapo hinter dem Strangulierstuhl würde den Hebel betätigen, um seiner Qual ein Ende zu bereiten.

Ein Wink nur, und er hatte es hinter sich.

Doch das Signal kam nicht.

Noch nicht.

»Na schön, dann eben noch mal von vorn.«

Leschek verstand. Das hier hatte nichts mit den Verhören zu tun, wie sie bei der Gestapo gang und gäbe und den Folterknechten in Fleisch und Blut übergegangen waren. Es spielte keine Rolle, was Emil wusste oder zu wissen glaubte oder ausplauderte, um seine Haut in letzter Sekunde zu retten. Es ging darum, missliebige Existenzen mundtot zu machen. Wer aufmuckte, verschwand von der Bildfläche, so einfach war das nun einmal. Mit dem Kampf gegen Kriminelle hatte das nichts zu tun, und selbst wenn er die Kollegen ans Messer geliefert hätte, seinem Kontrahenten wäre es egal gewesen.

Wer auch immer dieser Dreckskerl war, er wusste genau, dass nicht viel aus ihm herauszuholen war. Unter dem Einfluss von Morphium, das ihm per Injektion verabreicht wurde, hatte Hantel-Emil alles gesagt, was er über den Werwolf wusste – nämlich so gut wie nichts. Das heißt, nicht viel mehr, als man aus den Stammkunden im »Kakadu« herauskitzeln konnte. Beziehungsweise herausprügeln musste, je nachdem.

Jeder, auch er, hatte seine eigene Theorie parat, um wen es sich bei dem Serienmörder handelte. Aber wie das Wort schon sagte, es handelte sich um eine Theorie, um bloße Mutmaßungen, die unter den Getreuen von Tante Lola kursierten. Sicher war momentan nur eins, der Werwolf stammte nicht aus ihren Reihen. Dafür würde nicht nur er, sondern die versammelte Halbwelt die Hand ins Feuer legen.

Woher dann, wenn nicht aus dem Milieu?

Genau das war die bange Frage.

Dumm nur, dass er es nicht mehr erleben würde, wenn die Bullen dem Schwein auf die Bude rückten.

Denn dafür, will heißen für einen qualvollen Abgang, würde der Menschenschinder da vorn schon sorgen. Die Augen zu blutverklebten Schlitzen verengt, fiel der Blick von Leschek auf das Gittermuster am Boden, von der schräg einfallenden Sonne auf den Beton projiziert, eine Reminiszenz an die Welt da draußen, von wo aus auch nicht das leiseste Geräusch durch die Fensteröffnung drang.

»Na, dann wollen wir mal, Leschek«, hallte es ihm aus dem Halbdunkel entgegen, und Emil besaß genug Erfahrung, um das, was ihm bevorstand, vorauszuahnen. Dem Tonfall des Gestapo-Mannes nach zu urteilen, der vor Häme nicht mehr an sich hielt, hatte das Folgende nichts, aber auch rein gar nichts mit illegalen Geschäften, Schiebereien, Drahtziehern im Milieu oder der Jagd nach dem sagenumwobenen Werwolf zu tun. Es hatte etwas mit ihm zu tun – und damit, dass er sich die Freiheit genommen hatte, einem Spürhund der Gestapo die Meinung zu geigen. Ein Emil Leschek würde sich so schnell nicht unterkriegen lassen, schon gar nicht von einem Schnüffler, selbst wenn er sämtliche Register zog.

Egal was sich das Kommissgesicht noch einfallen lassen würde, um ihn nach allen Regeln der Kunst zu drangsalieren, an Hantel-Emil würde es sich die Zähne ausbeißen.

Jede Wette.

»Was jetzt kommt, hast du dir selbst zuzuschreiben. Ich habe dich gewarnt, aber du wolltest ja nicht auf mich hören.« Nur noch halb bei Bewusstsein, horchte Hantel-Emil auf. Irgendwie kam ihm der Ton bekannt vor, und er musste nicht lange nachdenken, um auf den richtigen Trichter zu kommen. »Wenn du denkst, ich lasse mich von dir an der Nase rumführen, hast du dich geschnitten.«

Fehlte nur noch der Zusatz »junger Mann«, und die Erinnerung an üble Zeiten war perfekt. Da war er wieder, der Direktor der Besserungsanstalt, in die er mit sieben gesteckt worden war, damit er lernte, wie der Hase lief. Obwohl seine Mutter in einer Wäschefabrik arbeitete, war es zu Hause drunter und drüber gegangen. Sechs Geschwister, drei davon schon als Kinder an Schwindsucht gestorben, das sagte ja wohl alles. Zu Hause – allein schon das Wort genügte, um sich mit Grausen abzuwenden. Dank seines Erzeugers, der an der Flasche hing, seit Emil denken konnte, hatte das Geld vorn und hinten nicht gereicht. Sehr früh bereits hatte er gelernt, dass man sich im Leben nur auf sich selbst verlassen konnte und dass nur der Zielbewusste, will heißen der Stärkere, die Chance besaß, sich am eigenen Schopf aus dem Dreck zu ziehen.

In den Zwanzigern war es schließlich geschafft, dank der Gage, die er für seine Auftritte im Wintergarten kassierte. Es war zwar schon beinahe zwei Jahrzehnte her, doch verging kein Tag, an dem Emil nicht in Erinnerungen an die Zeit als Kraftmensch schwelgte. 50, 70 und manchmal sogar 100 Mark pro Abend, nur weil er ein paar Kilo mehr als die Konkurrenz in die Höhe wuchten konnte. Was waren das doch für dufte Zeiten gewesen. Ein Blick genügte, um die Nebenbuhler im Kiez zur Vernunft zu bringen, um ihnen zu zeigen, dass mit ihm nicht gut Kirschen essen war.

Glückliche Zeiten, anders als heute. Wehe dem, der sein Leben noch vor sich hatte. Er oder sie würden nichts zu lachen haben.

Ich habe dich gewarnt, aber du wolltest ja nicht auf mich hören.

Denn eines nicht allzu fernen Tages, da war sich Leschek sicher, würde die Kanaille ihre verdiente Quittung bekommen. Er selbst würde es nicht mehr erleben, aber die Gewissheit, die sich in ihm breitmachte, verlieh seinen Gedanken Flügel.

Auf einmal, während die Schlinge den letzten Rest an Energie aus seinem Körper presste, waren die Erinnerungen wieder da. Und niemand, nicht einmal der Sadist im biederen Zweireiher, der sich mit angewinkelten Armen vor ihm aufbaute, konnte sie ihm mehr nehmen. Emil Leschek lebte nur noch in der Vergangenheit, und das Verlies, wo er auf das Übelste gedemütigt und gequält worden war, existierte für ihn nicht mehr. Sein Blick weitete sich, und siehe da, auf einmal stand er vor ihm, der ABC-Schütze namens Emil, von dem er geglaubt hatte, es gäbe ihn nicht mehr. Winkte ihm zu und nahm ihn bei der Hand, um ihm am Kiosk vor dem Schlesischen Bahnhof eine Tüte Brausepulver zu spendieren. Waldmeister, wie herrlich das doch schmeckte. Und wie herrlich es sich doch anfühlte, an der Hand seiner Mutter über den Alexanderplatz zu spazieren. Immer nach Westen, wo die Sonne hinter den Dächern von Berlin versank.

Ich habe dich gewarnt, aber …

Kaum noch zu hören, verlor sich die Stimme seines Peinigers in der Ferne, doch Leschek wäre nicht Leschek gewesen, wenn er jetzt, da er die Handschellen hinter seinem Rücken kaum noch spürte, aus seinem original Berliner Herzen eine Mördergrube gemacht hätte.

»Wart's nur ab, du mieses Schwein«, war denn auch alles, was sein Peiniger zu hören bekam, während er sich hinunterbeugte, um den Worten des vermeintlichen Volksschädlings zu lauschen. »So … So leicht kommst du nicht davon, darauf kannst du Gift nehmen!«

9

Berlin-Mitte, Polizeipräsidium am Alexanderplatz
09:35 Uhr

»Verstehe ich Sie da richtig, von Sydow: Sie behaupten, der Kollege von der Gestapo hätte Sie beleidigt?«

»Nicht nur mich, sondern sämtliche Kollegen. Und damit indirekt auch Sie, Herr Kriminalrat.«

»Was Sie nicht sagen.«

»Es war eine Provokation, das lasse ich mir nicht ausreden.«

»Woraufhin Ihnen nichts Besseres einfiel, als ihn wie einen Pennäler runterzuputzen. *Im Suff*, um das Desaster komplett zu machen.« Friedbert Schultze-Maybach, Leiter der Kriminalgruppe M und Parteigenosse von der strammen Sorte, sah Sydow mit wild gezackten Brauen an. »Alles, was recht ist, Herr Kollege: Aber sind Sie eigentlich noch ganz bei Trost? Schlimm genug, dass Sie Ihre Zeit in einem Nobel-Puff verplempern, fällt Ihnen nichts Besseres ein, als sich mit der Gestapo anzulegen. Frei nach dem Motto: Wenn schon auf den Putz hauen, dann richtig. Ich muss schon sagen, da fehlen einem die Worte.« Schultze-Maybach atmete krampfhaft aus. »Wissen Sie was? Sie können von Glück sagen, dass der Kollege Mertz davon absieht, den Skandal an die große Glocke zu hängen, sonst würden Sie ziemlich alt aussehen.«

»Bei allem Respekt vor den Kämpfern an der unsichtbaren Front: Aber halten Sie das Wort ›Kollege‹ nicht für übertrieben? Wir und die Gestapo, also, ich weiß nicht. Das sind doch wirklich zwei grundverschiedene Paar Stiefel.« Rein äußerlich gelassen, wenn nicht gar distanziert, verzog Sydow keine Miene. »Das eine total verdreckt, und das andere blitzeblank, wenn ich das mal so sagen darf.«

»So, finden Sie.« Die Ellbogen auf dem blankpolierten Schreibtisch, auf dem eine geradezu penible Ordnung herrschte, dachte der Kriminalrat nicht daran, den Untergebenen zum Sitzen aufzufordern. »Eins gleich vorweg, damit auch hier Klarheit herrscht. Ich kann Typen wie Sie auf den Tod nicht ausstehen. Und noch was, bevor ich es vergesse: Wenn ich Ihnen eine Frage stelle, Herr Kriminalkommissar, dann geben Sie mir gefälligst eine Antwort, ist das klar?«

»Ich habe mir erlaubt, meine Meinung kundzutun, mehr nicht.«

»Die mich – auch dies zur Klarstellung – einen Scheißdreck interessiert«, konterte Schultze-Maybach barsch und justierte das EK I, das von der Brusttasche seiner Jacke herabbaumelte. Die feldgraue Uniform, tadellos sitzend und beinahe wie neu, wies ihn als Beamten im Rang eines Obersturmbannführers aus. Ein Blick auf den Kragenspiegel, den die Siegrunen der SS zierten, und man wusste, woher der Wind wehte. Mitte 30, drahtig, kein Gramm Gewicht zu viel, kantige Physiognomie, graumelierte Schläfen, ungewöhnlich penible Rasur, Befehlston eines Feldwebels der Leibstandarte. Das war Friedbert

Schultze-Maybach, Parteigenosse mit der Mitgliedsnummer 574.307 und Nationalsozialist vom Scheitel bis zur Sohle. »Also wirklich, da bleibt einem doch glatt die Spucke weg. Wissen Sie überhaupt, was Sie mit Ihrem Benehmen angerichtet haben? Anscheinend nicht, sonst würden Sie nicht so dämlich aus der Wäsche glotzen.« Schultze-Maybach schüttelte erbost den Kopf. »Legt sich mit der Gestapo an, das soll mal jemand verstehen. Da bemüht man sich um gute Beziehungen zu den Kollegen, und dann taucht da plötzlich ein testosterongeplagter Casanova auf und bricht mir nichts, dir nichts einen Streit vom Zaun, wobei er von Glück sagen kann, dass der Disput nicht ausgeufert ist. Ist Ihnen eigentlich bewusst, in was Sie mich da reingeritten haben?«

»Falls es Sie beruhigt, ich nehme alles auf meine Kappe.«

»Ich fürchte, Ihnen wird nichts anderes übrigbleiben, Sie Klugscheißer!« Schultze-Maybach, Choleriker mit Hang zur Vulgarität, redete sich förmlich in Rage: »Meine Fresse, das darf doch wohl nicht wahr sein. Als ob wir wegen des Werwolfs nicht schon genug Ärger am Hals hätten, haben Sie nichts Besseres zu tun, als die Kripo bis zum Hals in die Scheiße zu reiten.« Krebsrot vor Zorn, ließ der Kriminalrat die schale Atemluft entweichen. »Ich will Ihnen ja nicht zu nahe treten, aber mir scheint, ihr Aristokraten seid nicht mehr ganz richtig im Kopf. Wie kommt ihr eigentlich dazu, euch einzubilden, ihr wärt etwas Besseres, als hättet ihr das Recht, Leuten wie mir vorzuschreiben, was sie zu tun oder zu unterlassen haben. Aber keine Sorge, junger Herr, den Zahn werde ich Ihnen ziehen.«

»So jung nun auch wieder nicht, Herr Kriminalrat.«

»Auch noch frech werden, wie?« Einen Brieföffner in der Hand, den er Sydow drohend entgegenreckte, hielt Schultze-Maybach unvermittelt inne, beugte sich nach vorn und flüsterte in abfälligem Ton: »Na ja, von jemandem wie Ihnen ist man ja nichts Besseres gewohnt, was rege ich mich also auf. Bei euch Blaublütern ist sowieso Hopfen und Malz verloren. Wenn ich mir so anschaue, was in Ihrer Personalakte steht, ganz ehrlich, dann kriege ich das kalte Grausen.«

»Sie erlauben, dass ich Ihnen eine Frage stelle?«

Schultze-Maybach blickte spöttisch auf. »Na, sieh mal einer an – der Mann hat anscheinend doch Manieren! Warum nicht gleich so, von Sydow, noch ist Polen nicht verloren.«

»Einmal angenommen, Ihre Meinung über mich träfe zu, warum wurde ich dann befördert?«

Schultze-Maybach lachte in sich hinein. Dann zuckte er theatralisch die Achseln, die Handflächen seitlich ausgestreckt. »Beziehungen, was denn sonst!«, schob er mit deutlicher Verspätung hinterher, die Augen auf dem dicken Ordner, den er mit gravitätischer Attitüde öffnete. »Wenn Sie wüssten, was *ich* weiß«, betonte er beim Lesen, ohne Sydow auch nur eines Blickes zu würdigen, »dann wären Sie um einiges schlauer, junger Mann.«

Junger Mann, und das aus dem Mund seines Intimfeindes, der seinem Ruf einmal mehr gerecht zu werden schien. Schultze-Maybach brauchte Sydow nur zu sehen, dann ließ er auch schon spüren, wie wenig er von Leuten seines Schlages hielt. Bis vor einem Monat, bevor es ihn quasi über Nacht in die Chefetage verschlug, hatte Schultze-Maybach noch einen Bogen um ihn gemacht. Doch dann, während der Fahndung nach dem Werwolf, war die Lage in der Abteilung eskaliert. Um Sydow gefügig zu machen, war dem Kriminalrat jedes Mittel recht gewesen, doch was er auch tat, die Intrigen verfehlten ihre Wirkung.

»Wie heißt es doch gleich: Man lernt nie aus.« Um nicht noch mehr Öl ins Feuer zu gießen, schluckte Sydow seinen Zorn hinunter. Laut den Gerüchten, die über ihn kursierten, war Schultze-Maybach gerade einmal 34 Jahre alt. Viel zu jung, so die landläufige Meinung, um eine derart verantwortungsvolle Position zu bekleiden. Rein äußerlich sah er zwar erheblich älter aus, wie ein Blick auf die kahl rasierten Schläfen verriet, wo Schiefergrau die vorherrschende Farbe bildete. Auch in seinem Haar, angefeuchtet und in langen Strähnen nach hinten gekämmt, waren die Grautöne nicht zu übersehen, was den Eindruck, der Kriminalrat sei frühzeitig gealtert, noch verstärkte. Wären da nicht die stets wachsamen und unter herabhängenden Brauen hervorblitzenden Luchsaugen gewesen, denen nichts, was sich in unmittelbarer Umgebung abspielte, zu entgehen schien. Passend dazu verfügte Schultze-Maybach über eine scharf geschnittene, die Gesichtspartie beherrschende und auf halber Höhe abknickende Nase, über die gewitzelt wurde, bei seinem Aufstieg zum Kriminalrat habe sie ihm wertvolle Dienste geleistet. Um es als Sohn eines Volksschullehrers bis in die höheren Ränge zu schaffen, müsse man über einen ausgeprägten Riecher verfügen, und sei es nur, um zu wissen, aus welcher Richtung der Wind gerade wehe.

Dem war, wie Sydow nach eingehender Betrachtung seines Vorgesetzten bewusst wurde, im Grunde nichts hinzuzufügen. »Ach, wissen Sie, Herr Kriminalrat«, ließ er mit wissendem Augenaufschlag verlauten, »manchmal ist es ganz gut, wenn man nicht weiß, was die Subalternen im Präsidium so treiben.«

»Wie darf ich das verstehen, Herr Kollege?«

Sydow tat so, als habe er die Frage überhört. »Ich gebe es zu, Herr Kriminalrat, mit der Gestapo habe ich so meine Probleme. Aber wer hat sie nicht, was das betrifft, befinde ich mich in guter Gesellschaft.«

»Und in *wessen* Gesellschaft, wenn man fragen darf?«, stieß Schultze-Maybach mit lauerndem Unterton hervor, zum Schein in die Lektüre der Personalakte vertieft, wovon sich Sydow jedoch nicht täuschen ließ. »Wollen Sie etwa damit sagen, die Mitarbeiter dieser Behörde seien generell nicht gut auf die Gestapo zu …«

»Keine Sorge, Herr Kriminalrat: Die Kollegen, von denen gerade die Rede war, sind bei weitem nicht so renitent wie ich.« Bevor er fortfuhr, legte Sydow eine kurze Pause ein. Dann fügte er lapidar hinzu: »Wir alle, Sie, die SOKO und die werten Kollegen, wir alle haben doch das gleiche Ziel. Oder sehe ich das falsch, Herr Kriminalrat?«

Doch Sydow war durchschaut, und der Versuch, das Thema zu wechseln, verpuffte ohne Wirkung. Kein Zweifel, Schultze-Maybach war gerissener, als er dachte, und die Frage, was der notorische Intrigant im Schilde führte, drängte sich geradezu auf. »Renitent, aha.«

»Verzeihung?«

»Wenn ich Sie richtig verstehe, halten Sie sich für renitent.« Nicht ganz bei der Sache, verzog der Kriminalrat keine Miene. »Ich finde, damit treffen Sie den Nagel auf den Kopf.«

»Inwiefern?«

Schultze-Maybach griente vergnügt, als habe man ihn bei der Lektüre eines Witzheftes ertappt. Doch auch hier war die Heiterkeit nur gespielt, und wer ihn kannte, wusste, dass sich der Wind von jetzt auf nachher drehte. »Insofern, als dass die mir vorliegenden Fakten in die gleiche Richtung gehen. Will heißen: In letzter Zeit haben Sie sich nicht gerade mit Ruhm bekleckert, und man fragt sich, wie es kommt, dass jemand wie Sie eine Stufe höher rutscht.«

Der Kriminalrat lehnte sich entspannt zurück, und Sydow ertappte sich beim Gedanken, ob es nicht besser sei, den Bettel einfach hinzuschmeißen. Die Zweifel, ob er bei der Kripo richtig war, setzten ihm gewaltig zu, und wenn er daran dachte, was ihm in Diensten von Vater Staat noch blühen mochte, packte ihn das kalte Grausen. Er war zwar erst fünf Jahre mit von der Partie, doch lange genug, um zu ahnen, dass für Leute wie ihn die Luft zusehends dünner wurde. Irgendwann, womöglich schon in naher Zukunft, würde Kommissar Sydow Farbe bekennen müssen, anders als jetzt, wo er darauf aus war, sich so elegant als möglich aus der Affäre zu ziehen. »Wenn es jemand wissen muss, dann Sie, oder sehe ich das falsch?«

»Das sehen Sie völlig richtig, *Herr Kollege*«, gab Schultze-Maybach mit selbstgefälligem Augenaufschlag zurück, ließ den Zeigefinger auf der Personalakte ruhen und schnarrte: »Hier steht, Ihre Treue gegenüber dem Führer lasse zu wünschen übrig – trifft das zu?«

»Wer sagt das?«

»Bedaure, von Sydow«, antwortete der Kriminalrat und beugte sich schwungvoll nach vorn, um den Ventilator per Knopfdruck in Gang zu setzen. »Ich bin nicht befugt, meine Quellen preiszugeben.«

»Verstehe.« *Quellen*. Aha. Kurz vor dem Platzen, schluckte Sydow seinen Ärger hinunter. Und wenn sich der Herrenmensch in spe auf den Kopf stellte, so einfach würde er sich nicht aus der Reserve locken lassen. »Vorschrift ist nun mal Vorschrift. Ich sehe es ein, es kann nun mal nicht jeder machen, was er will.«

»Sie sprechen mir aus der Seele!«, feixte der Kriminalrat zurück und betastete die linke Backe, auf der die Morgenrasur eine tiefe Schnittwunde hinterlassen hatte. »Sehen Sie mal, von Sydow. Mir als Leiter der Mordgruppe M steht es nun wirklich nicht zu, Ihnen Vorschriften bezüglich Ihres Privatlebens zu machen, aber nach allem, was man so hört, wachsen Ihnen die Probleme über den Kopf. Damit wir uns richtig verstehen: So lange Sie Ihre Arbeit machen, ohne dass es Grund zur Klage gibt, bin ich bereit, ein Auge zuzudrücken. Aber wenn ich den Eindruck bekomme, dass die Weibergeschichten meiner Mitarbeiter dem Ruf unserer Behörde Schaden zufügen, dann ...«

»Dürfte ich Sie um einen Gefallen bitten, Herr Kriminalrat?«

»Dann fühle ich mich genötigt, ein Machtwort zu sprechen.« Schultze-Maybach blickte unvermittelt auf. »Einen Gefallen, aber gern. Und der wäre?«

»Bitte kommen Sie zum Punkt. Da draußen läuft ein Serienmörder frei herum, und uns beiden fällt nichts Besseres ein, als ...«

»Als was?« Das Gesicht des Kriminalrats verformte sich, und einen Moment lang hatte es den Anschein, als würde er von spontanem Jähzorn übermannt. Doch dann, nachdem die tiefdunkle Rötung abgeklungen war, hatte er sich abermals im Griff. »So viel Eifer hätte ein Lob verdient«, fuhr Schultze-Maybach mit Blick auf das an der Brusttasche befestigte EK I hinzu, die Lippen nur einen Spalt breit offen, aus dem Sydow die Laute nur so um die Ohren pfiffen: »Gäbe es da nicht ein paar Dinge, die mich – gelinde ausgedrückt – überaus nachdenklich stimmen.«

»Als da wären?«

»Ich war noch nicht fertig, lassen Sie mich gefälligst ausreden.« Schultze-Maybach hob gebieterisch die Hand. »Frage: Trifft es zu, dass Sie im Kreise von Kollegen Bedenken über die Eroberung neuen Lebensraums im Osten geäußert haben?«

»Was soll ich sagen, man macht sich halt so seine Gedanken.«

»Sehen Sie, von Sydow – genau da liegt der Hund begraben. Wie aus zuverlässiger Quelle verlautet, machen Sie aus Ihren Zweifeln an der Strategie des Führers keinen Hehl. Ob im kleinen Kreis oder in der Kantine, Sie fallen auf wie ein bunter Hund. Lassen keine Gelegenheit aus, um herumzustänkern, egal um was oder wen es sich gerade handelt. Ein Rat unter Kollegen: Versuchen Sie bloß nicht, mich für dumm zu verkaufen, das haben schon ganz andere versucht als Sie. Ich weiß genau, was hinter meinem Rücken vor sich geht, also hören Sie auf, mir ein X für ein U vorzumachen. Was mich betrifft, ich werde es auf keinen Fall dulden, wenn die Heimat der Truppe in den Rücken fällt, das heißt, wenn Sie so weitermachen, sind Sie die längste Zeit Kriminalkommissar gewesen. Noch so ein Fauxpas wie gestern Abend, und ich sorge dafür, dass man Sie an die Ostfront versetzt, und dann wollen wir mal sehen, wie Sie sich aus der Affäre ziehen.«

Drauf und dran, seinem cholerischen Temperament freien Lauf zu lassen, sprang Schultze-Maybach unvermutet auf, durchmaß das Büro, in dem die Rollläden fast vollständig heruntergelassen waren, und trat auf eine großflächige Wandkarte zu. In unmittelbarer Nähe, halb im Licht, halb im von Staubkörnern durchfluteten Halbdunkel verborgen, prangte das obligatorische Porträt des Führers an der Wand. Die Luft war zum Zerschneiden dick, und vom Hauptportal, über dem sich die endlose Zimmerflucht befand, drang kein Laut in das abgedunkelte Büro. Nur das Ticken der Standuhr, deutlich älter als die schmucklosen Aktenschränke, durchbrach die lastende Stille, und Sydow hoffte, der Kriminalrat würde sich kurz fassen. Doch was das betraf, kannte er ihn offenbar schlecht, denn Schultze-Maybach dachte nicht daran, ihn einfach so davonkommen zu lassen. Der Mann wollte ihm eine Lektion erteilen, und zwar eine, an der er geraume Zeit zu kauen haben würde. »Um Sie darüber ins Bild zu setzen, was Sie erwartet, ein paar Worte über die aktuelle Lage.«

»Sie werden es nicht für möglich halten, aber ich bin tatsächlich auf dem Laufenden.«

»Anscheinend nicht, sonst würden Sie nicht so viel Mist verzapfen.« Schultze-Maybach winkte unwirsch ab. »Sie hören sich das jetzt an, oder Sie lernen mich kennen, Herr Kriminalkommissar.«

Für seine Verhältnisse erstaunlich ruhig, rührte sich Sydow nicht vom Fleck.

»Also: Wie anhand der Fähnchen mit der Reichskriegsflagge zu erkennen, befindet sich die Heeresgruppe Mitte weiterhin auf dem Vormarsch. Will heißen, circa 100 Kilometer östlich von Minsk und nur noch einen Katzensprung vom Westufer des Dnepr entfernt. Mit den Spitzen der Heeresgruppe Nord, die gerade einmal zwei

Tagesmärsche zu bewältigen haben, um den Peipus-See zu erreichen, verhält es sich ähnlich. Mit anderen Worten, Vormarsch auf breiter Front, Gegenwehr der Bolschewiken gleich null. Genau wie vom Führer vorhergesagt. Und was die Operationen der Heeresgruppe Süd betrifft, nun ja, ich denke, die Einnahme von Kiew ist nur eine Frage der Zeit. Summa summarum: Ein, zwei Monate, allerhöchstens drei – und der Kuchen ist gegessen. Auch wenn Sie es nicht wahrhaben wollen, von Sydow – die Fakten sprechen nun mal für sich.« Drei weiße Fähnchen in der Hand, um die geografische Lage von Kiew, Moskau und Leningrad zu markieren, wippte Schultze-Maybach auf den Sohlen seiner Schaftstiefel hin und her. »Ich muss Ihnen ja wohl nicht sagen, wem wir das alles zu verdanken haben, oder?«

»Der kämpfenden Truppe, wem denn sonst.«

Vor Wut kreidebleich, wirbelte der Kriminalrat herum. »Jetzt mal im Ernst«, zischte er, die Lippen, zwischen denen ein asthmatisches Pfeifen hindurchsickerte, nahezu geschlossen. »Sind Sie eigentlich so naiv oder tun Sie nur so? Ohne das Genie des Führers, welches in den Reihen der Gegner seinesgleichen sucht, wäre der Triumph überhaupt nicht vorstellbar gewesen!«

Triumph.

Sydow glaubte, er habe sich verhört. So viel Borniertheit auf einem Fleck hatte er schon lange nicht mehr erlebt.

»Warum ich Ihnen das alles erzähle? Ganz einfach.« Die Gestalt in der SS-Uniform, im Halbdunkel an der Stirnseite nur schemenhaft zu erkennen, legte eine wohlberechnete Kunstpause ein. »Irre ich mich, oder stammt Ihre Mutter nicht aus England?«

»Das stimmt.«

»Und Ihr Vater ...«

»Stammt wie ich aus Neuruppin«, vollendete Sydow und wartete ab, bis Schultze-Maybach wieder Platz genommen hatte. »Steht alles in meiner Personalakte, zur gefälligen Kenntnisnahme.«

»Was Sie nicht sagen.« Die Hand im behaarten Nacken, stierte der Kriminalrat ins Leere. Dann beugte er sich über den Schreibtisch, warf einen Blick in den Ordner und fügte mit tonloser Stimme hinzu: »Kommen wir zur Sache, Herr Kollege – je eher wir Nägel mit Köpfen machen, desto besser.«

»Eins gleich vorweg. Mein Vater und ich gehen getrennte Wege. Und was meine Mutter betrifft, ich habe sie seit 15 Jahren nicht mehr gesehen – seit der Scheidung von meinem Vater, um genau zu sein. Wie jedermann bekannt, ist er ein hohes Tier im Außenministerium, aber dafür kann ich leider nichts. Mein alter Herr und ich, nun ja, das passt einfach nicht zusammen. Ginge es nach ihm, wäre ich nicht mehr hier, sondern im diplomatischen Dienst, womöglich sogar im Ausland, denn wozu hat man schließlich Beziehungen.«

»Gratuliere, von Sydow – so etwas nenne ich Instinkt. Der Herr Ministerialdirigent und sein Netzwerk, genau darauf wollte ich zu sprechen kommen.« Schultze-Maybach atmete theatralisch aus. »Ich will ganz offen zu Ihnen sein. Ginge es nach mir – was zu meinem Bedauern nicht der Fall ist –, wären Sie im hohen Bogen rausgeflogen. Und würden ab morgen stempeln gehen. Dumm nur, dass der Polizeipräsident etwas dagegen einzuwenden hatte. Aus welchem Grund, können Sie sich bestimmt denken.«

»Leider nein.«

»Graf von Helldorf und Ihr gestrenger Herr Papa, kann es sein, dass sich die beiden kennen?«

»Flüchtig, soweit ich weiß.«

Schultze-Maybach schnaubte verächtlich auf. »Flüchtig – so kann man es natürlich auch ausdrücken.«

»Wie gesagt, der Kontakt zu meinem Vater …«

»Ist abgerissen, ich hab's kapiert. Wie traurig, da bricht einem doch glatt das Herz. Nehmen wir mal an, dem wäre so – was ich mir beim besten Willen nicht vorstellen kann – dann gibt es da einen Punkt in der Vita Ihres Erzeugers, der mich aufhorchen lässt.«

»Nämlich?«

»Wussten Sie, dass der Polizeipräsident und Ihr Vater in der gleichen Studentenverbindung waren?«

»Worauf wollen Sie hinaus?«

»Jetzt tun Sie doch nicht so, als könnten Sie nicht bis drei zählen, Herr Kollege. Sie wissen genau, was ich damit andeuten will.«

»Zum wiederholten Mal, ob Sie es mir abkaufen oder nicht, ich habe meinen Vater seit längerem nicht gesehen.«

»Und auch nicht mit ihm korrespondiert?«

Zitternd vor Wut, baute sich Sydow vor dem Schreibtisch auf. »Ich frage Sie noch einmal – worauf wollen Sie hinaus?«

»Na schön, wie Sie wollen.« Die Finger auf der abgenutzten Schreibtischkante, auf der er sie wie ein Pianist hin und her tänzeln ließ, konnte der Kriminalrat seine Befriedigung nicht verbergen. Endlich hatte er Sydow dort, wo er ihn haben wollte, und was jetzt kam, mutete wie eine lang ersehnte Revancheaktion an. »Ich fasse zusammen:

Aus Sicht des Vorgesetzten, der ich bedauerlicherweise bin, komme ich nicht umhin, Ihnen einen strengen Verweis zu erteilen. Aus welchen Gründen, wissen Sie selbst am besten. Nicht nur, dass Sie einen – gelinde ausgedrückt – fragwürdigen Umgang pflegen, lassen Sie keine Gelegenheit aus, um dem Ansehen unserer Behörde Schaden zuzufügen. Jüngstes Beispiel: Ihr Auftritt am gestrigen Abend, als Sie sämtliche Register zogen, um die Kollegen von der Gestapo durch den Kakao zu ziehen. Des Weiteren – und nicht minder bedenklich, um es euphemistisch zu formulieren – scheint es sich in Ihrem Fall um eine politisch absolut unzuverlässige und für die Tätigkeit bei der Kripo denkbar ungeeignete Persönlichkeit zu handeln. Von Ihrer Abstammung mütterlicherseits und den daraus resultierenden Verbindungen ins Lager unseres Todfeindes nicht zu reden. Kurzum, für mich sind Sie ein hoffnungsloser Fall, und gäbe es den Polizeipräsidenten nicht, der seine schützenden Hände über Sie hält, dann wüsste ich, was ich zu tun hätte. Fragt sich, welche Maßnahmen in einem Fall wie dem Ihrigen zur Anwendung kommen sollten.«

Maßnahmen.

Daher wehte also der Wind.

Nach außen unbeteiligt, verzog Sydow keine Miene. Die Stunde der Abrechnung, auf die Schultze-Maybach wie besessen hingearbeitet hatte, war gekommen.

Da musste er durch, ob es ihm passte oder nicht.

»Maßnahmen?«

»In der Tat.« Die Fingerübungen fanden ein abruptes Ende, und wie Schultze-Maybach ihn so ansah, huschte ein Lächeln über das verkniffene Gesicht. »So billig wie erhofft kommen Sie mir nicht davon, junger Mann. Darauf haben Sie doch nicht ernsthaft spekuliert, oder?«

»Mit anderen Worten, ich werde mit sofortiger Wirkung zur Sitte versetzt.«

»Wissen Sie, was ich an Ihnen so liebe, von Sydow? Ihren realitätsfernen Sinn für Humor. Um ganz ehrlich zu sein: Was Ihre zukünftige Tätigkeit betrifft, darüber mache ich mir keine Gedanken. Noch nicht. Mal sehen, was sich so ergibt, Sie wissen ja, übereilte Entschlüsse liegen mir nicht.«

Sydow deutete ein Nicken an, und obwohl ihm nicht danach war, übte er sich in Gelassenheit. »Dann wären wir ja wohl am Ende, oder?«

»So ziemlich, würde ich sagen«, gab der Kriminalrat mit gönnerhaftem Tonfall zurück, entfernte eine Staubfaser von seiner Schulter, auf dem sich das Emblem des SS-Sicherheitsdienstes befand, und klappte die Personalakte zu, um sie im Schubfach unter der Tischplatte zu verwahren. »Das war's für den Moment, Sie hören von mir.«

Eins musste man dem Mann lassen. Er verstand es, seine Delinquenten auf die Folter zu spannen.

»Und noch etwas, Sydow: Sollten Sie auf die Idee kommen, Ihre Beziehungen spielen zu lassen, um mir eine Retourkutsche zu verpassen, dann …«

»*Von* Sydow, wenn ich bitten darf. Und zum Schluss noch dies: Wenn ich so ticken würde, wie Sie mir unterstellen, hätte ich Sie längst in die Pfanne gehauen.«

»Nehmen Sie sich in Acht, Sie spielen mit dem Feuer! Noch so eine Bemerkung, und ich lasse Sie vom Dienst suspendieren, geht das in Ihren Aristokratenschädel rein?«

»Kein Grund, die Lautstärke hochzufahren – ich verstehe Sie auch so. Sehe ich das richtig: Entweder ich tanze nach Ihrer Pfeife, oder Sie wenden sämtliche Tricks an, um mich loszuwerden. Frei nach dem Motto, wer nicht für mich ist, ist gegen mich. Fragt sich nur, ob Sie mit Ihrer Masche zum Erfolg kommen. Wenn ja, wären die Kollegen zu be…« Auf dem Weg zur Tür, um sich vor sich selbst zu schützen, wurde Sydow durch das Schrillen des Telefons unterbrochen.

»Schultze-Maybach, wer ist am Apparat?«

Das Gespräch, das der Kriminalrat führte, dauerte nur wenige Sekunden.

Danach herrschte Totenstille, und Schultze-Maybach stierte mit betretener Miene vor sich hin. Doch dann, nach sekundenlangem Schweigen, hellte sie sich wieder auf, und als sei nichts geschehen, winkte er Sydow mit Herrschergebärde heran. »Sagten Sie nicht, die SOKO Werwolf habe von Tuten und Blasen keine Ahnung?«

»Mein Kompliment, Herr Kriminalrat. Wie ich sehe, sind Sie bestens informiert.«

Schultze-Maybach winkte gelassen ab. »Nicht der Rede wert, man tut, was man kann.« Und fügte mit diabolischer Vorfreude hinzu: »Falls es Sie interessiert, der Kollege am Telefon, das war der Leiter vom 257. Revier in Friedrichsfelde. Den Grund für den Anruf können Sie sich denken, oder?«

Sydow erstarrte.

Oh ja, das konnte er. Um zu erahnen, was passiert war, bedurfte es keiner allzu großen Fantasie.

»Und jetzt raten Sie mal, wen ich mit der Leitung der Operation Werwolf betrauen werde.«

»Zu viel der Ehre, Herr Kriminalrat. Sie sehen ja, vor Rührung kommen mir fast die …«

»Sparen Sie sich Ihren Sarkasmus für Ihre Puffbesuche auf, Sie arroganter Flegel!«, zischte der Kriminalrat, holte Luft und wies mit ausgestrecktem Zeigefinger zur Tür. »Und wagen Sie es nicht, mir noch einmal unter die Augen zu kommen.« Um mit maliziösem Augenaufschlag hinzuzufügen: »Ich gebe Ihnen zwei Tage, also bis Samstagmittag, weil Sie es sind – und dann will ich Ergebnisse sehen, haben wir uns verstanden? Wenn nicht, machen Sie sich auf was gefasst. Und was den Polizeipräsidenten betrifft, ich werde Mittel und Wege finden, um Ihrem Gönner beizeiten die Augen zu öffnen. Selbst wenn Sie einen Stein bei ihm im Brett hätten, niemand würde auch nur einen Finger für Sie rühren.« Die Akte in der Hand, mit der er sich vergnüglich zwinkernd Luft zufächelte, kicherte Schultze-Maybach in sich hinein. »Dann mal los, *von* Sydow – der Werwolf kann es kaum erwarten, Sie an der Nase herumzuführen!«

10

Berlin-Mitte, Weidendammer Brücke
10:25 Uhr

Erst kurz vor halb elf.

Das konnte doch nicht sein.

Die Zeit blieb einfach stehen. Sekunden wurden zu Minuten, Minuten zu Stunden, Stunden zu einem schier endlos währenden Tag, zähflüssig wie die Spree, die in der flirrenden Hitze vor sich hindümpelte.

Da stand er nun, ausgelaugt und wie benebelt, die Handkante an der Stirn, um die Augen vor dem gleißenden Licht zu schützen. Kein Lufthauch regte sich, und ihm war, als befinde er sich in Trance. In längstens einer Stunde, wenn nicht schon wesentlich früher, würden die Temperaturen die 30-Grad-Marke erreichen. Der Schweiß klebte ihm auf der Haut, und unter der SS-Uniform, die er der Tarnung halber trug, gab es auch nicht einen trockenen Quadratzentimeter mehr.

So lange er sich entsinnen konnte, hatte er einen solchen Sommer nicht erlebt. Die Ellbogen auf dem schmiedeeisernen Geländer, um die längst überfällige Verschnaufpause einzulegen, richtete er sich im Zeitlupentempo auf. Am Abend zuvor war er aufs Ganze gegangen, weitaus härter als gedacht, und seitdem hatte er kein Auge zugetan. Der Ablenkung halber hatte er eine Reihe von Kneipen besucht, aber auch das, kaum verwunderlich, brachte ihn nicht zur Ruhe. Denn anders als zuvor, wo er kalt lächelnd zur Tagesordnung überging, kehrte er im Geist an den Ort des Schreckens zurück.

Immer wieder.

Die ganze Nacht.

Schreckensort. Treffender hätte man die Szenerie nicht umschreiben können. Kein Zweifel, am gestrigen Abend war eine Grenze überschritten worden, unsichtbar zwar, aber dennoch so, dass es kein Zurück mehr gab. Seit gestern war er kein hundsordinärer Mörder mehr, sondern das, als was ihn die Flüsterpropaganda bezeichnete, nämlich ein Monstrum, ein Unmensch, ein Scheusal ohne Gewissen.

Einerlei, sollten sich die Voyeure doch die Mäuler zerreißen, bis sie schwarz wurden. Die Leute hatten einfach keine Ahnung, das war nun mal eine Tatsache. Um die Visionen loszuwerden, die ihn plagten, *musste* er so handeln, ohne Einhaltung der Spielregeln, das Ziel, auf das er zusteuerte, stets vor Augen.

Er gab es zwar nur ungern zu, aber verglichen mit dem Blutbad, das er angerichtet hatte, kamen ihm die Morde in der S-Bahn wie Lappalien vor. Nicht etwa, dass er dabei war, die Kontrolle zu verlieren. Ausgeschlossen, dass so etwas je passierte. Lieber hätte er sich eine Kugel in den Kopf geschossen, als auch nur einen Millimeter von seinem Vorhaben abzurücken. Erst kam der Plan, dann die Ausführung, etwas anderes kam nicht infrage. Bei Letzterer war er zwar eine Idee zu weit gegangen, aber mit System, ohne die Nerven zu verlieren.

Erstaunlich genug, dass er im Anschluss an die Tat

noch Energie genug besaß, wie ein Zecher kreuz und quer durch die Kneipen zu tingeln. Wieso, wusste er selbst nicht so genau. Fakt war, er kam trotz alledem nicht zur Ruhe. Zuvor hatte er kein Problem gehabt, im Handumdrehen zur Tagesordnung überzugehen. In der Nacht auf heute, ein erstes Crescendo des Requiems, war seine Beherrschtheit in zwanghafte Unrast umgeschlagen. Kein Wunder also, dass er sich am Rand der physischen Erschöpfung befand, denn so etwas wie er hätte sich kein Mensch getraut. Eine Frau mit Gewalt ins Jenseits zu befördern, das konnte ja noch angehen. Aber was es bedeutete, sie nach allen Regeln der Kunst zu zerstückeln und dabei auch nicht die geringste Spur zu hinterlassen, das wussten nur die wenigsten. Da lobte er sich doch den Kameraden, der ihm im entscheidenden Moment zu Hilfe gekommen war. An den Anblick von Leichen, entstellten allzumal, war der Gefährte von einst gewöhnt, und da er ihn in der Hand hatte, war dem bedauernswerten Tropf keine Wahl geblieben.

Um das Lied zu strapazieren, das er seit jeher inbrünstig gehasst hatte: Er hatte einen Kameraden – einen besseren, weil gefügigeren, fand man nicht.

Punkt halb elf, und noch immer keine zündende Idee. Müde vom ziellosen Umherwandern, hielt er Ausschau nach einem Platz im Schatten. In der Ferne, wo sich die Spree in zwei Arme gabelte, tauchte die Silhouette eines Transportschiffes auf, und während er vor sich hindämmerte, beschlich ihn das Gefühl, dass sein Glück womöglich nicht von Dauer war. Irgendwann in naher Zukunft, vielleicht schon heute, würde sich sein Schicksal wenden, und was geschah, wenn ihm die Meute auf die Spur kam, das konnte er sich ausmalen. Bislang war die Sache wie am Schnürchen verlaufen, aber wie lange dies noch der Fall sein würde, darüber konnte man nur spekulieren.

Die Hände auf dem Geländer, blieb sein Blick an den schmiedeeisernen Ornamenten haften. Im Zentrum erhob sich der Reichsadler, und während er ihn beäugte, huschte ein Lächeln über sein Gesicht. Es war gar nicht so lange her, da hatte es noch einen Kaiser gegeben, und was davon blieb, nun ja, das waren Ziergitter, Wappen und Kandelaber, flankiert von Fabelwesen, die vor Rostflecken nur so strotzten. Die Zeiten hatten sich geändert, ob zum Besseren oder nicht, würde sich bald zeigen. Die Frage aller Fragen, nämlich diejenige, ob die Russen dem Ansturm der Wehrmacht standhalten würden, hing von mehreren Faktoren ab, unter anderem vom Wetter, von dem niemand wusste, für welche der beiden Seiten es Partei ergriff.

Irgendwie war es schon absurd. Es war gerade mal 12 Stunden her, seit er die Frau, deren Namen er nicht kannte, in einen blutüberströmten Torso verwandelt hatte. Ihr Tod war unausweichlich gewesen, nicht etwa, weil das Weibsstück zur falschen Zeit am falschen Ort und ihm eher zufällig über den Weg gelaufen war. In sein Schema gepasst hatte sie jedenfalls nicht, viel zu alt, viel zu plump und überaus gewöhnlich, wenn nicht gar vulgär. Die Lust, die er beim Töten verspürt hatte, auch sie hatte erheblich zu wünschen übrig gelassen. Zuvor, bei der Eliminierung ihrer Vorgängerinnen, war noch so etwas wie Euphorie zu verspüren gewesen. Im Vergleich dazu, so die jähe Erkenntnis, die ihn nach vollendeter Tat durchzuckte, mutete der Vorabend wie ein müder Abklatsch an. Im Nachhinein kam es ihm so vor, als sei die Tat ein Akt der Verzweiflung gewesen, der

Not gehorchend, weil ihn schlicht und ergreifend die Geduld verließ. So etwas wie gestern, schwor er sich, würde ihm nie wieder passieren. Nie wieder würde er sich dazu hinreißen lassen, überhastete Entscheidungen zu fällen. Denn schließlich hatte er genaue Vorstellungen, welche Frauen zu ihm passten. Eine Notlösung wie am Vorabend käme nie wieder infrage. Er hatte einen Plan A, und den galt es nun mal auszuführen.

Um jeden Preis, ohne ein Jota davon abzuweichen.

Das tumbe Stück hatte sein Urteil eigenhändig unterschrieben. Auch jetzt, aus der Distanz, kamen ihm kaum Zweifel. Beleidigungen, egal von wem, waren nun mal tabu. Und wenn sie dann noch von einer Frau kamen, dann kannte er keine Gnade.

Dann brannte bei ihm die Sicherung durch.

Und wie.

Doch wozu mit sich hadern, dachte er im Stillen, wenn die Prozedur vollkommen nach Wunsch verlief. Obwohl, die Furie hatte es ihm nicht leicht gemacht. Kräftig war sie gewesen, und gewehrt hatte sie sich wie eine Wildkatze. Anders als sonst hatte er deshalb einen anderen Weg gewählt. Mit dem Hackmesser nur mal eben so eine Tatze abtrennen, darin besaß er genug Erfahrung. Das machte er fast mit links. Aber wenn es darum ging, sämtliche Köperteile per Hand zu amputieren, dann wäre Gegenwehr absolut hinderlich gewesen. Das Biest hatte ein Höllenspektakel veranstaltet, deshalb hatte sie dran glauben müssen, und zwar gleich, noch bevor er seinen Trieb befriedigte. Das war zwar nicht unbedingt in seinem Sinn, denn wer mutierte schon gern zum Höhlenmenschen, es sei denn, die Umstände zwangen einen dazu.

Man konnte es drehen und wenden, wie man wollte. Egal unter welchen Umständen, egal an welchem Ort oder mit wem auch immer er zugange war, der Plan musste Schritt für Schritt realisiert werden. Gesetzt den Fall, er hätte etwas übersehen, entweder aus Furcht oder aus Ekel oder weil sich das Gewissen lauthals zu Wort meldete, dann hätte die Tat ihren Sinn verfehlt. Wie weiland Carl Grossmann munter draufloszumetzeln, um seine Opfer genüsslich auszuweiden und sie als Krönung des Tages in den Ofen zu befördern, für ihn war das inakzeptabel, gänzlich unter seinem Niveau. Wenn schon, dann mit System, und wenn überhaupt, dann mit einem triftigen Motiv.

Falsches Stichwort, er hatte sich einfach nicht im Griff. Fast automatisch, wie nach jedem der fünf Morde, kam ihm die Szene von damals wieder in den Sinn. Je öfter dies der Fall war, desto präziser fügten sich die Fetzen der Erinnerung zusammen. Und desto stechender war der Schmerz, der seinen Arm bis in die Schultergegend durchfuhr. Auch jetzt, mitten auf der Brücke, die Hand auf dem schmiedeeisernen Geländer, auch in diesem Moment zuckte er wie vom Blitz getroffen zusammen. Den Arm samt Prothese an den Körper gepresst, stieß er einen langgezogenen Schmerzenslaut aus, kaum fähig, die Balance zu halten. Der Schock war allgegenwärtig, lähmte ihn bis in die Fußspitzen, jagte ihn buchstäblich durchs Fegefeuer, so heftig, dass er das Gefühl für Zeit und Raum verlor.

Täuschte er sich, oder schwamm da drunten nicht ein Leichnam, voller Blut, das Gesicht bis zur Unkenntlichkeit entstellt?

Den Blick auf die Oberfläche der Spree gerichtet, stöhnte er vor Entsetzen auf. Kaum hatte er den aufgedunsenen Leib erspäht, der mit dem Gesicht nach oben flussabwärts trieb, traf sein Blick auf eine weitere Person, auch sie von irgendwoher bekannt, wie die erste kaum noch zu erkennen, mit Ausnahme der Augen, die ihn voller Rachsucht anstierten. Und oh Schreck, da tauchte auch schon der nächste Leichnam auf, die gleichen klaffenden Wunden im Gesicht, dessen Konturen kaum noch zu erkennen waren. Und dann Nummer vier, die Hände wie bei der Vorgängerin amputiert, auch sie gänzlich unbekleidet, aufgedunsen und mit tiefen Wundmalen übersät. An letzter Stelle dann, gleichermaßen die Krönung des bizarren Spektakels, der Torso einer ungewöhnlich kräftigen Frau, einer vulgären Frau, einer an Hässlichkeit nicht zu überbietenden Furie – ohne Kopf, ohne Füße, ohne Hände.

Und siehe da, auf einmal, mitten am helllichten Tag, färbte sich das Wasser rot, und es schien, als sei der Fluss unter ihm ins Stocken geraten. Je länger er in die Fluten starrte, desto dicker wurde die übelriechende Brühe, und es fehlte nicht viel, und er hätte laut um Hilfe geschrien. Anstatt zu fließen, stieg das Wasser immer höher, höher und höher, näherte sich dem Scheitel, umtoste die Pfeiler, prallte auf die Böschung, die ihm kaum noch Einhalt gebot. Und siehe da, auf einmal, mitten am helllichten Tag, färbte sich das Wasser rot, und es schien, als trete es über die Ufer. Je länger er in die Fluten starrte, desto dicker wurde der schäumende Strudel, desto größer die Panik, die ihn an den Rand des Wahnsinns trieb.

Gib Ihnen ewige Ruhe, zu Dir wird kommen alles Fleisch. Der Ohnmacht nahe, mobilisierte er die letzten Kräfte, umklammerte das Geländer und beugte sich über die Brüstung, um sich zu übergeben.

Vergebens.

Wie lange er so dastand, er wusste es hinterher nicht mehr. Doch dann, eine gefühlte Ewigkeit später, wandte er sich taumelnd ab, ein Brennen in der Kehle, das ihn stoßweise hechelnd nach Luft schnappen ließ.

Kurz vor elf, genau dreieinviertel Stunden vor Beginn der Schicht. Die, so hoffte er, pünktlich um zehn beendet wäre. Danach würde man weitersehen. Vielleicht hatte er ja Glück, wer wusste es schon. Denn das hatte er auch bitter nötig, um auf einen grünen Zweig zu kommen. Der Typ Frau, nach dem er suchte, war überaus dünn gesät, und wenn er Pech hatte, würde die Suche nach der Auserwählten Tage, wenn nicht gar Wochen in Anspruch nehmen. Es sei denn, der Zufall käme ihm zu Hilfe. Je länger die Odyssee, so das beunruhigende Fazit, desto größer die Wahrscheinlichkeit, den Dilettanten von der Kripo in die Falle zu tappen.

Dunkles Haar, dunkle Augen, schmale Schultern, schüchterner Blick. Dazu passend ein dunkles Kleid mit weißem Kragen, darunter eine Spitzenbluse, die an die Montur einer Internatsschülerin erinnerte. Die Stiefeletten, falls möglich ebenfalls in Schwarz, nicht zu vergessen. Bevorzugtes Alter: höchstens 16, gern auch jünger.

Mehr war nicht verlangt.

Aber woher nehmen, das war die Frage.

»Alles in Ordnung mit Ihnen – oder benötigen Sie Hilfe?«

Aus den Gedanken gerissen, stierte er die Blondine, die ihn wie eine Schaufensterpuppe taxierte, mit zusammengekniffenen Augen an. »Besten Dank, aber … Aber ich … Mir geht es gut, nur eine vorübergehende Unpässlichkeit, weiter nichts!«, stammelte er drauflos, die Augen überschattet, um sie gegen die grelle Sonne abzuschirmen. »Wie gesagt – nur eine Lappalie.«

»Wirklich?«

Mitte bis Ende 20, hochtoupiertes hellblondes Haar, eng anliegendes dunkles Kostüm, tiefer Ausschnitt, schneeweiße Brüste, annehmbare Figur, auf jung getrimmt, aber durchaus attraktiv. Und umnebelt von Eau de Parfum, dem Duft nach aus Frankreich, was wollte man mehr.

Gänzlich unbrauchbar für das große Finale, aber was, fragte er sich, sprach dagegen, wenn er sich ein wenig amüsierte. Es gab Momente, in denen man die Gelegenheit beim Schopfe packen musste, und wer nichts riskierte, für den würde auch nichts abfallen.

So einfach konnte das Leben sein.

»Wirklich«, wiederholte er mit Nachdruck, löste sich vom Geländer und steuerte auf das südliche Brückenende zu. Von dort aus waren es nur noch wenige Meter zum Admirals-Café, vor dem Krieg ein beliebter Treffpunkt, wo sich Stars und Sternchen unter die Passanten mischten. Im Admiralspalast, in den Zwanzigern ein echter Publikumsmagnet, hatte es zuletzt leider kaum noch Straßenfeger gegeben, und es war nur eine Frage der Zeit, bis er seine Reputation endgültig verlieren würde. »Jetzt, wo Sie da sind, geht es mir schon ein wenig besser. Was meinen Sie, wie wäre es mit einer Tasse Kaffee? Und was die hiesige Konditorei betrifft, die kann ich mit gutem Gewissen empfehlen.«

Gewissen.

Dass ausgerechnet er das Wort in den Mund nahm, brachte ihn um ein Haar zum Schmunzeln.

»Sie sind eingeladen, mein Fräulein, seien Sie mein Gast«, zog er sämtliche Register, um die Unbekannte mit den hochhackigen roten Lackschuhen zu umgarnen. Was tat man nicht alles, um bei der Damenwelt zu punkten, auch dann, wenn man finstere Absichten hegte.

»Sagen Sie Ja – und Sie machen mich zum glücklichsten Mann von Berlin.«

Schreckliches Gesülze, und das, wie er nicht zu Unrecht vermutete, bei einer aufgetakelten Nutte.

So langsam machte ihm die Gebalze Spaß.

»Na, dann will ich mal nicht so sein«, lispelte die Blondine kess, hakte sich bei ihm unter und tat so, als würden sie sich schon ewig kennen. »Einfach schrecklich, diese Hitze, oder was meinen Sie?«

»Das Gleiche, schrecklich ist überhaupt kein Ausdruck.«

»Ich schlage vor, wir machen das Beste daraus«, flötete seine Begleitung zurück, ging auf Tuchfühlung und sah ihn mit aufreizendem Augenaufschlag an. »Niemand kann in die Zukunft schauen, auch Sie nicht. Ich finde, man sollte das Leben genießen, es kann schneller vorbei sein, als man denkt.«

»Sie sprechen mir aus der Seele, Fräulein«, gab er mit einem Lächeln zurück, für das er sich aus tiefster Seele hasste. »So, da wären wir, fehlt nur noch ein Tisch im Séparée!«

Aber halt. Wie konnte er das nur vergessen. Was ein echter Kavalier war, der ließ einer Dame den Vortritt. Er wusste ja schließlich, was sich gehörte.

Einer Gewohnheit folgend, die ihm in Fleisch und Blut übergegangen war, blickte er sich noch einmal um. Im Grunde wusste er nicht, warum, und auf den ersten Blick war nichts Verdächtiges zu erkennen. Auch jetzt, im Schlepptau einer barmherzigen Schwester, ließ ihn das Gefühl, alles um ihn herum liefe in Zeitlupe ab, nicht los. Da half nur ein Blick auf die Uhr, und wie nicht anders zu erwarten, besserte sich seine Stimmung nicht. Erst zehn nach elf, und schon jetzt so drückend wie in den Tropen. Knapp 30 Grad, das konnte doch kein Mensch ertragen. Und dann erst dieses Gewirr von Menschen, worauf ließ er sich da bloß ein. Am Eingang zum Bahnhof Friedrichstraße, nur einen Katzensprung vom berstend vollen Café entfernt, war kaum noch ein Durchkommen. Bei der Mehrzahl handelte es sich um Uniformierte, mittlerweile ein gewohnter Anblick, aus Berlin überhaupt nicht wegzudenken. Davon abgesehen deutete jedoch nur wenig darauf hin, dass sich die Stadt im dritten Kriegsjahr befand. Die Autos konnte man zwar an einer Hand abzählen, aber auch daran hatte man sich gewöhnt.

Als blicke er durch ein Objektiv, ließ er den Blick über die bewegte Szenerie schweifen. Und drückte auf den imaginären Auslöser. Erstes Bild: Eine BMW R 51 mit Sozius, der Lenker in ein lautstarkes Gespräch mit der Beifahrerin vertieft. *Klick.* Ein Obergefreiter mit Rucksack und Aktentasche beim Überqueren der Fahrbahn, offenbar in Eile, weil er seinen Zug erreichen will. *Klick.* Eine dreiköpfige Familie beim Spaziergang, der Vater mit einem blonden Jungen auf dem Arm, der auf die Süßwaren im Schaufenster der Konditorei deutet. *Klick.* Ein Zeitungsverkäufer, unmittelbar vor dem Eingang zum U-Bahnhof postiert, drückt einem Anzugträger die Morgenpost in die Hand, bedankt sich für das Trinkgeld und wünscht ihm einen guten Tag. *Und noch ein Klick.* Ein nur zur Hälfte besetzter Bus, der Aufschrift ›Berolina Rundfahrten Berlin‹ nach zu urteilen auf Tour zu den

Sehenswürdigkeiten der Stadt, biegt in die Haltebucht vor der verglasten Bahnüberführung ein, auf der weithin sichtbar ›Berlin raucht Juno‹ prangt. Darunter die übliche Bierwerbung, und das gleich mehrfach, genau das Richtige, um sich zu betäuben. *Klick.* Eine Stadtstreicherin, ein eher seltenes, weil von der Polizei nicht gern gesehenes Bild, schiebt ihr Fahrrad am staubverkrusteten Rinnstein entlang und ein älteres Paar, offenbar gut betucht, steuert auf das nahe Juweliergeschäft zu. Alles in allem also nichts Besonderes, wäre das Gefühl, jemand beobachte ihn, nicht gewesen.

Ein Blick über die Schulter, in Richtung Weidendammer Brücke.

Entwarnung. Die Luft war anscheinend rein.

Ein weiterer nach vorn, um sicherzugehen. Doch auch von dort, so schien es, drohte keinerlei Gefahr. *Mehrere Klicks hintereinander, schließlich wusste man ja nie.* Passanten, die einen Einkaufsbummel machen, drei Soldaten, allem Anschein nach nicht mehr ganz nüchtern, die rauchend und feixend beieinanderstehen, ein Souvenirverkäufer mit Bauchladen, der allen möglichen Krempel verscherbelt, zwei Pimpfe von der HJ, die obligatorische Sammelbüchse in der Hand, und, bei dem Wetter die Attraktion schlechthin, ein Eisverkäufer, um dessen Stand sich gleich mehrere Passanten drängen. Berlin Friedrichstraße, an einem Tag wie jeder andere, vom Rest der Woche durch nichts zu unterscheiden.

Und dann, im Begriff, sich seiner neuen Flamme anzuschließen, sah er ihn.

Breitkrempiger dunkler Hut, dunkles Jackett, dunkle Sonnenbrille, Glimmstängel im Mund und zu allem Überfluss auch noch eine Zeitung unter dem Arm. Die perfekte Tarnung, sollte man meinen. Wäre das Gehabe nur nicht so verdammt dilettantisch gewesen.

Wenn der Kerl nicht von der Gestapo war, dann fraß er einen Besen.

Im Visier der Geheimpolizei, ausgerechnet jetzt, in Begleitung einer Dame mit Vergangenheit. Da hatte er sich ja was Schönes eingebrockt.

Doch er hatte Glück. Wie auf Bestellung fuhr ein vollbesetzter Doppeldeckerbus vorbei, genau im richtigen Moment, auf dem Weg zur nahen Haltebucht, um die dort wartenden Passagiere aufzunehmen.

Jetzt oder nie. Wer nichts riskierte, war der Gelackmeierte. Kein Grund, sich in Sicherheit zu wiegen. Oder sich Illusionen über die Verhörmethoden der Gestapo zu machen. In der Prinz-Albrecht-Straße oder wo auch immer, die Kollegen wussten, wie man zu Geständnissen kam. Nämlich durch Methoden, die den seinigen in nichts nachstanden.

Dabei hatte er gedacht, er könne sich einen schönen Lenz machen. Falsch kalkuliert, Herr Unterscharführer – genau wie vor zwei Jahren.

Schon merkwürdig, aber wenn er daran dachte, was ihm blühte, wurde er von panischer Angst erfasst. Ausgerechnet er, der nicht zögerte, einen Körper akribisch in seine Einzelteile zu zerlegen. Dem es nichts ausmachte, wenn er seine Opfer grün und blau prügelte, vergewaltigte und tötete. Der keine Miene verzog, wenn er sie bei Tempo 60 aus der S-Bahn warf. Ausgerechnet er machte sich aus Angst vor der Gestapo in die Hosen. Als habe es die Jahre, in denen er darauf gedrillt wurde, sich zusammenzureißen, nicht gegeben. Hart sein, den inneren Schweinehund überwinden, die Befehle ohne Wenn und Aber ausführen.

Von wegen. Die Zeiten waren vorbei.

Ein Grund mehr, sich aus tiefster Seele zu hassen. Aber noch lange kein Grund, einfach aufzustecken.

Einen Fluch auf den Lippen, sprintete er los und rannte, was seine Lungen hergaben. In letzter Sekunde, als der Bus sich wieder in den Verkehr einfädelte, bekam er eine Haltestange zu fassen und sprang auf. Dann blickte er sich laut keuchend um, eingehüllt in eine Wolke aus Abgasen, die aus dem Auspuff des proppenvollen Linienbusses drang.

Doch der Mann war verschwunden.

Als habe es ihn nie gegeben.

11

Berlin-Friedrichsfelde, Laubenkolonie »Gutland II«
12:10 Uhr

»Ach du Schei... Ach du liebe Zeit!«, rief Kriminalassistent Kalinke beim Anblick der blutverschmierten
Leichenteile aus, vor deren Begutachtung er instinktiv zurückschreckte. Das Entsetzen war ihm ins füllige
Gesicht geschrieben, und wären die Kollegen von der
KTU nicht gewesen, hätte er Sydow den Vortritt gelassen. »Das gibt's doch nicht, guck dir das mal an!«

Am Ort des Geschehens angekommen, verschlug es
dem Kommissar die Sprache.

»So was hast du noch nicht gesehen, darauf gebe ich
dir Brief und Siegel.« Wozu Menschen fähig waren, das
wusste Kalinke zur Genüge. Oder glaubte es zumindest zu wissen. Doch was die Brutalität betraf, mit der
er vor malerischer Kulisse konfrontiert wurde, fehlten
dem Gemütsmenschen die Worte. »Und wenn ich ehrlich bin – ich auch nicht!«

Sydow pflichtete schweigend bei. Auch nach fünf
Dienstjahren bei der Kripo war ihm ein Anblick wie dieser
noch nicht untergekommen. Das konnte er mit Fug und
Recht bejahen. »Das kannst du aber laut sagen, Watson.«

Vor drei Jahren, während eines Lehrgangs im RKPA am

Werderschen Markt, hatte Sydow an einer Besichtigung der Pathologie teilgenommen. Die erste und zugleich letzte Visite dieser Art, vergleichbar mit einem Gang durchs Kabinett des Doktor Caligari. Von da an hatte er seine Macke weggehabt, und wäre Kalinke nicht gewesen, der immer dann, wenn er passen musste, in die Bresche sprang, hätte sich Sydow zum Gespött des Präsidiums gemacht.

Am heutigen Donnerstag, im Beisein etlicher Kollegen, gab es jedoch keine Ausreden mehr. Tom Sydow war gezwungen, Farbe zu bekennen, Nekrophobie hin oder her. Und seinen Kater tunlichst zu ignorieren.

Am Fazit, das er nach mittlerweile fünf Dienstjahren zog, änderte sich indessen nichts. An Momenten wie diesen führte zwar kein Weg vorbei, doch das hieß noch lange nicht, dass er sich daran gewöhnt hatte. Und wenn es sich dann noch um ein Szenario handelte, das selbst erfahrenen Kollegen an die Nieren ging, dann blieb ihm nichts anderes übrig, als seinem Partner beizupflichten. »Das gab's nur einmal, Dicker – und kommt hoffentlich so schnell nicht wieder.«

Denn eins stand ja wohl jetzt schon fest, ungeachtet des Motivs, das den Täter zu seinem Vorgehen animierte. Mit einem Mord, wie er in den Annalen der Kripo gang und gäbe war, hatte das Schreckensgemälde nichts zu tun. Die Tat ging auf das Konto eines Psychopathen, stellte alles bisher Dagewesene in den Schatten, weckte Zweifel, ob der Täter zu Emotionen fähig war. An der Erkenntnis führte kein Weg vorbei.

»Wer auch immer das war, er kann sich auf was gefasst machen«, fuhr Sydow mit bitterem Tonfall fort und ertappte sich beim Gedanken, seinen Kater mit einem

Glas Gin Tonic zu ertränken. Alkoholisiert oder nicht, das Panorama war nichts für zartbesaitete Naturen, es sei denn, man hieß Theodor Wattke, leitete die Spurensicherung und lebte mit Leichen aller Art auf Du und Du: »Dann leg mal los, Theo – was sagt der anerkannte Experte?«

Der wortkarge Spreewälder, knorrig, hager, sehnig und in Ehren nahezu vollständig ergraut, zuckte ratlos mit den Achseln. »Mit normalen Maßstäben nicht zu messen, würde ich sagen«, gab Wattke mit etlichen Sekunden Verspätung zurück, eine Marotte, die Sydows Geduld auf eine harte Probe stellte. Von der Eigenart, ausgerechnet jetzt in aller Seelenruhe Schnupftabak zu konsumieren, nicht zu reden. »Vertrackte Angelegenheit, würde ich sagen.«

»Gelinde ausgedrückt«, nahm Kalinke seinem Partner die Worte aus dem Mund, um einer Replik á la Sydow zuvorzukommen, umrundete den mit Aluminium beschichteten Klapptisch, auf dem die sezierten Gliedmaßen deponiert waren, und wischte sich den Schweiß aus dem kalkweißen Gesicht. Dann warf er einen Blick auf die Laubenbewohner, die sich in Sichtweise der Deponie versammelt hatten. »Apropos, wer hat sie eigentlich gefunden?«

»Ein gewisser Adolf Peschke, Dauerbewohner in Laube 23, liegt direkt um die Ecke«, ließ Eberhard Derpa, Leiter des 257. Reviers in Friedrichsfelde, mit dienstbeflissener Miene verlauten, wie Wattke, der sich lautstark in den Ärmel schnäuzte, durch keine noch so große Katastrophe zu erschüttern. »Steht zu Ihrer Verfügung, Herr Kriminal …«

»Sagen Sie doch einfach Tom zu mir, schließlich sind

wir unter uns. Und was den glücklichen Finder betrifft, den Herrn knöpfe ich mir später vor.« Die Knie weich wie Butter, ließ Sydow den Blick über die aufgereihten Körperteile gleiten. »Was meinst du, Theo – wie alt könnte sie gewesen sein?«, fügte er hinzu und musste seine ganze Beherrschung aufbieten, um den abgetrennten Schädel zu inspizieren. »Mannomann, das haut ja den abgebrühtesten Pathologen um.«

Wie gewohnt ließ die Antwort des Lethargikers auf sich warten. »Um die 30, würde ich sagen«, gab Wattke träge blinzelnd zurück, die Hand vor dem Gesicht, um sich gegen die im Zenit stehende Sonne zu schützen. Abkühlung war bis auf weiteres nicht in Sicht, und was den Zustand der kolonieeigenen Deponie betraf, hielt sich der Sinn für Sauberkeit in Grenzen. Schlichtweg alles, was die Anwohner für entbehrlich hielten, war scheinbar achtlos auf einen übermannshohen Haufen geworfen worden, und der Geruch, den dieser verströmte, stank buchstäblich zum Himmel. Geplatzte Reifen, Müllsäcke in rauen Mengen, diverse Rohrleitungen, eine durchgerostete Regentonne, gleich ein halbes Dutzend Batterien, dazu Hausmüll und der Kadaver eines Marders, flankiert vom demjenigen einer sorgsam ausgeweideten Ratte, schon halb vermodert, wie sich bei genauerem Hinsehen herausstellte.

Und dann auch noch die verstümmelten Gliedmaßen, nur wenige Meter von der Deponie entfernt. Für Sydow, der mit zäher Geduld auf eine Antwort wartete, des Makabren entschieden zu viel.

Doch was lange währte, so viel zum Thema Erfahrung im Umgang mit Kollegen, das wurde wider Erwarten gut: »Schuhgröße 44, würde ich sagen. Die Dame lebte auf großem Fuß.«

»Falls das ein Witz sein sollte, ich kann leider nicht darüber lachen.« Sydow schnappte vehement nach Luft. »Sonst noch was von Bedeutung?«

Verärgert über den Rüffel, verdrehte Wattke pikiert die Augen. »Den Spreizfüßen nach zu urteilen kein Leichtgewicht, aber was das betrifft, kann ich mich auch irren. Abwarten und Tee trinken, wozu gibt es schließlich eine Obduktion.«

In Gedanken vertieft, die um sein Schlüsselerlebnis beim RKPA kreisten, gab sich Sydow einen Ruck und nahm die Fundstücke genauer ins Visier. Zwei Füße, die der Behaarung nach ebenso gut von einem Mann stammen konnten, ein Paar abgetrennte Hände, die Finger starr wie Krallen, als sei die Besitzerin unter Schock gestanden, und zu guter Letzt noch der Kopf – beziehungsweise das, was davon übrig geblieben war.

Das war nicht nur makaber, sondern der absolute Albtraum.

Von Verwesung dagegen keine Spur, trotz der Hitze, welche die Stadt in Atem hielt. Daraus folgte, der Mord konnte noch nicht lange her sein, ein, zwei Tage im Extremfall, womöglich sogar nur wenige Stunden. Steif wie ein Stock, verlagerte Sydow das Gewicht. Am Schädel, insofern das Gemisch aus getrocknetem Blut, Haarsträhnen, Gehirnresten und Knochensplittern die Bezeichnung verdiente, gab es so gut wie keine Stelle, die durch die Attacke des Täters nicht in Mitleidenschaft gezogen worden war, auch dies eine Parallele zu den vorangegangenen Fällen, wo der Täter wie ein Berserker gewütet hatte.

Vor Ort, das erkannte man auf den ersten Blick, wäre dies wohl kaum möglich, um nicht zu sagen überaus riskant gewesen. Hier lebte man auf engstem Raum, Tür an Tür mit mehreren Tausend Menschen, teils Dauerbewohner, denen eine Wohnung im Zentrum zu teuer war, teils Sommerfrischler aus den nahen Vororten, die das Wochenende in ihrer selbstgezimmerten Laube verbrachten.

Insgesamt machte die Kolonie einen malerischen Eindruck, ein Ensemble aus Ziersträuchern, Fliederbüschen, Rhododendren, Obstbäumen, Gemüsebeeten und sorgsam zurechtgestutzten Rasenflächen, verteilt auf circa zwei Quadratkilometer Fläche, die sich entlang der vielbefahrenen S-Bahn-Trasse erstreckte. Der ideale Ort, um einen Mord zu begehen, vor allem bei Dunkelheit, zumal es keinerlei Straßenbeleuchtung gab. Und das ideale Terrain, um nach begangener Tat unterzutauchen, sei es in den eigenen vier Wänden, sei es in der Datsche eines Mitwissers, der die Aufgabe besaß, die Drecksarbeit – sprich, die Amputationen – vorzunehmen.

Doktor Mabuse und sein Gehilfe. Eine Möglichkeit unter vielen, wenngleich nicht gänzlich auszuschließen.

Das Knie gebeugt, um den Schädel von Angesicht zu Angesicht zu betrachten, wurde Sydow von Erschöpfung übermannt. Der Himmel war nahezu wolkenlos, und der Planet stach mit einer Kraft, dass einem Hören und Sehen verging.

Da half nur ein Schluck aus der Molle, aber woher nehmen, wenn nicht stehlen.

»Ich frage mich, wer so was fertigbringt«, murmelte Kalinke wie im Selbstgespräch vor sich hin, entledigte sich seines Jacketts und trat behutsam näher, um sich mit Sydow zu beraten. »Der hat sie doch nicht mehr alle, oder was meinst du?«

»Der oder die.«

Kalinke sah Sydow fragend an.

»Jetzt überleg doch mal, Dicker«, erwiderte Sydow gereizt, die Hand vor dem Mund, um ein dezentes Bäuerchen zu machen. Sein Kater machte ihm mehr denn je zu schaffen, und er schwor sich zum wiederholten Mal, in puncto Alkohol ein wenig kürzer zu treten. »Selbst ein Amateur merkt doch auf Anhieb, dass man so was nicht im Alleingang …«

»Du sollst nicht andauernd Dicker zu mir sagen, kapiert? Sonst kannst du deinen Kram allein erledigen.«

»… durchziehen kann.« Sydow blickte unwirsch auf. »Was ist denn auf einmal in dich gefahren, bist du unter die Mimosen gegangen, oder was?«

»Da fragst du noch?«, empörte sich Kalinke und fingerte sein Taschentuch hervor, um sich den schweißgetränkten Nacken zu betupfen. Dann deutete er mit dem Daumen über die Schulter, verzog das Gesicht und sagte: »Ich weiß ja nicht, wie du darüber denkst, Sonnyboy, aber was meine Wenigkeit betrifft, mir setzt das Horror-Spektakel zu. An Schlaf ist heute Nacht nicht zu denken, das kann ich dir flüstern, von und zu.«

»Wem sagst du das«, gab sich Sydow ungewohnt konziliant, nicht in der Stimmung, mit gleicher Münze heimzuzahlen. »Und stell mich nicht immer so hin, als wäre ich total abgebrüht, du weißt genau, dass es nicht so ist.«

Horror-Spektakel.

Die Wortwahl traf den Nagel auf den Kopf.

Es geschah vor etwa 15 Jahren, als Sydow einen Abstecher in den Lunapark unternahm. Wie der Zufall es wollte, lief ihm dort ein Klassenkamerad über den Weg, der ihn überredete, mit ihm zusammen ins Panoptikum zu gehen. Die Reminiszenz mutete zwar makaber an, aber wenn er so zurückdachte, kam sie mitnichten von ungefähr. Fakt war, der Schädel wies eine geradezu frappierende Ähnlichkeit mit den Exponaten auf, die Sydow, gerade einmal 13, an jenem denkwürdigen Tag zu Gesicht bekam. Primär handelte es sich zwar um eine Art Gruselkabinett, mit Folterwerkzeug, einem Schafott und allem, was die morbide Fantasie beflügelte. Schreckensgestalten wie der Serienmörder Friedrich Schumann, anno 1921 wegen sechsfachen Mordes in Plötzensee enthauptet, selbstredend mit inbegriffen. An dem Schauder, den er beim Anblick der Exponate verspürt hatte, änderte die Visite jedoch nichts.

Am nachhaltigsten, dies zum Thema Reminiszenzen, hatte sich ihm jedoch eine Kollektion von Schrumpfköpfen aus dem Amazonas eingeprägt. Ob sie auch wirklich von dort stammten, wer wusste das schon genau. Wie bei Heranwachsenden üblich hatte sich Sydow in Gegenwart des Freundes keine Blöße geben wollen und so getan, als ließe ihn das makabre Spektakel kalt. Ein wenig flau war ihm dennoch zumute gewesen, und wie bei vielem, was einem in diesem Alter widerfuhr, hinterließ die Episode ihre Spuren.

Und siehe da, beim Anblick des malträtierten Schädels fiel ihm die Szene von damals wieder ein, und ihn schauderte beim Gedanken, auf welche Einfälle der Täter noch kommen würde. »Eins kann ich dir sagen, Dicker: Wenn ich den in die Finger kriege, dann …«

»Seht mal, was ich gefunden habe! Ihr werdet es nicht für möglich halten, Jungs!«, fuhr Michalski, seines Zeichens Kriminalassistent und Alleinunterhalter bei der Spurensicherung, den betreten dreinblickenden Kollegen schon von weitem zu, eine Tasche in der Hand, die er wie eine Trophäe über dem zerzausten Haarkranz schwenkte. »Ich sag's ja, Glück muss der Mensch haben!«

»Oder Instinkt, je nachdem«, murmelte Sydow, nachdem er die ockerfarbene Handtasche in Empfang genommen und einen Blick in ihr Inneres geworfen hatte, eine wahre Fundgrube, die das Herz des Kriminalisten höher schlagen ließ. »Und wo hast du die Tasche her, Herbert? Einen Riecher hast du ja, das muss dir der Neid lassen.«

»Aus einem Abfalleimer.«

Kein Freund einsilbiger Antworten, zog Sydow genervt die Augenbrauen hoch.

»Aus einem Mülleimer am S-Bahnhof, um es genau zu sagen«, vollendete der quirlige Gnom, der es nicht fertigbrachte, auch nur einen Moment ruhig dazustehen. »Na, was sagt ihr jetzt, Männer?«

»Bist ein schlaues Kerlchen, Herbie. Hab ich immer schon gewusst.«

Michalski nickte geschmeichelt. »Man tut eben, was man kann. Aber im Ernst: Irgendwie komme ich da nicht ganz mit. Nehmen wir mal an, beim Täter handelt es sich tatsächlich um den Werwolf …«

»Wovon man getrost ausgehen kann, finde ich.«

»Dann ist er vermutlich von dort gekommen, hat sein Opfer abge… äh … Dann kam er ja wohl vom Bahnhof, ist über sein Opfer hergefallen und hat sich wieder aus dem Staub gemacht. Auf dem gleichen Weg, wie er hierhergekommen ist. Schon merkwürdig, findest du nicht auch?«

»Nehmen wir mal an, dem wäre so gewesen: Wie erklärst du dir, dass es dem Täter offensichtlich egal ist, wenn er Spuren hinterlässt?«

»Ach so, da fällt mir gerade ein: Ich habe vergessen, dir was zu zeigen«, mischte sich Wattke unversehens ein, einen Asservatenbeutel in der Hand, aus dem er eine Art Notizzettel hervorklaubte. »Sieh dir das mal an, vielleicht wirst wenigstens du schlau daraus. Befand sich in dem Jutesack, wo ihre Klamotten und die Leichenteile gebunkert waren.«

Gebunkert, wie einfühlsam.

Von Empathie war bei Wattke nicht viel zu spüren.

»Und warum, bitte schön, erst jetzt?«, stieß Sydow zähneknirschend hervor und warf dem Leiter der Spusi einen Blick zu, der diesen zwang, das eisgraue Haupt devot zu senken. »Also wirklich, Theo, manchmal tötest du einem den letzten Nerv!«

»Ich hab's vergessen, was ist denn daran so schlimm?«

Sydow tat so, als habe er die Frage überhört. Dann ließ er sich den Zettel aushändigen, überflog ihn und fragte mit nachdenklichem Blick in die Runde: »Wie sieht's aus, kann einer von euch was damit anfangen: *Wenn zum Schweigen gebracht werden die Verdammten, den verzehrenden Flammen ausgesetzt werden, dann rufe mich mit den Gesegneten.* Jetzt laust mich aber gleich der Affe, das wird ja immer toller!«

»Steht mit Sicherheit in der Bibel, wer sucht, der findet«, witzelte Michalski und sah die Kollegen beifallheischend an. Zu seinem Verdruss blieb die Zustimmung jedoch aus. »Ich meine ja nur, könnte doch sein, wäre doch immerhin möglich, oder?«

»Hm.« Die Notiz in der Hand, die sich durch eine gestochen scharfe Schrift auszeichnete, wiegte Sydow nachdenklich den Kopf, kratzte sich an der Schläfe und fuhr fort: »*Dann rufe mich zu den Gesegneten* – daraus soll mal einer schlau werden.«

»Zeig mal her, von und zu«, unterbrach Kalinke das lang anhaltende Schweigen, streckte die Hand aus und wartete geduldig ab, bis Sydow bereit war, sich von der mysteriösen Notiz zu trennen. »Ich will ja nicht neugierig sein, aber was ist denn eigentlich in der ...«

»Bist du aber!«, brummte Sydow, griff in die Tasche und holte einen Ausweis mit dem Foto einer verhärmt wirkenden Frau Anfang 30 hervor. »Laut Personalausweis vom 15. März 1939 handelt es sich bei dem Opfer um eine gewisse Gerda Koczian, 34 Jahre alt und geschieden, geboren in Friedrichsfelde, zuletzt wohnhaft in Laube 168 in der Kolonie Gartenland IV. Beruf: Serviererin.«

»Na, dann wissen wir ja Bescheid.«

»Gar nichts wissen wir, Herbie«, gab Sydow ruhig, aber bestimmt an die Adresse von Michalski zurück, der ihn mit verschränkten Armen musterte. »Absolut gar nichts. Oder kann mir jemand sagen, wo genau der Täter über sein Opfer hergefallen ist?«

»Keine gesicherten Erkenntnisse. Aber wir arbeiten dran. Verlass dich drauf.«

»Freut mich zu hören, Theo. Ich habe auch nichts anderes erwartet«, gab Sydow zurück, nahm das bereitliegende Leinentuch und breitete es über den Leichenresten aus. Das Unbehagen stand ihm ins Gesicht geschrieben, und er konnte es nicht abwarten, bis das Tuch an Ort und Stelle lag. »Wie gesagt, abgesehen von den Personalien, über die wir aufgrund eines jähen Geistesblitzes des Kollegen Michalski im Bilde sind, tappen wir in Bezug auf den Tatort noch im Dunkeln. Für den genauen Zeitpunkt der Attacke trifft das Gleiche zu. Was das betrifft, können wir nur mutmaßen.«

»Also wenn du mich fragst, ich würde auf gestern Abend tippen.«

»Und was veranlasst dich dazu, Theo?«

»Keine oder nur geringfügige Anzeichen von Verwesung, die Blutflecken noch gut zu erkennen, sozusagen wie neu, die Kopfwunden ohne Ungezieferbefall. Ich denke, das spricht für sich.«

»Kann schon sein.« Damit beschäftigt, die Handtasche zu durchwühlen, ließ Sydow es damit bewenden. »Dann wollen wir mal sehen, mit wem wir es zu tun haben. Na, was haben wir denn da: Eine Schachtel Glimmstängel, Lippenstift, ein Fläschchen Eau de Cologne, Bürste, Kamm, Handspiegel, kurzum: alles, was das Herz der Volksgenossin be…« Die Litanei war noch nicht beendet, als Sydow mitten im Satz verstummte. »Ich will ja nichts sagen, aber es sieht so aus, als habe die Dame nichts dem Zufall überlassen.«

»Inwiefern?«, warf Kalinke lauernd ein, wie kaum ein anderer imstande, im Gesicht des langjährigen Kollegen zu lesen. »Darf man fragen, was Eure Lordschaft damit meinen?«

»Man darf«, antwortete Sydow knapp, zog eine Packung Kondome aus der Tasche und hielt sie Kalinke vor die Nase. »Und was folgern wir daraus, Watson?«

»Was du auch immer gleich denkst, deine Fantasie wollte ich haben!«

»Jetzt reg dich doch nicht gleich auf, war ja bloß eine Vermutung«, lenkte Sydow beschwichtigend ein, tätschelte Kalinkes Schulter und überreichte Wattke die Tasche, aus der er zuvor ein Notizbuch gefischt hatte. »Donnerwetter«, fügte er hinzu, blätterte es flüchtig durch und überflog die umfangreiche Telefonliste, die sich im Anhang des in Leder eingebundenen Kalenders befand. »Nichts für ungut, werte Kollegen, aber was ihr Privatleben betraf, scheint die Dame überaus kontaktfreudig gewesen zu sein. Einen kleinen Moment, die Herren, das haben wir gleich: eins, zwei, drei …« Ein Grinsen im Gesicht, in dem man wie in einem Buch lesen konnte, blickte Sydow anerkennend in die Runde. »Nicht schlecht, das muss ihr der Neid lassen. Falls ich mich nicht verzählt habe, was natürlich immer sein kann, tauchen alles in allem 17 Adressen und Telefonnummern auf.«

»Ich weiß genau, was du jetzt denkst«, hielt Kalinke vehement dagegen, riss die Kragenenden auseinander und sagte: »Aber das beweist überhaupt nichts, außer vielleicht, dass Frau Koczian …«

»Das ist der Unterschied zwischen dir und mir, Erich«, setzte sich Sydow in entschiedenem Tonfall zur Wehr, das Buch in der Fläche der linken Hand, um nach weiteren Anhaltspunkten zu suchen. »Du bemühst dich, das Gute im Menschen zu sehen, und ich … Tja, ich halte es nun mal mit der Realität.«

»Die da lautet?«

»Die Herren mögen die pietätlose Bemerkung verzeihen, doch was die Indizien betrifft, drängt sich die Vermutung auf, die Tote habe es mit der Moral nicht so ernst genommen.«

»Kommt ja wohl in den besten Kreisen vor, oder?«

»Das ist nicht der Punkt, Erich.«

»Sondern?«

Sydow rieb sich nachdenklich das Kinn, dachte kurz nach und sagte: »Der Punkt ist: Geht man davon aus, dass sich die Tote ein wenig dazuverdient hat, indem sie Kontakte der speziellen Art unterhielt, dann …«

»Komm endlich zum Punkt. Dann?«

»Sieht die Sache schon anders aus.«

»Wieso?«

»Könnte es nicht sein, dass die Begegnung zwischen Täter und Opfer kein Zufall war?«

»Sein kann alles«, gab Wattke in der für ihn typischen Mischung aus Trägheit und angeborener Skepsis zurück und fand offenbar nichts dabei, einen Berg aus Schnupftabak anzuhäufen. Ein Blickwechsel zwischen ihm und einem sichtlich verstimmten Tom Sydow hielt ihn jedoch davon ab, die Hand unter das gerötete Riechorgan zu pressen. »Mal was anderes: Das Gerücht geht um, der Alte habe dir den Fall Werwolf übertragen. Ist da was dran, oder wollte mich da jemand veräppeln?«

»Falls es dich beruhigt, es stimmt. Warum fragst du, Theo?«

»Nur so«, wich der Leiter der Spurensicherung aus, stopfte den Tabak wieder in die Dose und sah Sydow auffordernd an. »Und was jetzt?«

»Jetzt gehen wir wieder an die Arbeit, was hast du denn gedacht!«, platzte Sydow heraus, sah die Kollegen der Reihe nach an und sagte: »Fazit: Die Indizien lassen darauf schließen, dass der Serientäter – nennen wir ihn der Einfachheit halber Werwolf – dass der Serientäter, nach dem wir suchen, erneut in Erscheinung getreten ist. Da die Morde in immer kürzeren Abständen erfolgen, besteht Grund zur Annahme, dass wir, makaber gesagt, die Uhr danach stellen können, bis der Unbekannte das halbe Dutzend vollmacht. Das bedeutet, wir müssen sämtliche Register ziehen, um den Kerl zu schnappen, das versteht sich ja wohl von selbst.«

»Haben wir doch schon, oder?«

Sydows Miene verfinsterte sich. Es fehlte nicht viel, und er wäre Wattke gegenüber ausfallend geworden. »Kann es sein«, tastete er sich zähneknirschend voran und ließ den Ausweis samt Notizbuch in seinem Jackett verschwinden, um Zeit zum Luftholen zu gewinnen. »Kann es sein, dass bestimmte Kollegen es nicht gewohnt sind, sich im Dienst am Vaterland ein Bein auszureißen? Falls dem so ist, ein paar Worte zum Thema, damit niemand sagen kann, er habe von nichts gewusst. Erstens: Ich kann Saisonarbeiter nicht ausstehen. Jeder, der mich kennt, weiß, wie der Hase läuft. Im Klartext: Entweder wir ziehen alle an einem Strang, oder ich suche mir jemand anderen.«

»Und zweitens?«

»Gut, dass du mich daran erinnerst, Herbie. Wenn es etwas gibt, das ich nicht leiden kann, dann ist es amateurhaftes Verhalten. Dass wir unter Druck stehen, ist bekannt. Und darum kann und werde ich es nicht dulden, wenn der eine oder andere versucht, während der Arbeit eine ruhige Kugel zu schieben. Entweder ihr legt euch ins Zeug, dass die Wände wackeln, oder wir blamieren uns bis auf die Knochen. Die Gestapo wartet nur darauf, dass wir uns zum Affen machen, und ich muss euch nicht sagen, wie viel davon abhängt, dass wir alle am gleichen Strang ziehen. Bis jetzt haben wir es geschafft, zumindest halbwegs unser eigenes Ding zu machen. Und dass uns von außen niemand ins Handwerk pfuscht. Jeder, der die Hände in den Schoß legt, sollte wissen, wohin das führt. Hat die Gestapo erst mal einen Fuß in der Tür, dann ist es zu spät, Jungs. Dann können wir dichtmachen und es bleibt uns nur eine Möglichkeit, nämlich geschlossen in den Vorruhestand zu gehen.« Sydow atmete hektisch durch. »Schau mich nicht so an, Theo. Ich meine es ernst. Nicht nur unser Ruf steht auf dem Spiel, sondern noch viel mehr. Angenommen, wir kriegen weiterhin nichts auf die Reihe. Was, denkt ihr, würde dann passieren? Frage an den Kollegen Kalinke, mit der Bitte um eine schnelle Antwort.«

»Dann gäbe es uns bald nicht mehr, weder als Behörde noch als eigenständige Ermittler.«

»Endlich hat es einer kapiert. Dann hört mir mal gut zu, werte Kollegen: Falls ihr am Wochenende frei machen wollt, vergesst es. Wir arbeiten durch, rund um die Uhr, bis wir allesamt aus dem letzten Loch pfeifen. Ich verlange von jedem, dass er sich den Allerwertesten aufreißt, nur so haben wir eine Chance, das muss ich euch nicht extra erklären. Wenn nicht, dann geht uns der Werwolf durch die Lappen. Und dann, werte Kollegen, möchte ich nicht in unserer Haut stecken. Der Reichsführer wird sich die Gelegenheit nicht entgehen lassen, um die Kripo endgültig unter den Stiefel zu bekommen. Das ist so sicher wie das Amen in der Kirche. Ergo: Es gibt nur eine Möglichkeit, ihm eins auszuwischen, nämlich indem wir den Werwolf zur Strecke bringen.«

»Das sagt sich so leicht, Tom. Ich für meinen Teil bin da ein wenig skeptisch«, schaltete sich Michalski mit gebührender Verspätung ein. »Sieh mal, die Kollegen von der SOKO, die machen den Job nicht erst seit gestern.«

»Ich weiß.«

Michalski wand sich wie ein Aal, fingerte an seinem zerzausten Haarkranz herum und quäkte: »Ich meine, die A-Promis haben sich fast ein Bein ausgerissen, um den Perversling am Wickel zu kriegen – und mit welchem Ergebnis?«

»Jetzt macht euch mal nicht in die Hosen, Jungs«, zwang sich Sydow mit aller Kraft zur Ruhe, hielt Augenkontakt zu Wattke und fügte mit begütigender Geste hinzu: »Die Lage ist nicht so aussichtslos, wie ihr denkt.«

»Dein Optimismus in allen Ehren, aber …«

»Kein ›Aber‹«, kam Sydow dem Einwand des eigenwilligen Spreewälders zuvor, hob die Stimme und sagte: »Zwei Dinge gäbe es aus meiner Sicht noch zu klären, und das so schnell es irgend geht. Erster Punkt: Wo genau befindet sich der Tatort, die Frage dürfen wir nicht außer Acht lassen.«

»Und zweitens?«

»Zum Zweiten, lieber Erich, stellt sich für uns das Problem, weshalb sich dieser Psycho die Mühe macht, einen Leichnam fein säuberlich in seine Einzelteile zu zerlegen. Und weshalb der Torso wie vom Erdboden verschwunden ist. Da stimmt doch was nicht, oder was meint ihr dazu?«

»Wenn, dann im Oberstübchen, würde ich sagen. Der Kerl ist so was von krank, der gehört in die Klapsmühle. Dann wären wir aus dem Schneider, wozu gibt es schließlich Psychologen!«

»Dazu müssten wir ihn erst mal schnappen, findest du nicht auch?« Der Blick, mit dem Wattke von Sydow taxiert wurde, sprach für sich. »Wer tut so was, frage ich mich. Und vor allem: Warum tut er es?«

»Weil er ein Psychopath ist, ganz einfach.«

»Und was ist mit der Botschaft auf dem Notizzettel, Theo? Hast du dir darüber schon mal Gedanken gemacht?«

Wattke schloss genervt die Augen, und für einen Moment hatte es den Anschein, als schliefe er im Stehen ein. »Woher, mit Verlaub, soll ich wissen, was im Hirn eines Serienmörders vor sich geht? Finde es heraus, falls es dich interessiert, *dein* Job, lieber Tom – nicht meiner!«

»Du sprichst mir aus der Seele, Theo.« Sydow zwang sich zu einem Lächeln, was ihm mehr schlecht als recht gelang. »Und darum werden Herbie, du und der Rest der Truppe jetzt jeden Quadratmillimeter auf dem Gelände durchkämmen, die Behausungen der Bewohner mit eingeschlossen.«

»Dazu sind wir nicht ermächtigt.«

»Tom macht's möglich, keine Sorge«, wehrte Sydow mit lässiger Gebärde ab, gesellte sich zu Kalinke und fuhr fort: »Eins macht mich stutzig, da komme ich nicht drüber weg.«

»Nämlich?«

»Wie kommt der Kerl dazu, den Müllsack mit den Leichenteilen fein säuberlich auf der Deponie abzu…«

»Weil er nicht richtig tickt – darum«, fuhr Michalski, auch hier ein treuer Diener seines Herrn, Sydow in die Parade. »Und außerdem: Könnte es nicht sein, dass er uns in die Irre führen will?«

»Du meinst, er wollte eine falsche Spur legen?«

Michalski gab ein selbstgefälliges Nicken von sich.

»Könnte sein.« Unterbrochen von den Bremsgeräuschen einer S-Bahn, die in unmittelbarer Nähe vorüberfuhr, ließ Sydow einige Zeit verstreichen. Dann sagte er: »Glaub ich aber nicht, um ganz ehrlich zu sein.«

»Glauben heißt nicht wissen, Tom. Das dürfte dir ja wohl bewusst sein.«

»Was du nicht sagst, Dicker, was wäre ich bloß ohne dich.«

»Sydow und Selbsterkenntnis, das ist ja mal was ganz Neues.« Ein Lächeln im Gesicht, das sich über dessen gesamte Breite erstreckte, klatschte Kalinke wie ein Kleinkind in die Hände. »Jetzt sag schon, großer Meister: Was ist es, das du deinen Getreuen mitzuteilen wünschst?«

»Mal ganz ehrlich, was haltet ihr davon: Zuerst stellt er den Sack neben den Hausmüll, als sei dies die normalste Sache auf der Welt, und dann …«

»Fällt dem Mörder nichts Besseres ein, als die Handtasche in einen Abfalleimer auf dem Bahnsteig zu werfen. Wo er doch Gefahr läuft, dass es jemand sieht.«

»Wie gesagt: Was wäre ich ohne dich.« Jetzt war die Reihe an Sydow, übertrieben enthusiastischen Applaus zu spenden. »Warum tut er das, kann mir das jemand sagen? Doch nicht nur, weil er nicht mehr richtig tickt.«

»Sondern?«

»Weil er sich sicher fühlt, Theo, wieso denn sonst!«, gab Sydow in entschiedenem Tonfall zurück, warf einen Blick in die Runde und wandte sich den Kleidungsstücken des Mordopfers zu, die in Sichtweite des Klapptisches ausgebreitet waren. »Aber das werden wir ändern, und wenn ich im Präsidium kampieren muss. Der erste Fehler kommt bestimmt, darauf gehe ich jede Wette ein!«

12

Berlin-Friedrichsfelde, Kolonie »Gutland II«

Die Kripo ist so was von dämlich.

Aber das ist ja nichts Neues. Viel Lärm um nichts. Die Herrschaften haben die Ruhe weg, das muss ihnen der Neid lassen.

Von mir aus.

Sollen sie sich doch den Mund fusselig reden. Mir kann das nur recht sein. Bei dem Tamtam, das diese Witzfiguren veranstalten, kommt mit Sicherheit nicht viel heraus.

Wenn die wüssten.

Irgendwie könnte ich mich amüsieren. Da fällt die Polente wie ein Schwarm Heuschrecken über die Laubenpieper her, macht sich breit, dass einem das Messer in der Tasche aufgeht, tut so, als hätte sie die Weisheit mit Löffeln gefressen, und hängt den großen Maxe raus. Dabei ist sie dümmer als vergammeltes Brot. Sonst wüsste sie längst, wo sie nach mir zu suchen hat.

Kein Esprit, keine Intuition und auch nicht einen Hauch von Instinkt. Dafür aber jede Menge Chuzpe. Na ja, immerhin etwas.

Und besser als nichts.

Dann sucht mal schön.

Viel Spaß dabei.

Vielleicht werdet ihr ja irgendwann mal fündig. Aber beeilt euch, sonst bin ich über alle Berge.

Schon amüsant, diese Dilettanten zu taxieren. Dass ich das noch erleben durfte. Stimmt schon, einen Kriminellen treibt es immer zum Tatort zurück. Besonders dann, wenn er nichts zu befürchten hat.

Null Risiko, wie in all den Monaten zuvor.

Mörder, Volksschädling, Triebtäter, Psychopath, Monstrum: Die Prädikate, mit denen man mich überhäuft, sind nicht gerade schmeichelhaft. Aber was soll's, gönnen wir den Leuten ihren Spaß. Hauptsache, sie können ein bisschen Dampf ablassen. Hin und wieder muss das einfach sein. Wenn Krieg ist, hat man andere Sorgen. Da kommt ein Unhold wie ich gerade recht. Wo doch die wahren Unholde ganz woanders sitzen. Aber darüber wird ja nicht gesprochen. Aus gutem Grund, würde ich sagen.

Die Leute haben einfach Angst.

Angst vor Denunzianten.

Angst vor der Gestapo.

Angst, den Rest ihres Lebens im Bau zu verbringen.

Ist ja auch verständlich, denn wer sehnt sich schon danach. Ich jedenfalls nicht.

Wir beide – das heißt mein Adlatus und ich – wir zwei haben ganze Arbeit geleistet. Finde ich wirklich. Sollen die Gesetzeshüter doch suchen, bis sie Rost ansetzen und ein Wochenendhäuschen nach dem andern auf den Kopf stellen. Auf die Spur kommen werden sie uns nicht. Der Torso, das vorletzte Stück in meinem Puzzle, befindet sich woanders. Viel näher, als es die Kanaillen vermuten. Aber so sicher wie in der Reichsbank am Werderschen Markt. Es sei denn, die Kripo bekäme einen Tipp. Genau das wird jedoch nicht geschehen. Denn wenn es jemanden gibt, auf den Verlass ist, dann auf den Gefährten aus längst vergangenen Tagen.

Natürlich habe ich nichts dem Zufall überlassen. Kameraden sind zwar gut und schön, wie ich aus eigenem Erleben weiß. Aber wenn es darauf ankommt, das hat die Vergangenheit erwiesen, ist nicht immer Verlass auf sie. Die Erfahrung lehrt, um absolut sicher zu sein, muss man seine Handlanger im Griff haben. Sonst tanzen sie einem auf der Nase rum. Genau das wird mir jedoch nicht passieren. Ich habe Vorkehrungen getroffen, und das heißt, ich habe absolut nichts zu befürchten.

Es gibt nur einen, der mich ans Messer liefern kann.

Und das bin ich selbst.

Wenn doch nur das unerträgliche Getröte nicht wäre, das von irgendwoher aus einem Volksempfänger quäkt. Aus meinen Betrachtungen gerissen, blicke ich mich unwirsch um. Die Preludes von Liszt, wie könnte es anders sein. Am liebsten würde ich mir die Ohren zuhalten, so sehr gehen mir die Erfolgsmeldungen auf die Nerven.

Das Oberkommando der Wehrmacht gibt bekannt: Fünf Tote an der Heimatfront, Liquidator auf freiem Fuß.

Das ist der Stoff, nach dem der Pöbel lechzt.

Der nächste Winter kommt bestimmt, kann ich da nur sagen.

Aber keine Sorge, die Claqueure werden auch noch schlauer. Das Volk wird bekommen, was es verlangt. Beziehungsweise verdient. An mir soll es jedenfalls nicht liegen. Aber nicht auf Dauer, genau darin besteht das Problem. Habe ich erst gefunden, wonach ich suche, dann müssen sich die Herrschaften einen anderen Buhmann suchen. Ich für meinen Teil werde nur noch ein einziges

Mal in Erscheinung treten – nämlich beim Finale. Und dann werde ich auf Nimmerwiedersehen verschwinden, als hätte ich überhaupt nicht existiert. Und wer weiß, vielleicht wäre mir das Spiel, das ich mit den Bullen treibe, auf die Dauer irgendwann langweilig geworden. Man soll aufhören, wenn es am schönsten ist, die Maxime habe ich mir zu Herzen genommen.

Verdammt.

Diese ohrenbetäubenden Fanfaren, die dreiste Überheblichkeit, diese saudämlichen Parolen. Von wegen Blitzkrieg. Diese Großkotze werden sich noch wundern.

Ich will, dass sie damit aufhören.

Und zwar sofort.

›Das Oberkommando der Wehrmacht gibt bekannt: Das Infanterieregiment 16 überschritt am 2.7.41 den Pruth.‹

Aufhören, ich halte das nicht mehr aus. Sofort aufhören, sonst …

Und dann, aus heiterem Himmel, dieser Chorgesang, der mir durch Mark und Bein geht, Tonart d-Moll, ergreifend und feierlich-düster, wie von einem anderen Stern.

Das Signal zum Aufbruch.

Ich muss es zu Ende bringen.

Jetzt oder nie.

Und so stehe ich unschlüssig da, inmitten der gaffenden Menge. Bereit zu neuen Taten. Respektive Untaten, je nachdem. Wie gesagt, lassen wir den Leuten ihren Spaß.

Doch so sehr es mich drängt, das Weite zu suchen, ich komme ums Verrecken nicht vom Fleck. In wenigen Minuten, Punkt zwei, beginnt meine Schicht, und wenn ich keinen Ärger bekommen will, muss ich mich beeilen. Am Eingang, in Sichtweite der Deponie, habe ich in wei-

ser Voraussicht mein Fahrrad abgestellt. Ein Gaffer weniger, na und. Bei dem Gedränge, das hier herrscht, fällt das niemandem auf.

Wenn, ja wenn der aufwühlende Gesang nicht wäre. Und wenn die Leute um mich herum nicht plötzlich herumwirbeln, mich aus leeren Augenhöhlen anstieren und mit schrillem Gelächter auf meine Prothese deuten würden.

»Lacrimosa, dies illa, qua re-sur-get ex fa-vil-la, iu-di-can-dus ho-mo re-us«, schallt es wie ein vielstimmiges Echo in mein Ohr, Buchstabe um Buchstabe, Wort für Wort, Silbe um Silbe. Ich könnte schreien, und wenn nicht bald etwas geschieht, verliere ich den Verstand. Da hilft kein Bitten, kein Gestikulieren und kein Flehen. In meiner Not sehe ich keinen anderen Ausweg, als mir die Hände auf die schmerzgepeinigten Ohren zu pressen. Vergebens. Der Gesang dringt scheinbar mühelos hindurch, wie ein Stilett durch hauchdünnes Papier, stiehlt sich in meinen Gehörgang und verursacht einen Schmerz, wie ich ihn nur ein einziges Mal zuvor verspürte. Dem Wahnsinn nah, starre ich die Umstehenden an, die, weh mir armem Sünder, ihre Gestalt in Sekundenschnelle ändern. Und so verharre ich mit schreckgeweitetem Blick auf der Stelle, umgeben von einer Horde Untoten, deren Atem mir vollends die Sinne raubt.

Und da geschieht es. Aus der Menge, die mich mit beutelüsternem Blick umringt, die Haut in Fetzen und das Gesicht mit entstellenden Narben übersät, treten nacheinander fünf weibliche Gestalten hervor. Man beachte die Wortwahl, denn mit Frauen – oder menschlichen Wesen – haben die verwesenden Chimären nichts zu tun. Und doch kommen sie mir bekannt vor, und *ich muss nicht lange nachdenken, bis meine Erinnerungen Gestalt annehmen. Die Reminiszenz an vergangene Tage, sie fährt wie der Blitz auf mich hernieder, spaltet mich in zwei Hälften, jagt eine Schmerzkaskade nach der andern durch meinen unkontrolliert zuckenden Körper. Die Prothese auf die rechte Schläfe gepresst, die wie ein Bleiklumpen an meinem dröhnenden Schädel klebt, stöhne ich leise auf, bahne mir den Weg durch die geifernde Menge, renne so schnell ich kann, um die Verfolger abzuschütteln.*

Außer Reichweite, lache ich wie irre auf, suche nach Halt und ringe keuchend nach frischer Luft.

Danach übergebe ich mich, laut röchelnd, immer und immer wieder.

Um erneut zur Tat zu schreiten, die Dämonen dicht auf meinen Fersen.

*

»Die Kripo, welch Glanz in meiner Hütte!«, rief der kleinwüchsige Dauercamper aus, in Unterhemd und kurzer Hose, wie es sich für Laubenpieper gehörte. Dann wechselte er in den Berliner Dialekt und witzelte: »Kommse rin, junger Mann, dann könnense ooch wieder rauskieken!«

»Kommt drauf an, wie gut es mir in Ihrer Bude gefällt«, witzelte Sydow zurück, zog den Kopf ein, um dem Türbalken auszuweichen, und folgte dem Unikat, das dem Skizzenbuch von Zille entsprungen zu sein schien, auf dem Fuß. »Aber im Ernst: Ich bin hier, um Ihnen ein paar Fragen zu stellen. Worüber, können Sie sich ja denken.«

Der behaarte Kobold, der als Miniatur-Yeti eine gute Figur abgegeben hätte, nickte mechanisch vor sich hin, öffnete die Tür zur Terrasse und deutete auf die Gartenmöbel, anscheinend wahllos zusammengeramscht, wie ihr Besitzer deutlich in die Jahre gekommen. »Dann fragense mal, junger Mann, ick bin janz Ohr.«

»Zunächst mal danke für den jungen Mann«, gab Sydow mit dem Anflug eines Lächelns zurück und ließ sich laut aufächzend in den Korbstuhl zu seiner Rechten fallen. »Sehe ich das richtig, Herr …«

»Peschke. Adolf Peschke«, sprudelte es aus dem einssechzig großen Komödianten hervor, der zu allem Unglück kaum noch Kopfhaare besaß. Auffällig, weil stark gerötet, war dagegen die mit Pickeln übersäte Nase. »Für meinen Vornamen kann ick leider nichts, da müssense sich bei meinen Eltern beschweren. Die haben mir den Schlamassel einjebrockt.«

»Herr Peschke: Laut meinen Kollegen von der Spurensicherung sind Sie es gewesen, dem es zu verdanken ist, dass wir auf die Leichenreste aufmerksam ge…«

»Allet, wat recht ist, Herr Kommissar«, fuhr Peschke vehement dazwischen, eine Bierflasche in der Hand, die er aus der Regentonne gefischt hatte. »Aber ick könnte mir wirklich wat Schöneres vorstellen. Ach so, beinahe hätt ick es vergessen. Auch eine?«

Sydow wehrte dankend ab. »Darf ich Sie was fragen, Herr Peschke?«

»Sie können ruhig Adolf zu mir sagen«, gab sich das Energiebündel betont konziliant, öffnete den Schnappverschluss der Flasche und machte es sich in seinem Campingstuhl bequem. Dass es sich nicht gehörte, in Gegenwart eines Gastes an den Nasenhaaren herumzuzwirbeln, schreckte ihn offenbar nicht ab. »Aber nur, wenn es Ihnen nichts ausmacht.«

»Herr Peschke: Ich wäre Ihnen wirklich sehr verbunden, wenn Sie die Güte hätten, meine Fragen zu beantworten.«

»Geht in Ordnung, an mir soll's nich liegen.«

»Freut mich zu hören.« Sydow nickte kaum merklich mit dem Kopf. »Und jetzt erzählen Sie mal, wann genau haben Sie die Leichenreste entdeckt?«

»Heute Morgen.«

»Um?«

»Na, Sie fragen vielleicht Sachen!«, rief Peschke mit hilfloser Geste aus, kratzte sich hingebungsvoll im Schritt und ließ es sich nicht nehmen, sein Berliner Kindl auf einen Zug zu leeren. »Ick war so wat von durch den Wind, wie soll ick mir da noch die Uhrzeit merken?«

»Verstehe.« Die Arme vor der Brust verschränkt, ließ Sydow den Blick über die liebevoll gepflegte Parzelle gleiten. Hinter Holunderbüschen, mannshohen Ziersträuchern und Wachholderbouquets ließ es sich unbeobachtet von den Nachbarn leben, und der Gemüsegarten, wo sich Tomatenranken mit Salatbeeten und Bohnengerüsten abwechselten, lieferte das all das, was man zum Leben in idyllischer Umgebung benötigte. »Ich muss Sie das fragen, Herr Peschke, darum nehmen Sie es mir nicht übel: Wie kommen Sie eigentlich dazu, anderer Leute Müllsäcke zu durchwühlen?«

»Weil ick nich mitansehen kann, wat die Leute allet wegschmeißen!«, versetzte Peschke, einen Anflug von Gereiztheit auf dem geröteten Gesicht. »Sie machen sich keenen Begriff, wat da den lieben langen Tag auf der

Deponie landet. Ick kann's mir zwar nich erklären, wie das kommt, aber wenn ick meine Nachbarn so anschaue, also ick weeß nich – manchmal denke ick, die Volksgenossen haben Geld zum Fressen.«

»Was machen Sie eigentlich beruflich, Herr Peschke?«

»Gar nichts, Herr Kommissar, ich bin Frührentner«, erklärte der Laubenpieper lapidar, schnalzte mit den Hosenträgern und wechselte erneut in den Dialekt, was er wie auf Knopfdruck beherrschte: »Hab in meenem Leben jenuch malocht, dit könnense mir glooben.«

»Und wo genau?«

»In 'ner Brauerei, wo denn sonst!«, amüsierte sich der Gnom und deutete auf einen Stapel Bierkisten, der in unmittelbarer Nähe der Regentonne stand. »Sie sehen so mitjenommen aus, Herr Kriminaler, jeht's Ihnen etwa nich jut?«

»Alles bestens, Herr Peschke, machen Sie sich da mal keine Sorgen«, wehrte Sydow mit erhobenen Händen ab, richtete sich auf und fragte: »Und wie steht's mit Ihnen, wenn man fragen darf? Eine zerstückelte Leiche, zu allem Überfluss in einem Müllsack – so was findet man ja wohl nicht alle Tage, oder?«

Der Kobold winkte gelassen ab. Und wechselte prompt ins Hochdeutsche: »Apropos, wie wär's mit einem Stück Heidelbeerkuchen, Spezialrezept von meiner Ollen. Müssen Sie unbedingt probieren, Herr Kommissar, das bringt Sie wieder auf Vordermann.«

»Wenn wir gerade von ihr sprechen, wo ist Ihre Frau denn momentan?«

»Anschaffen.«

Sydow fiel aus allen Wolken, und es fehlte nicht viel, und er wäre aus dem Korbsessel gekippt. »Wie bitte?«

»Anschaffen, Sie haben richtig gehört. Das faule Luder soll sich ruhig ein bisschen abrackern, damit sie mir nicht auf dumme Gedanken kommt«, tat Peschke großsprecherisch kund, beäugte die linke Pranke, an der ein goldumrandeter Siegelring steckte, und stolzierte wie ein Auerhahn hin und her. »Jetzt gucken Sie doch nicht so, Herr Kommissar, was ihren Nebenverdienst betrifft, ist meine Olle in bester Gesellschaft. Mal ehrlich, was ist denn schon dabei, wenn man sich nebenher ein bisschen was dazuverdient. Schließlich haben wir Krieg, wovon sollen Leute wie wir denn leben. Sie haben es gut, Herr Kommissar, Sie kriegen ja Ihr Gehalt. Aber unsereins, der hat es lange nicht so leicht wie Sie. Der muss sehen, wo er bleibt. Sonst kann er sich ja gleich einen Strick nehmen.« Peschke lachte verächtlich auf, knetete seine Knollennase und klagte: »Wenn Sie wüssten, wie viel Rente ich kriege, Sie würden tagelang Rotz und Wasser heulen.«

»Um aufs Thema zurückzukommen, kennen Sie diese Frau?«, lenkte Sydow mit hochgezogener Braue ab und kramte den Ausweis aus der Jackentasche hervor. Dann deutete er auf das Passfoto, die Personalien hinter der Fläche der linken Hand verbergend. »Wohnt ganz in der Nähe, habe ich mir sagen lassen. Wer weiß, vielleicht sind Sie sich schon mal über den Weg gelaufen.«

»Ist das die … Heißt das, die Frau auf dem Bild ist die …«, brach es stockend aus dem sichtlich verstörten Kleingärtner hervor, der wie festgewurzelt am Rand der Terrassenfläche stand. »Und ob ich die kenne, das ist doch die Gerda.«

»Gerda wie?«

»Koczian«, winselte der Gnom, nur noch ein Schatten von vorhin, wo er so tat, als ob ein Conférencier an ihm verlorengegangen sei. »Eine gute Bekannte, wenn ich das mal so sagen darf.«

»Wie gut?«

»Gut genug, um zu wissen, dass sie auf den Strich gegangen ist«, gab Peschke mit wissender Miene zurück, darin geübt, nicht mehr als nötig von sich zu geben. »Die Gerda ermordet, ich fasse es nicht. Und von wem, doch nicht etwa von diesem Werwolf?«

»Ich will es mal so ausrücken: Um uns ein Bild zu machen, ist es noch zu früh«, hielt Sydow in entschiedenem Ton dagegen, erhob sich und trat auf den sichtlich konsternierten Laubenbewohner zu. »Und jetzt zu uns beiden, Herr Peschke«, raunte er ihm ins Ohr, blieb abwartend stehen und sagte: »Was Sie nebenher alles am Laufen haben, das interessiert mich nicht die Bohne. Ich bin hier, um einen Mord aufzuklären, und weil ich nicht von der Sitte bin, nehme ich es mit den Paragrafen nicht so genau. So weit alles klar, der Herr?«

»Könnte nicht klarer sein.«

»So, und nachdem das nun geklärt ist, wäre ich Ihnen dankbar, wenn Sie die Güte hätten, die Karten auf den Tisch zu legen. Dass wir händeringend nach Zeugen suchen, muss ich Ihnen nicht sagen.«

»Nein«, winselte Zwerg Nase. Und senkte devot das Haupt. »Müssen Sie nicht.«

»Dann schlage ich vor, Sie geben zu Protokoll, was Sie über das Mordopfer wissen, sonst sitzen wir noch heute Abend hier rum. Die Zeit drängt, das können Sie sich ja wohl denken!«

13

Berlin-Friedrichsfelde, S-Bahnhof Rummelsburg
12:10 Uhr

»Und Ihnen ist wirklich nichts Besonderes aufgefallen?«,
bohrte Kalinke und sah den Uniformierten fragend an.
»Denken Sie nach: Jede Beobachtung, die Sie gemacht
haben, könnte für uns von Bedeutung sein.«

Karl Prittwitz, respektheischender Dienststellenleiter des Betriebsbahnhofs Rummelsburg, schüttelte das
schlohweiße Haupt. Und hielt es für gänzlich unter
seiner Würde, die Frage zu beantworten: »Wo kämen
wir da hin, wenn ausgerechnet ich den Detektiv spielen
müsste«, stöhnte er gravitätisch auf und trat ans Fenster seines Büros, um einen Blick auf das Gewirr von
Geleisen, Verladerampen, Lokschuppen und rußfarbe-
nen Montagehallen zu werfen. »Haben Sie eine Ahnung,
was hier den Tag über so geboten ist!«, fuhr er von oben
herab fort, die Hand zwischen den blankgescheuerten
Uniformknöpfen, wie eine Karikatur aus dem »Klader-
radatsch«. »Ich will Ihnen ja nicht zu nahe treten, Herr
Kommissar, aber …«

»Kriminalassistent, wenn's beliebt – wir wollen doch
nicht übertreiben, oder?«

Prittwitz schüttelte ungnädig den Kopf. Und dachte

nicht im Traum daran, sich zu korrigieren. »Bitte dies nicht falsch zu verstehen, der Herr, aber ich kann mich wirklich nicht um alles kümmern. Momentan ist bei uns der Teufel los, und was meinen Terminkalender betrifft, ich kann mich über einen Mangel an Beschäftigung nicht beklagen.«

»Das trifft sich ja gut, ich mich auch nicht«, retournierte Kalinke und breitete die Hände zu einer Geste heuchlerischer Zustimmung aus. Der Seitenhieb im Anschluss drängte sich geradezu auf: »Haben Sie vielleicht eine Ahnung, womit sich die Kollegen und ich herumschlagen müssen.«

»Der Werwolf befindet sich also immer noch auf freiem Fuß.«

»Falls das eine Frage sein soll, mein lieber Herr Prittwitz: leider ja.«

»Also wenn Sie mich fragen, der Kerl gehört einen Kopf kürzer gemacht«, sprach der Betriebsleiter seine Meinung laut aus und ließ es sich nicht nehmen, mit der Handkante über den bis oben zugeknöpften Uniformkragen zu fahren. »Fünf Morde, und das innerhalb von ein paar Monaten, da hört sich ja wohl alles auf!«

»Um ihn – wie Sie sich auszudrücken beliebten – einen Kopf kürzer zu machen, müssten wir den Mörder erst mal kriegen, finden Sie nicht auch?«, spielte Kalinke den Ball gekonnt zurück, gesellte sich zu seinem Gesprächspartner und deutete auf die Haltestelle der S-Bahn, wo sich ein halbes Dutzend Pendler versammelt hatte. »Ich meine, von hier aus sind es circa 100 Meter Luftlinie bis zum Bahnsteig, läge es da nicht nahe, die Szenerie von hier droben im Auge zu behalten?«

»Das schon.«

»Zumal jedermann weiß, wer hier nächtens sein Unwesen treibt?«

»Auf jeden Fall.«

»Wenn dem so ist, dann frage ich mich, warum Sie so tun, als ginge Sie die Angelegenheit nichts an. Zumal es sich nicht um irgendeine harmlose Lappalie handelt, wie sich mittlerweile herumgesprochen haben dürfte.«

Krebsrot im faltigen Gesicht, dessen Triefaugen fast aus den Höhlen sprangen, wirbelte der Bahnbeamte herum. »Worauf wollen Sie eigentlich hinaus, Herr …?«

»Kriminalassistent, so weit waren wir schon«, fuhr Kalinke in ungewohnt harscher Manier dazwischen, hob drohend den Zeigefinger und ließ mehrere Sekunden verstreichen, bevor er seine Erwiderung fortsetzte: »Um nur ja keinen Irrtum aufkommen zu lassen, Herr Prittwitz: Sollte es irgendetwas geben, was Sie uns verschweigen, dann …«

»Dann was?«

Kalinke hob gebieterisch die Hand. »Legen Sie Wert darauf, dass wir das Gespräch im Präsidium fortsetzen, ja oder nein?«

»Wenn Sie denken, Sie könnten Jojo mit mir spielen, dann werde ich Ihnen zeigen, wer hier …«

»Ja oder nein, Herr Prittwitz – geben Sie mir gefälligst Antwort!«

»Nein, Himmel noch mal – was soll die Fragerei.« Soweit es die eng sitzende Uniform gestattete, richtete sich Prittwitz zu voller Größe auf. Viel hatte er in puncto Statur nicht zu bieten, und je großspuriger er auftrat, desto mehr geriet Kalinke in Rage. »Ich bin doch nicht blöd, oder sehe ich so aus?«

»Wer weiß, vielleicht wird Ihnen auch nichts anderes übrigbleiben. Wissen Sie, im Präsidium ist schon so mancher weichgeworden, von dem man es nie im Leben angenommen hätte. Und wenn wir gerade dabei sind: Es gibt Kollegen, die sind längst nicht so geduldig wie ich. Ich spreche da aus Erfahrung, das können Sie mir getrost glauben. Und die sagt mir, jemand wie Sie könnte für uns von Nutzen sein.«

»Wie meinen Sie das?«

»Mein lieber Herr Prittwitz«, begann Kalinke und machte dem angestauten Unmut Luft, indem er tief ein- und unmittelbar danach wieder ausatmete. »Wie Ihnen nicht entgangen sein dürfte, wurde die Mehrzahl der fünf Morde in der S-Bahn begangen. Auf der Strecke zwischen Erkner und dem Ostkreuz, um es präzise zu formulieren. So etwas spricht sich rum, auch und vor allem in Ihren Kreisen.«

»Kann schon sein«, gab Prittwitz mit schneidend scharfem Unterton zurück, wandte den Kopf ruckartig ab und stierte durch das schmutzverkrustete Fenster, dessen Rahmen bereits kräftig Rost angesetzt hatte. »Und was, mit Verlaub, habe ausgerechnet ich damit zu …«

»Mehr, als Sie vielleicht denken«, ließ sich Kalinke nicht aus dem Konzept bringen und folgte dem Blick des Betriebsleiters, der so tat, als ob er nach etwas Ausschau hielte. »Stimmen Sie mir darin zu, Herr Prittwitz – wenn hier jemand weiß, was im Umkreis von zehn oder noch mehr Kilometern am Laufen ist, dann sind es ja wohl Sie, oder? Apropos: Wie viele Berliner sind eigentlich bei der Bahn?«

»Über 800, soweit ich weiß. In insgesamt 30 Dienststellen.«

»Und in der hiesigen Filiale, wie viele gibt es hier?«

»Mehrere Hundert, ich hab nicht nachgezählt.« Prittwitz kniff lauernd die Augen zusammen. »Wieso fragen Sie?«

»Hm. Weniger, als ich dachte.« Kalinke klatschte energisch in die Hände, breitete sie aus und konstatierte in kindlich-naivem Ton: »Na, wer sagt's denn, sieht ja wesentlich besser aus, als ich dachte.«

»Sie glauben doch nicht etwa, ich …«

»Die Arbeit ruft, verlieren wir keine Zeit«, fuhr Kalinke mit spöttischem Timbre fort, ließ Prittwitz erst gar nicht ausreden und durchmaß das Büro, als arbeite er schon ewig hier. »Ihre Mitarbeiter arbeiten in drei Schichten, sehe ich das richtig?«

Prittwitz stimmte schweigend zu.

»Von wann bis wann?«

»Die Frühschicht beginnt um sechs, die darauffolgende um zwei und der Nachtdienst um 22 Uhr.« Der Dienststellenleiter erblasste, und man konnte förmlich sehen, wie er sich das Gehirn zermarterte. »Aber … Aber das können Sie doch nicht machen«, stammelte er erbost, klug genug, um zu ahnen, was auf ihn zukommen würde. »Dafür fehlt mir das nötige Personal.«

»Ich sehe, wir verstehen uns, Herr Oberbahninspektor«, triumphierte Kalinke, rieb sich freudestrahlend die Hände und sagte: »Lange Rede, kurzer Sinn: Ich wäre Ihnen dankbar, wenn Sie mir eine Liste aller Personen anfertigen würden, die in den vergangenen vier Tagen auf dem Bahnhofsgelände tätig waren. Für den Anfang, wohlgemerkt. Vom Ingenieur bis zum Weichensteller, egal um wen es sich dabei dreht. Und ohne Rücksicht auf etwaige Befindlichkeiten, falls Sie verstehen, was ich meine. Eingeteilt nach Schichten, das versteht sich ja wohl von selbst.«

»Für meine Leute lege ich die Hand ins Feuer, nehmen Sie das bitte zur Kenntnis.« Die mausgrauen Augen auf Kalinke gerichtet, hatte Prittwitz die Überraschung immer noch nicht verdaut. »Ein Serienmörder in unseren Reihen – einfach undenkbar.«

»Das sagt sich so leicht«, erwiderte Kalinke, der nichts mehr hasste als Leute, die so taten, als ob sie berufen seien, im Umgang mit anderen den Ton anzugeben. »Es gibt Hinweise, der sogenannte Werwolf sei in einer Uniform der Reichsbahn unterwegs, und was mich angeht, sehe ich keinen Grund, die Aussagen zu ignorieren.«

»Und was, wenn es sich um einen Irrtum handelt? Oder wenn der Täter die Uniform als Tarnung benutzt?«

»Sehen Sie, genau das möchten die Kollegen und ich herausfinden. Wir sind verpflichtet, jeder auch noch so unsicheren Spur zu folgen. Und genau das werden wir auch tun.« Kalinkes Miene verhärtete sich. »Auch wenn dies bedeutet, dass Sie heute später Feierabend haben werden. Zur gefälligen Kenntnisnahme, Herr Prittwitz: Da draußen läuft ein Geistesgestörter frei herum, und wie es aussieht, wird sich die Zahl der Opfer noch erhöhen. Mit Zeugenaussagen ist das zwar so eine Sache, aber sollten unsere Quellen verlässlich sein, besteht die Möglichkeit, dass er bei der Reichsbahn tätig ist. In welcher Funktion, wäre noch zu klären. Das bedeutet, wir werden im Umkreis von 10 Kilometern jeden Stein umdrehen, um nach aussagekräftigen Indizien zu forschen. Und wir werden, falls nötig, jeden Verdächtigen einzeln ins Gebet nehmen, ob Sie Ihre Hand für ihn ins Feuer legen oder nicht. Habe ich mich klar genug ausgedrückt, Herr Oberbahninspektor?«

»Also das ist ja wohl die Höhe, wie reden Sie eigentlich mit mir!«, keifte der Dienststellenleiter zurück, der Mund so breit wie bei einem Ochsenfrosch. »Ich verbitte mir diesen …«

»Sie werden tun, worum ich Sie bitte, dessen bin ich mir sicher«, gab Kalinke in unterkühlter Manier zurück, unterdrückte den Drang, mit Repressalien zu drohen, und ergänzte süffisant: »Wir beide, Sie und ich, wir werden an einem Strang ziehen, oder sehen Sie das etwa anders? Wenn ja, lassen Sie es mich wissen, dann werde ich meine Schlüsse daraus ziehen. Eine Liste mit den Namen Ihrer Mitarbeiter, so schwierig kann das ja wohl nicht sein.«

»Gut Ding will Weile haben, Herr Kriminalassistent.«

»Wie passend, dass Sie darauf zu sprechen kommen: In unser aller Interesse muss ich Sie darum bitten, mir die Liste bis spätestens morgen Abend zukommen zu lassen.« Kalinke grinste diabolisch in die Runde, setzte den Hut auf und schlenderte gemächlich zur Tür. »Mit den jeweiligen Namen, Adressen und Tätigkeitsbereichen bei der Bahn. Es eilt, Herr Prittwitz, Gefahr ist im Verzug. Jede Minute, die ungenutzt verstreicht, könnte ein weiteres Opfer das Leben kosten.«

»Und was, wenn Sie die Stecknadel im Heuhaufen nicht finden?«

»Was das betrifft, mache ich mir keine Sorgen. Bislang sind wir über 2.000 Hinweisen nachgegangen, und selbst wenn es doppelt so viele wären, wir geben keine Ruhe, bis der Täter hinter Schloss und Riegel ist.« An der Tür angekommen, drehte sich Kalinke um, lüftete den Hut und deutete ein joviales Kopfnicken an. »Dann mal bis morgen, Herr Oberbahninspektor – ich verlasse mich auf Sie!«

*

»Na also, wurde aber auch Zeit!«, hieß Sydow die Mitglieder der Spurensicherung in gewohnt launiger Manier willkommen, brachte sie auf den neuesten Stand und zeigte ihnen den Weg zur Deponie, wo Wattke wie auf glühenden Kohlen saß. Um die Kolonie systematisch zu durchkämmen, hatte der Leiter der Spusi um Verstärkung gebeten. Doch selbst mit der doppelten Anzahl an Leuten, so Sydows leise Befürchtung, würde dies Stunden, wenn nicht gar Tage in Anspruch nehmen.

Er selbst hatte für den Moment genug. Der makabre Leichenfund, dazu die sengende Hitze, die seine Kehle wie ein Halseisen umklammerte, die Folgeerscheinungen einer durchzechten Nacht, an denen er immer noch zu knabbern hatte, und nicht zuletzt das Gezerre mit Peschke, bei dem außer ein paar Details nicht viel herausgekommen war, all das zerrte vehement an seinen Nerven, um die es ohnehin nicht zum Besten stand. Dass er wieder mal Zoff mit Ava hatte, machte den Schlamassel perfekt, und er fragte sich, ob er nicht besser fuhr, wenn er wieder solo wäre.

Doch wie so oft, wenn er mit sich und dem Leben haderte, war Kalinke einmal mehr zur Stelle, und als Sydow sein Alter Ego auf sich zusteuern sah, machte sich Erleichterung in ihm breit. Er würde zwar einen Teufel tun und dies offen zugeben, aber wenn sein Partner in der Nähe war, hatte er das Gefühl, auf der Gewinnerseite zu sein. Wie oft Kalinke ihn schon davor bewahrt hatte, irgendwelche Dummheiten zu begehen, das konnte man allenfalls schätzen. Blieb zu hoffen, dass dies auch in Zukunft so weitergehen würde, denn nur so kam er heil über die Runden. »Na, wie sieht's aus, Dicker – irgendwelche bahnbrechenden Erkenntnisse?«

»Das nun nicht gerade«, stieß Kalinke asthmatisch keuchend hervor, mit schwarzem Anzug, Hut und vorschriftmäßig gebundener Krawatte, was Sydow zu einem verständnislosen Kopfschütteln bewog. »Jetzt zieh halt endlich den Fummel aus, da kriegt man ja Zustände, wenn man dich durch die Gegend tigern sieht!«

Kalinke tat so, als sei er taub, holte tief Luft und flüsterte wie im Selbstgespräch vor sich hin: »Ich weiß nicht, aber irgendwie ist mir der Kerl suspekt.«

»Wer denn?«

»Na, der Betriebsleiter«, schnaufte Kalinke und verfluchte die überflüssigen Pfunde, auf die er gut und gern hätte verzichten können. Dabei ließ er es jedoch bewenden und tröstete sich mit dem Gedanken, dass sein Geist den Verlockungen des Gaumens nicht gewachsen war. »Auf den müssen wir ein Auge haben, der spielt mit gezinkten Karten.«

»Inwiefern?«

»Wenn ich's nur wüsste«, gab Kalinke nach kurzer Denkpause zurück, während der er sich wiederholt die Stirn abwischte, um im Anschluss detailliert Bericht zu erstatten. »Eins weiß ich jedenfalls gewiss, der Napoleon im Taschenformat hat was zu verbergen.«

»Fragt sich nur, was.« Die Hand vor dem Gesicht, um sich vor der schräg einfallenden Sonne zu schützen, verharrte Sydow abwartend auf der Stelle. Nach einer Weile fügte er hinzu: »Wie wär's, wenn wir uns ein bisschen die Beine vertreten. Nach Friedrichsfelde ist es ja nicht weit, von dort können wir dann je die S-Bahn neh…«

»Die Beine vertreten – bei den Temperaturen?«, protestierte Kalinke, dem das Entsetzen ins schweißtriefende Gesicht geschrieben stand. »Bist du noch ganz bei Trost, von und zu?«

»Momentan sind wir hier überflüssig, Erich«, gab Sydow nach einem Rundblick über die Gartenanlage zu bedenken, wo Wattke & Co. ihren Einsatz besprachen. »Meine Güte, diese Gaffer gehen mir so was von auf die Nerven, hier geht's ja zu wie auf dem Rummelplatz. Und mittendrin die Spusi, na das kann ja heiter werden.« Sydow schüttelte missmutig den Kopf. »Der arme Wattke kann einem leidtun, ich wollte wirklich nicht in seiner Haut stecken.«

»Geht mir genauso.«

»Weißt du, mit den Spreewäldlern ist das zwar so eine Sache, aber was seine Arbeit angeht, da kann man sich auf Theo verlassen. Apropos Arbeit: Ich schlage vor, wir vertreten uns noch ein wenig die Beine, bevor wir zurück ins Präsidium …«

»Und wozu, wenn Eure Lordschaft gestatten, soll das gut sein?«

»Keine Ahnung«, gab Sydow achselzuckend zurück und wartete ab, bis der mit Haubitzen beladene Güterzug vorübergerumpelt war. Tieflader reihte sich an Tieflader, und der Lärm, der von knapp zwei Dutzend Waggons verursacht wurde, bohrte sich wie eine Kakophonie in seine Ohren. »Nur zu, die Herren Generalstäbler«, knurrte er vor sich hin, hob einen Stein auf und schleuderte ihn wütend ins Gebüsch, das den parallel zu den Geleisen verlaufenden Feldweg säumte. »Das dicke Ende kommt bestimmt, hört auf meine Worte!«

»An deiner Stelle wäre ich ein bisschen vorsichtiger«, redete Kalinke Sydow ins Gewissen, nachdem die Fahrgeräusche des Zuges verklungen waren. Dann wies er mit dem Daumen über die Schulter, wo die herbeizitierten Kollegen am Ausschwärmen waren. Unter der Leitung von Wattke, der deutlich über ihre Köpfe hinausragte, waren sie im Begriff, die Kolonie Quadratmeter für Quadratmeter zu durchkämmen. Ob oder wann sie fündig wurden, hing davon ab, inwieweit die Bewohner mit ihnen zusammenarbeiten würden. Seit Beginn der Mordserie war die Kritik an der Polizei immer lauter geworden, und wenn Kalinke ehrlich war, konnte er es den Leuten nicht verdenken. »Feinde hast du schon genug, wenn ich du wäre, würde ich es nicht drauf ankommen lassen.«

»Danke für den Tipp, Dicker, das hätte ich doch glatt vergessen«, entgegnete Sydow matt, atmete mit zerfurchter Miene durch und ließ den Blick über den ausgedehnten Rangierbahnhof schweifen. »Weißt du was?«

»Nö. Aber du wirst es mir bestimmt gleich sagen.«

»Ich denke, wir machen hier für heute Schluss. Im Büro gibt es jede Menge zu tun.«

»Und was ist mit der Leiche?«

»Um die kümmern wir uns morgen früh. Du weißt ja, in der Pathologie sind sie nicht die Schnellsten.«

»Aber gründlich – und darauf kommt es ja wohl an«, kommentierte Kalinke spitz und folgte seinem Partner auf dem Fuß, der mit nachdenklicher Miene von dannen trottete. »Jetzt warte doch mal, wo willst du eigentlich hin?«

»Zum S-Bahnhof«, gab Sydow in der Manier eines selbstlosen Wohltäters zurück, schüttelte den Kopf und rief mit theatralischer Gebärde aus: »Dann will ich mal nicht so sein, was tut man nicht alles für die Fußkranken dieser Welt!«

14

Berlin-Kreuzberg, Dienstsitz des Reichsführers-SS im
Hotel Prinz Albrecht in der Prinz-Albrecht-Straße 9
13:30 Uhr

Am Horizont türmten sich Gewitterwolken auf, und es
war nur eine Frage der Zeit, bis das Unwetter über die
Stadt hinwegfegen würde. Aus dem Dunkel jenseits der
Dachgiebel drang gedämpftes Donnergrollen an sein Ohr,
doch davon ließ sich der stattliche blonde Mann nicht
stören. Die Zügel der Pferde in der ausgestreckten Hand,
stand er hocherhobenen Hauptes hinter der Egge, umgeben von goldgelb schimmernden Feldern, deren Ränder mit der unendlichen Weite verschmolzen. Der junge
Mann war allein, überdurchschnittlich groß und kräftig, wie geschaffen für die schweißtreibende Arbeit, der
er sich mit nimmermüdem Einsatz widmete. Die Stadt,
über der sich das Gewölk zusammenballte, war weit weg,
und was sich dort zutrug, nahm er nur am Rande wahr.
Was zählte, war die Arbeit, denn allein darin lag seine
Bestimmung. Das Schicksal wollte es, dass er hier, fernab
von Lärm, Unrast und Hektik, sein Tagewerk verrichtete,
zum Wohle seines Volkes, das von den Früchten seines
Fleißes zehrte. Hier draußen, inmitten der fruchtbaren
Scholle, war er längst heimisch geworden, und es gab nie-

manden, mit dem er hätte tauschen wollen. Das schlichte, von einem Geviert aus Birken umrahmte Gehöft, auf dem sein zufriedener Blick ruhte, es war ihm zur unverzichtbaren Wohnstatt geworden, und wenn er an die vielköpfige Familie dachte, wurde der Landmann von aufkeimendem Stolz übermannt. Irgendwann in ferner Zukunft, wenn er das müde Haupt zur Ruhe bettete, würde die Reihe an seinen Söhnen sein, die weiträumigen Ländereien zu bestellen, zu Ruhm und Ehre seines Volkes, welches dazu bestimmt war, das Land zwischen Weichsel und Ural zu beherrschen. Deutsche Erde, so weit das Auge reichte, vom Atlantik bis an die Gestade der Wolga, vom Nordkap bis zur Halbinsel Krim. Deutsche Erde, beherrscht von der arischen Rasse, welche die Untermenschen unter ihr immerwährendes Joch beugte. Deutsches Blut, gereinigt von den Einflüssen der Fremdvölker, über die zu herrschen die patriotische Pflicht gebot. Polen, Juden, Bolschewisten, Slawen aller Art und Herkunft, ziellos umherstreunende Zigeuner, sie alle würden vom Angesicht der Erde verschwinden. Wohin, war von zweitrangiger Bedeutung – wenn überhaupt.

Ein Imperium im Osten, beherrscht von kampfgestählten Ariern, Wegbereiter für erbgesunde Generationen, dazu auserkoren, mit der Scholle eins zu werden. Das war die Zukunft, von der ihn nur ein Wimpernschlag der Geschichte trennte. Lediglich ein, zwei Monate, und die Vision, der er sich mit Leib und Seele verschrieben hatte, würde Realität werden. Der Sieg war zum Greifen nah, der Untergang des Bolschewismus besiegelt.

Wie dereinst Cäsar würde er ein Imperium aus dem Boden stampfen, die Slawen, von denen nur die Kräftigsten überlebten, unter die Knute der germanischen

Herrenmenschen zwingen. Pardon würde nicht gegeben, auch und vor allem nicht bei Kindern, dazu bestimmt, dereinst Rache an den Eindringlingen aus dem Reich zu nehmen. Entwurzelte, Herumtreiber, Arbeitsscheue sowie Millionen und Abermillionen von Juden, in seinem Imperium war für sie kein Platz. Wie man sich ihrer zu entledigen hatte, darüber musste der Führer noch entscheiden. Doch egal, was die Zukunft für ihn bereithielt, Gefühlsduselei war ihm ein Gräuel. Wer sich davon leiten ließ, hatte in der SS nichts zu suchen. Jemanden zu liquidieren, falls es die Situation erforderte, in seinen Augen war das keine Kunst. Aber was es hieß, ganze Landstriche von minderwertigem Menschenmaterial zu säubern, dazu fehlte es den Parteigenossen an Fantasie.

Ihm nicht.

Ging es doch längst nicht mehr um das Ob, sondern lediglich um das Wie. Die Sowjetvölker zu unterjochen war nämlich nur eine Seite der Medaille. Die andere, ungleich schwierigere, bestand darin, bei der zu erwartenden Selektion die Contenance zu wahren. Die Arbeitskraft zum Wohle der Herrenrasse einzusetzen, mehr wurde vom slawischen Untermenschen nicht verlangt. War sie erschöpft, hatte er seine Daseinsberechtigung verloren. Ohne Opfer, die er auf etwa 30 Millionen bezifferte, würde das Ausjäten jedoch nicht zu bewerkstelligen sein. Darüber war er sich im Klaren. Um das Imperium vor dem genetischen Kollaps zu bewahren, bedurfte es daher einer Härte, wie sie nur die wenigsten unter seinen Leuten an den Tag legten. Folglich bestand seine Aufgabe darin, Emotionen mit allen nur erdenklichen Mitteln zu bekämpfen. Vor knapp zwei Jahren, beim Einmarsch in Polen, hatte die Denkweise erste Früchte getragen. Bei insgesamt 714 Exekutionen waren laut SD der SS knapp 20.000 reichsfeindliche Subjekte liquidiert worden, die meisten davon Juden, aber bei weitem noch nicht genug, um das Soll von 61.000 Delinquenten zu erfüllen.

Aber auch das würde sich demnächst ändern. War der Bolschewismus erst ausgetilgt, das hatte er sich geschworen, würden er und seine Paladine zur Tat schreiten. Und entscheidend dazu beitragen, ein Weltreich aus der Taufe zu heben, wie es die Geschichte noch nicht gesehen hatte. Er aber, Spross aus gutbürgerlichen Münchner Kreisen, würde das Heft fortan nicht mehr aus der Hand geben. Fanatischer als der Führer, abgebrühter als Göring, der ohne Morphium ohnehin nichts zustande bekam, und, der Mephisto in Person nicht zu vergessen, durchtriebener noch als Goebbels, der seit jeher ein rotes Tuch für ihn gewesen war. An diesem Leitspruch galt es sich zu orientieren.

Reichsführer-SS und Chef der Deutschen Polizei, Reichsminister des Inneren und zu guter Letzt auch noch Reichskommissar für die Festigung des deutschen Volkstums, die Befugnisse, die er in Händen hielt, konnten sich in der Tat sehen lassen. Und wer weiß, mit ein wenig Glück würde er es vielleicht bis ganz nach oben schaffen, denn obwohl er wesentlich älter wirkte, er war ja erst 40, der Führer hingegen 52 Jahre alt. Eine erhebliche Differenz, von nicht zu unterschätzendem Vorteil. Sollte dem Führer etwas zustoßen, dann war er es, dem es zustand, in die Fußstapfen des größten Feldherrn aller Zeiten zu treten.

Nur er allein.

Und sonst niemand. Von einem Göring, Goebbels,

Heß oder Speichelleckern wie Bormann nicht zu reden. Für die Position an der Spitze der Bewegung taugte einer genauso wenig wie der andere, und was für die vier Dilettanten galt, das traf auch für die Claqueure aus der zweiten Reihe zu. Käme es zum Schlimmsten und würde dem Führer etwas zustoßen, dann gab es nur einen, der imstande war, ihn zu ersetzen.

Nämlich ihn.

Und niemanden sonst.

Aufgeschreckt von lauten Stiefeltritten, die weithin hörbar durch den Korridor des einstmaligen Luxushotels hallten, wandte er seinem Lieblingsgemälde abrupt den Rücken zu und begab sich auf den Weg zum Schreibtisch, um sich dem Studium brisanter Akten zu widmen. Im Vorbeigehen warf er einen Blick in den Spiegel, der über dem Kaminsims an der Schmalseite seines geräumigen Arbeitszimmers hing. Nur um ihn ruckartig wieder abzuwenden, denn was sein Erscheinungsbild betraf, bestand wahrhaftig kein Grund zur Freude. Anders als bei Neulingen erwünscht war der Großmeister des Schwarzen Ordens ganze 1,74 Meter groß, ein deutliches Manko, was das Idealbild des arischen Elitekriegers betraf. Darüber hinaus, auch das ein unbestreitbares Defizit, trug der 40-Jährige eine dicke randlose Brille, hinter der sich zwei kurzsichtige Fischaugen verbargen. Das fliehende Kinn machte die Serie der Unzulänglichkeiten komplett, der Grund, ihn nach Kräften mit Häme zu übergießen. Blond wie Hitler, flink wie Goebbels, schlank wie Göring und scharfäugig wie er selbst, der Flüsterwitz war zwar alt, hatte jedoch nichts von seiner Subversivität verloren.

Doch auch dadurch würde er sich von seinem Weg nicht abbringen lassen. Die Zeit, in der man mit ein paar

Monaten KZ davonkam, wenn man den Führer diffamierte, auch sie war unwiderruflich vorbei. War der Krieg erst vorüber, dann würde es den Volksschädlingen an den Kragen gehen. Er hatte lange genug zugesehen, wie das Ansehen der Regierung in den Schmutz gezogen und das Reich von seinen Gegnern unterminiert wurde. Nur noch fünf, sechs Wochen, und der Spuk war ein für alle Mal vorüber. Antifaschisten, Kommunisten, Pazifisten, Monarchisten, Traditionalisten oder wer auch immer, den Defätisten würde das Lachen bald vergehen. Im Tausendjährigen Reich war kein Platz für sie, und die Zeit, in der das Individuum den Volkskörper wie ein schleichendes Gift zersetzte, neigte sich dem baldigen Ende entgegen.

Die Geheimdossiers im Blick, die sich vor ihm auftürmten, nippte er an einer Tasse Kräutertee, Allheilmittel gegen seine Magenbeschwerden, die ihn zuletzt immer häufiger plagten. Alkohol war ihm verhasst, und es gab Tage, an denen er ausschließlich Mineralwasser zu sich nahm. »Herein!«

»Gruppenführer Heydrich ist soeben eingetroffen«, antwortete seine Sekretärin, 29 Jahre alt, hübsch anzusehen, blond, blauäugig, warmherzig und so ganz anders als seine herrische – und mittlerweile fast 48 Jahre alte – Gattin, die er seit längerem mit ihr betrog. »Er bittet darum, dich … Verzeihung … Er bittet darum, Sie umgehend sprechen zu dürfen.«

»Na endlich, wurde aber auch Zeit!«, ächzte er und schob das Aktenbündel zu seiner Linken mit einer fahrigen Bewegung beiseite. »Führen Sie ihn herein, Hedwig – und sorgen Sie dafür, dass wir nicht gestört werden. Und wenn es der Führer persönlich wäre, die nächste halbe Stunde bin ich für niemanden zu sprechen.«

»Zu Befehl, Reichsführer, wie Sie wünschen«, erwiderte die dralle junge Frau, ein anheimelndes Lächeln im Gesicht. Dann gab sie den Weg frei, um den Besucher hereinzubitten, nickte ihm zu und schloss die Tür.

»Heil Hitler, Reichsführer!«, schnarrte der stattliche blonde Hüne, in fast allem das exakte Gegenteil von ihm, wie er mit einer Mischung aus Neid und Wohlwollen registrierte. »Stehe zur Verfügung, wie von Ihnen befohlen. Womit kann ich dienen?«

»Indem Sie dafür sorgen, dass an der Heimatfront endlich Ruhe einkehrt«, gab Heinrich Himmler, Reichsführer-SS und Chef der Polizei, mit undurchdringlicher Miene zurück und wies mit der Kinnspitze auf den Stuhl, der an der Vorderseite des gigantischen Schreibtischs stand. Für alle Fälle war darin eine geladene Pistole deponiert, denn sogar hier, umgeben von den Treuesten der Treuen, fühlte er sich nicht wirklich sicher. Der Argwohn begleitete ihn auf Schritt und Tritt, und selbst wenn es sich um enge Weggefährten handelte, er brachte es nicht fertig, ihn abzuschütteln. »Ich kann mich schließlich nicht um alles kümmern.«

»Das brauchen Sie auch nicht, Reichsführer«, gab Reinhard Heydrich, Chef des RSHA, mit der Attitüde des geborenen Technokraten zurück und rundete die Antwort mit einer lässigen Handbewegung ab. Es gab Parteigenossen, die ihn als arrogant und hochfahrend bezeichneten, und wenn er sich den Chef der SIPO anschaute, neigte er dazu, der Gegenseite recht zu geben. Eingebildet oder nicht, auf Reinhard Heydrich konnte er dennoch nicht verzichten. Sogar der Führer, wollten Eingeweihte wissen, schaue bewundernd zu ihm auf, und das ließ in der Tat aufhorchen. Erst kürzlich hatte er Heydrich als Mann mit dem eisernen Herzen bezeichnet, aus welchem Grund, lag für den einstigen Mentor auf der Hand. Das Wort »Gewissen« kam in Heydrichs Vokabular nicht vor, und ein Blick auf die hochaufragende Gestalt genügte, um Defätisten und Kriminelle das Fürchten zu lehren. Verkniffener Blick, schmale Gesichtspartie, ungewöhnlich lange, nach unten hin abknickende Nase, die Lippen fest zusammengekniffen, als stehe er beständig unter Zwang, glattes und kurzgeschnittenes blondes Haar, der Scheitel kerzengerade, die Augen stahlblau und eng beieinander, voller Misstrauen und unablässig in Bewegung. Das war Reinhard Heydrich, Nummer drei der SS und mit 37 erst am Anfang seiner Karriere, sein Mann für die schwierigen Fälle. »Dazu haben Sie ja mich, nicht wahr?«

»Eigentlich schon.« So sehr Himmler versuchte, hinter die Fassade des unentbehrlichen Adlatus zu blicken, aus dem Athleten mit den Wolfsaugen wurde er nicht schlau. Wie er stammte Heydrich aus gutem Hause, aber damit waren die Gemeinsamkeiten auch schon erschöpft. Allein schon bei der Statur, wo Heydrich ihn um Hauptteslänge überragte, war Himmler definitiv im Nachteil, ein Manko, das einmal mehr Anlass für Gehässigkeiten bot. Himmlers Hirn heißt Heydrich, ob zutreffend oder nicht, der Groll über den pointierten Witz saß tief. »Das Problem ist, die Sache wächst uns allmählich über den Kopf.«

»Darf man fragen, worum es sich handelt, Reichsführer?«

»Man darf«, antwortete Himmler knapp, rückte die randlose Brille zurecht und öffnete den roten Aktendeckel, auf dem sich der Aufdruck ›Streng geheim‹ befand. »Ich muss zugeben, so langsam mache ich mir Sorgen. Die Lage an der Heimatfront könnte besser sein, falls Sie verstehen, was ich meine. Speziell in Berlin, da sieht es besonders düster aus.«

»Wem sagen Sie das, Reichsführer. Ich kann Ihnen da nur beipflichten.«

»Gut zu wissen.«

Heydrichs Haltung versteifte sich, und ein lauernder Ausdruck trat in sein Gesicht. »Ich bin mir sicher, wenn wir hart durchgreifen, regelt sich die Sache von allein.«

»Wenn Sie sich da mal nicht irren, Gruppenführer«, erwiderte Himmler in bedächtigem Ton, knetete die vorspringende Unterlippe und verfiel in sekundenlanges Schweigen. »Wir sind dabei, ins Hintertreffen zu geraten, und wenn ich ehrlich bin, ich kann es den Berlinern nicht verdenken. Eine Mordserie in diesem Ausmaß, so etwas hat es schon lange nicht mehr gegeben. Allmählich werden die Leute unruhig, und das kann ja wohl nicht in unserem Sinne sein, oder?«

Heydrich deutete ein Kopfschütteln an. »Keineswegs, Reichsführer«, stieß er mit der für ihn typischen Fistelstimme hervor, die in eklatantem Kontrast zu seinem Athletenkörper stand. Schon bei der Marine, wo er den Dienst wegen einer Frauengeschichte quittieren musste, hatten ihn die Kameraden genüsslich damit aufgezogen. Der Spitzname »Ziege« war denn auch schnell gefunden gewesen. Heute, exakt 10 Jahre nach der unehrenhaften Entlassung, lachte jedoch niemand mehr über ihn. Reinhard Heydrich, ausdauernder Schwimmer, waghalsiger Flieger und ebenso passionierter wie talentierter Fechter, überdies Vater von drei Kindern, war zum meistgefürchteten Schergen des Dritten Reiches geworden. Und genoss den Ruf, der ihm anhaftete, in vollen Zügen. »Ich kann Ihnen versichern, Reichsführer: Wenn wir diesen Werwolf zu fassen kriegen, dann möchte ich nicht in seiner Haut stecken.«

»Mit Betonung auf ›wenn‹ – Sie haben es erfasst.«

Heydrich holte tief Luft, und wie immer, wenn man ihn auf dem falschen Fuß erwischte, hüpfte sein Adamsapfel auf und ab. »Wir tun unser Bestes, Reichsführer – mehr kann ich dazu nicht sagen«, lautete die wenig befriedigende Antwort, der Grund, warum er die feldgraue Uniform zurechtzupfte. »Die Zivilfahnder der Gestapo sind Tag und Nacht im Einsatz, bislang jedoch leider ohne …«

»Genau den aber, mein lieber Heydrich, benötigen wir dringender denn je«, nahm Himmler ihm das Wort mit deutlichem Stirnrunzeln aus dem Mund. »Mit anderen Worten, es muss etwas geschehen. Und zwar auf der Stelle. Nicht auszudenken, wenn der Führer von dem Fiasko erfährt. Dann sind wir bis auf die Knochen blamiert, und wie ich diesen Goebbels kenne, er wird die Gelegenheit beim Schopf packen, um uns nacheinander durch den Kakao zu ziehen. Der Klumpfuß wartet doch nur auf die Gelegenheit, uns in die Parade zu fahren, das muss ich Ihnen ja wohl nicht sagen.«

»Die Mitarbeiter meines Stabes tun, was sie können, das kann ich Ihnen versichern.«

»Und was ist mit der Kripo, oder befinden die sich schon im Winterschlaf?«

In Heydrichs Gesicht begann es zu zucken, und die Heftigkeit, mit der dies geschah, erfüllte den Reichsführer mit Freude. »Sie wissen ja, wie die Herrschaften im

Präsidium so sind, Reichsführer«, lenkte der Gruppenführer ein, der mit dem Gedanken spielte, die Schlüsselpositionen mit willfährigen Gefolgsleuten zu besetzen. Zu seinem Verdruss war dies bisher eher schlecht als recht gelungen. Hartes Durchgreifen war somit das Gebot der Stunde, wenn man es nüchtern betrachtete, war die Gelegenheit, Tabula rasa zu machen, in der Vergangenheit noch nie so günstig gewesen. »Nichts auf die Reihe bekommen, wenn es hart auf hart kommt, aber der Gestapo andauernd Knüppel zwischen die Beine werfen. Wenn ich es mal so ausdrücken darf, Reichsführer: Um die Schnösel bei der Kripo ist es meines Erachtens nicht schade. Ich weiß genau, wie hinter unserem Rücken über die SS gelästert wird, so dumm kann ja niemand sein, um dieser Horde von Defätisten auf den Leim zu gehen.« Immer noch in Habachtstellung, in der er wie eine Granitstatue verharrte, fletschte Heydrich die gelblich schimmernden Zähne. »Eins kann ich Ihnen garantieren, Reichsführer: Wenn ich könnte, wie ich wollte, dann würde es Ringelpietz mit Anfassen geben. Und das lieber heute als morgen, um den Bremsern vom Dienst den Mund zu stopfen. Diesem Gesindel kann man nicht über den Weg trauen, und wir täten gut daran, ihm zu zeigen, wer letztendlich das Sagen hat. Und es durch die Mangel zu drehen, aber ordentlich. Also, wenn Sie mich fragen, Reichsführer: Ein paar Monate im KZ täten den Möchtegern-Kriminalisten gut!«

»Immer mit der Ruhe, Heydrich – eins nach dem andern.« Tief in Gedanken, ließ Himmler sein Kinn auf den Daumenkuppen ruhen, stierte ins Leere und fügte mit entrücktem Tonfall an: »Ist der Endsieg erst unter Dach und Fach, dann werden mich die Herrschaften kennenlernen. Ich gebe Ihnen mein Wort, dann wird es bei der Kripo ein Großreinemachen geben, das sich gewaschen hat. Dann werden Köpfe rollen, und das im Akkord. Wenn diese Meisterdetektive glauben, sie könnten mir auf der Nase rumtanzen, dann sind sie so was von auf dem Holzweg. Nach dem Endsieg wird den Tagedieben die Rechnung präsentiert, darauf können Sie sich verlassen. Jeder, der sich uns widersetzt, wird aus dem Weg geräumt, und was meine Pläne betrifft, nehmen Sie mich ruhig beim Wort. Auf ein paar Dutzend Quertreiber, die uns andauernd Knüppel zwischen die Beine werfen, kommt es bei der Generalabrechnung nicht mehr an. Denn dann, Gruppenführer, schlägt unsere Stunde, wie hoch die Kollateralschäden auch sein mögen.« Aus seinen Träumereien erwacht, atmete Himmler wie nach einem Asthmaanfall aus und ein. »Das zum Thema Defätismus und Abweichlertum, die Bagage wird mich noch kennenlernen!«

»Und bis dahin?«

»In der Zwischenzeit, mein furchtloser Mitstreiter«, fuhr Himmler mit von Hass verzerrtem Mundwinkel fort, nahm ein Aktenbündel vom Stapel und schlug es im Stil eines Dorfschulmeisters auf, der es nicht abwarten konnte, die Versäumnisse seiner Zöglinge zu ahnden. »In der Zwischenzeit müssen wir dafür sorgen, dass die Lage an der Heimatfront nicht eskaliert. Will heißen, Rache ist eine Speise, die man am besten kalt genießt – und zwar klugerweise erst dann, wenn die Zeit dafür gekommen ist.«

»Und wann, meinen Sie, wäre das der Fall?«

»Wenn *ich* es sage, Heydrich – und keine Sekunde früher«, fuhr Himmler mit zusammengekniffenen Augen fort, befeuchtete die säuberlich manikürten Finger und warf einen Blick in die Akte, deren Inhalt für verständnisloses Kopfschütteln sorgte: »Sehe ich das richtig, Obergruppenführer: Bislang hat dieser Werwolf vier Frauen umgebracht?«

»Fünf, Reichsführer.«

Ins Studium des geheimen Dossiers vertieft, blickte Himmler unwirsch auf. »Fünf, sagen Sie?«

Peinlich berührt, verlagerte Heydrich das Gewicht nach vorn. Die Uniformmütze mit dem Totenschädel, an der er in seiner Not herumfingerte, wäre ihm um ein Haar vom Kopf gerutscht, so dass er mehrere Sekunden benötigte, um die Fassade der Kaltblütigkeit wieder aufzurichten. »Mittlerweile sind es fünf, Sie haben richtig gehört. Mein V-Mann bei der Kripo berichtet, heute früh habe es einen weiteren Leichenfund gegeben. Annähernd die gleiche Gegend, an der Strecke zwischen dem Ostkreuz und Köpenick. Üble Geschichte, wenn man den Gerüchten, die im Umlauf sind, Glauben schenken kann.«

»Dieser Gewährsmann, den Sie erwähnten – kann man sich auf ihn verlassen?«

»Absolut.«

»Na, wenigstens das«, ächzte Himmler und durchmaß das geräumige Büro, in dem eine geradezu penible Ordnung herrschte. Am ehemaligen Hotelsalon, wo sich die Hautevolee um den marmornen Kaminsims gruppierte, war nach seinem Einzug nur wenig verändert worden, und so kam es, dass er immer noch das gleiche Flair ausstrahlte. Vier Bogenfenster nach der Straßenseite, von wo aus man das Reichsluftfahrtministerium vor Augen hatte, was Himmler jedoch tunlichst unterließ, eine Flügeltür in der Mitte, flankiert von zwei ausladenden Pilastern, die mit Blütenornamenten verzierte Stuckdecke, von der ein Leuchter aus Meißner Porzellan herabbaumelte, die Wandtäfelungen aus Palisander, die Gobelins mit Szenen aus der germanischen Mythologie, all das erinnerte an die gute Stube eines Schulrektors – und nur am Rande an den Chefinquisitor vom Dienst. Und es erinnerte den Reichsführer an die eigene Jugend, wo ihn der Vater zur Ordnung und Disziplin erzog. Hätte er nicht die richtigen Leute gekannt, Himmler senior wäre niemals Rektor einer Münchner Lehranstalt geworden, und was die Gemeinsamkeiten zwischen Vater und Sohn betraf, konnte der Junior den Lehrerssohn nicht verleugnen. Insofern kam die Art, wie Himmler mit seinen Untergebenen umsprang, wahrhaftig nicht von ungefähr. »Und was machen wir jetzt, so kann es ja wohl nicht weitergehen!«, schäumte er, die Hände hinter der Rückenpartie verschränkt. »Der Kerl bringt es doch glatt fertig und macht das halbe Dutzend voll, und was dann? Wenn das der Führer erfährt, kann ich mich auf was gefasst machen. Und mit Recht. Wir beide, Sie und ich, wir sind nun mal dafür verantwortlich, dass die Heimat der Truppe den Rücken stärkt. Ein Armutszeugnis, wenn nicht mal wir imstande sind, vor der eigenen Haustür für Ordnung zu sorgen. Und das in einem Moment, in dem das Reich, von dem wir während der Kampfzeit geträumt haben, unmittelbar vor der Vollendung steht. Wie man sich derart dämlich anstellen kann, ich begreife es einfach nicht. Die Engländer am Rand der Niederlage, die Bolschewisten an allen Fronten auf dem Rückzug, die Wehrmacht tief in Feindesland, kurz davor, dem bolschewistischen Gesindel den Garaus zu machen, und ausgerechnet hier, mitten unter uns, läuft ein Serienmörder frei herum, macht mit der Kripo, was er will, und hält uns alle miteinander zum Narren.« Heinrich Himmler lachte heiser auf. »Wissen Sie, was ich denke, Heydrich? Wenn wir es nicht schaffen, mit dem Problem fertigzuwerden, dann hat kein Mensch mehr vor uns Respekt. Aber gerade darauf, nämlich unter den Defätisten Angst und Schrecken zu verbreiten, kommt es doch wohl an. Erinnere ich mich richtig, oder sind Sie nicht auch aufs Gymnasium gegangen?«

»Sie erinnern sich richtig, Reichsführer.«

»Dann wissen Sie ja auch, wie die alten Römer darüber gedacht haben. Ich zitiere: ›Sie mögen uns hassen, solange sie sich nur fürchten.‹ Zitat Ende. Sie verstehen, worauf ich hinauswill, junger Freund?«

»Ich denke schon.«

»Dann sehen Sie zu, dass es gelingt, den Werwolf zur Strecke zu bringen. Sonst machen wir uns in ganz Deutschland zum Gespött. Fünf Opfer sind genug, haben wir uns verstanden?«

»Voll und ganz, Reichsführer.« Reinhard Heydrich, Sohn eines nur mäßig bekannten Komponisten und einer gefühlskalten Klavierlehrerin, schürzte die farblosen Lippen. Fünf Opfer, sechs oder am Ende gar sieben, was war das schon. Ein Lächeln im Gesicht, das Himmler seit jeher suspekt gewesen war, zog der Mann fürs Grobe die Schultern hoch. Den Gedanken auszusprechen wagte er jedoch nicht, denn bei Himmler, dessen Opfer bereits in die Zehntausende gingen, wusste man nie, wie er auf unerbetene Ratschläge reagierte. »Wie Sie bereits sagten, Reichsführer, wir dürfen nicht länger zusehen, wie die Ordnung im Staat mit Füßen getreten wird.«

»Freut mich zu hören«, gab sich Himmler betont jovial, machte kehrt und sah Heydrich mit zusammengekniffenen Brauen an. Blitzblanke Reitstiefel, passgenaue Uniform des Reichsführers-SS, ohne Bügelfalten, Staubpartikel oder die geringste Spur von Flecken, Schulterstücke eines Generalfeldmarschalls und der Kragenspiegel mit drei Eichenblättern im Lorbeerkranz verziert, Parteiabzeichen auf der linken Brusttasche, schwarze Krawatte, weißes Hemd und überaus enger, das Atmen zur Qual machender Kragen. Trotz der Aura eines verschrobenen Oberlehrers, die der 40-Jährige unter seinen Gefolgsleuten verbreitete, ging auch jetzt eine unheilvolle Wirkung von dem um einen Kopf kleineren Pedanten aus. Zu welchen Schandtaten der Mann fähig war, das hatte er wiederholt unter Beweis gestellt. Auch jetzt, im Rücken der vorpreschenden Truppen, verbreiteten die Einsatzgruppen im Osten Angst und Schrecken. Kein sowjetischer Polit-Kommissar, kein Freischärler und vor allem kein Jude, der vor den Henkern von Himmlers Gnaden sicher war. Die Rache seiner 3.000 Handlanger, welche die Aufgabe hatten, fünf Millionen Juden zu eliminieren, würde alles bisher Dagewesene in den Schatten stellen. Himmler wäre nicht Himmler, wenn er Ausnahmen gemacht oder darauf verzichtet hätte, auch nur einen der verhassten Feinde entwischen zu lassen.

Dreitausend jagen fünf Millionen, so lautete die menschenverachtende Parole. Heinrich Himmler, Reichsführer-SS von des Führers Gnaden, würde nicht eher ruhen, bis seine Version der Hölle auf Erden in die Tat umgesetzt worden war. Und er würde nicht zögern, jeglichen Widerstand gegen seine Pläne im Keim zu ersticken, auch denjenigen in den eigenen Reihen. Insofern wusste Heydrich Bescheid. »Und was gedenken Sie in der Angelegenheit zu unternehmen?«

»Drücken wir es mal so aus«, murmelte Heydrich kaum hörbar vor sich hin und wich dem Blick seines argwöhnischen Mentors aus. »Es gibt da ein paar Leute, die ich mir liebend gerne vorknöpfen würde. Ihre Genehmigung selbstredend vorausgesetzt.« Und fügte mit tückischem Augenaufschlag hinzu: »Eins kann ich Ihnen garantieren, wenn alles so läuft, wie ich mir das vorstelle, können wir den Fall Werwolf in Bälde zu den Akten legen.«

»Und wer sind diese Leute, wenn man fragen darf?«

Der Gruppenführer hob abwehrend die Hände. »Bei allem Respekt, Reichsführer«, gab Reinhard Heydrich, Herr über eine Armee aus Schnüfflern, V-Leuten und Denunzianten, die im Sold des RSHA standen, mit eisiger Miene zurück, salutierte und begab sich mit weit ausholenden Schritten zur Tür. Dort drehte er sich um, nahm Haltung an und schnarrte: »Aber was meine konkreten Pläne betrifft, würde ich es vorziehen, im Geheimen zu operieren. Je weniger Mitwisser, desto wahrscheinlicher, dass uns die Bestie in Bälde vor die Flinte läuft. Sie wissen ja, den Quertreibern bei der Kripo ist nicht zu trauen, und selbst wenn, fehlt es den Schmuddeldetektiven an Schneid. Für meine Zwecke sind sie einfach nicht zu gebrauchen, und je länger ich darüber nachdenke, desto mehr bin ich dafür, dass wir uns der Brut entledigen. Ich finde, die Operation Werwolf sollte einen störungsfreien Verlauf nehmen, und um dies zu gewährleisten, darf kein Wort darüber nach außen dringen – schon gar nicht an die Öffentlichkeit.«

»Sie haben zu viele Spionageromane gelesen, kann das sein?«

»Keineswegs, Reichsführer«, antwortete Heydrich knapp, öffnete die Tür und blickte Himmler über die Schulter hinweg ins Gesicht. »Wie dem auch sei, Sie können sich auf mich verlassen. Mit vereinten Kräften werden wir die Bestie zur Strecke bringen, egal wie viel Mühe es uns kosten wird.«

»Und bis wann? Wenn nicht bald Ruhe einkehrt, dann …«

»Seien Sie unbesorgt«, fiel Heydrich seinem Förderer wider alle Vorschriften ins Wort, der Blick wie mit einer hauchdünnen Eisschicht überzogen. »Das Problem ist bald aus der Welt geschafft, ob auf legale Weise oder nicht, wen interessiert das schon!«

15

Ava Schumann, seine Noch-Freundin. Leibhaftig und in voller Größe.

Momentan blieb ihm doch wirklich nichts erspart.

Eins musste man ihr lassen. Die Lady tauchte immer dann auf, wenn man nicht mit ihr rechnete. Auf die Idee, ausgerechnet Ava würde ihm einen Besuch abstatten, wäre Sydow nicht im Traum gekommen. Der Streit am Vorabend war zwar kurz, aber so heftig wie nie zuvor im Verlauf der siebenmonatigen Liaison gewesen. Auch deshalb verspürte er nicht die geringste Lust, irgendwelche tiefschürfenden Gespräche mit ihr zu führen.

Zwischen ihm und der Revuetänzerin klafften Welten. Das wusste er nicht erst seit gestern. Und es war höchste Zeit, mit der modebewussten Dame Klartext zu reden. Aber wenn schon, dann nicht hier, direkt vor den Augen der Kollegen, die sich beim Durchqueren des Foyers fast den Hals ausrenkten. Und vor allem nicht jetzt, wo ihn das Gefühl beschlich, ein Tag wie heute müsse 48 Stunden haben.

Liebesgezänk vor Publikum, auch das noch. Fehlte

nur noch das Orchester, und die Wagner-Oper konnte beginnen.

Es sei denn, er stahl sich klammheimlich davon.

Doch dazu war es jetzt, im Fadenkreuz der mit wiegendem Schritt auf ihn zu stöckelnden Femme fatale, zu spät. Zumal Kalinke, der sich dem Verzehr einer in Stücke geschnittenen Rostbratwurst widmete, vom sich anbahnenden Malheur nichts mitbekam. »Da bist du ja endlich, Tom!«, rief ihm Ava schon aus mehreren Metern Entfernung zu und ließ dem Lockruf ein neckisches Winken folgen, wodurch sie die Blicke wie selbstverständlich auf sich zog. Nötig gehabt hätte es der 25-jährige, hellblonde und für den Job einer Revuetänzerin wie geschaffene Blickfang nicht, und vielleicht war es genau das, was zwischen Sydow und ihr zu Spannungen führte. Egal wo Ava Schumann im Stil einer Diva einschwebte, mit wem sie gerade sprach oder flirtete oder wohin auch immer sie die leicht tänzelnden Schritte lenkte, die Aufmerksamkeit der Anwesenden war ihr gewiss. Pech für ihn, dass sich der aufgehende Stern am Revuehimmel dessen nur zu bewusst war und es genoss, im Zentrum des Interesses zu stehen. Die Männerwelt lag Ava Schumann zu Füßen, und genau damit hatte Sydow ein Problem.

»Wo steckst du denn, Liebling – ich hab dich überall gesucht!«, fügte sie mit ungnädigem Seitenblick auf Kalinke hinzu, der es nicht für nötig hielt, dem Revue-Sternchen die gebührende Aufmerksamkeit zu widmen. »Ach, da ist ja auch dein Kollege, das trifft sich ja wirklich gut. Freut mich, Ihre Bekanntschaft zu machen, Herr Kalinke. Wissen Sie, Tom hat mir schon sooo viel von Ihnen erzählt!«

»Hoffentlich nur Schlechtes, alles andere wäre ein Schock für mich«, kalauerte Kalinke wiederkäuend drauflos, spießte ein besonders appetitlich aussehendes Stück Grillwurst auf und schloss verzückt die Augen. »Einfach umwerfend«, fügte er mit Genießermiene hinzu, gerade so, als wären Sydow und er unter sich. »Das musst du probieren, von und zu, sonst hast du was verpasst. Echt lecker, und dann erst die schmackhafte Soße!« Und trällerte mit vollem Mund: »Das gibt's nur einmal, das kommt nie wieder, das ist zu schön, um wahr zu sein!«

»Dein Hang zur Haute Cuisine in allen Ehren«, gab Sydow seinem Freund mit durchdringendem Blick zu verstehen, der seine Verlegenheit wie ein mehrgängiges Menü genoss. »Aber sagtest du nicht, du hättest noch jede Menge Akten zu wälzen?«

»Du etwa nicht?«, erwiderte Kalinke und krönte seine Kabarettvorstellung, indem er sich genüsslich die Finger ableckte. »Sie müssen entschuldigen, Gnädigste«, fügte er mit einem Seitenblick auf den sichtlich pikierten Männerschwarm hinzu, der die Posse mit versteinerter Miene verfolgte. »Die Sache ist nämlich die, ich habe schon seit Stunden nichts Gescheites mehr zwischen die Kiemen … Pardon, ich wollte sagen: Wenn ich Hunger habe, vergesse ich meine guten Manieren.«

»Du und Manieren«, raunzte Sydow und wies mit der Kinnspitze auf den Aufzug, ein unmissverständliches Zeichen, dass Kalinke das Feld zu räumen hatte. »Wäre mir aufgefallen, dass du welche hast, hätte ich dich längst ins Adlon eingeladen. Aber mach dir nichts draus, Herr Kollege. Was nicht ist, kann ja noch werden.«

»Schon möglich, die Hoffnung stirbt bekanntlich zuletzt«, retournierte Kalinke spitz, ein Lächeln im

Gesicht, das Sydow erst richtig in Rage brachte. Dank einschlägiger Erfahrungen war sein Partner jedoch so schlau, die Frotzeleien nicht auf die Spitze zu treiben, sprang schwungvoll in den Paternoster und ward fortan nicht mehr gesehen.

»Meine Güte, ist der etwa immer so?«, fragte Ava, nicht der Typ, der mit Antipathien umzugehen verstand. »Und so was ist bei der Kripo, ich fasse es einfach nicht.«

»Und einer der Besten unserer Zunft, du wirst es nicht glauben«, zahlte Sydow mit gleicher Münze heim, deutete zum Ausgang und fügte mit unmissverständlichem Tonfall an: »Ich schlage vor, wir vertreten uns kurz die Beine.«

»Kurz, aha.«

»Ich habe zu tun, stell dir vor«, antwortete Sydow knapp und dirigierte seine Begleitung zu einer Seitentür, vorbei an einem Spalier von Hakenkreuzbannern, die von den rotbraunen Pfeilern des Foyers herabbaumelten. Die Hitler-Büste neben dem Treppenaufgang, um die Sydow einen weiten Bogen machte, durfte natürlich nicht fehlen. »Und zwar rund um die Uhr, falls du es genau wissen willst.«

»Mit anderen Worten, der Herr Kommissar hat mal wieder keine Zeit für mich.«

»Wie auch, ich bin ja schließlich im Dienst«, machte Sydow der neben ihm herstolzierenden Primadonna klar, neugierig beäugt von zwei Schupos, die sie mit den Blicken geradezu verschlangen. »Also: Was führt dich hierher?«

»Da fragst du noch?«, trumpfte die mit einem malvenfarbenen Kostüm bekleidete Revuetänzerin auf, bei deren Anblick die Frauen vor Neid erblassten. Denn eins ließ sich trotz ihrer Allüren nicht bestreiten, Ava Schumann sah geradezu umwerfend aus. Alles an ihr, speziell der breitkrempige dunkle Strohhut, die ideale Ergänzung zur ihrem ondulierten hellblonden Haar, diente nur einem einzigen Zweck, nämlich so viel Aufmerksamkeit wie irgend möglich zu erregen. Dass ihre Maße denjenigen der Pariser Haute Couture entsprachen, verstand sich quasi von selbst. Aber auch sonst war die 25-Jährige wie geschaffen, Männerträume wahr werden zu lassen, nicht zuletzt dank des wiegenden Ganges, mit dem sie Verehrern jeden Alters den Kopf verdrehte. Dunkelblaue, mit einem Schuss Grün betupfte Augen, sanft geschwungene Wimpern, die Wangenknochen eine Idee zu pointiert, dafür aber samtweiche und makellos reine Haut, die Gesichtszüge ebenmäßig, wie von einem italienischen Meister in Marmor gehauen. Der kirschfarbene Schmollmund, von dem sie überaus regen Gebrauch machte, setzte der Primadonna in spe die Krone auf.

Das war Ava Schumann, gelernte Maskenbildnerin, der aufgehende Stern am Revuehimmel von Berlin. Egal wie man zu ihr stand, in puncto Schönheit rangierte das Starlet ganz weit vorn. Und gehörte zur Spitze, was ihre Bissigkeit betraf: »Jetzt tu doch nicht so, Tom: Erst machst du mir eine Szene, und dann, mangels Argumenten, verkrümelst du dich und meldest dich nicht mehr. Aus den Augen, aus dem Sinn, das war ja schon immer deine Devise. Und was, bitte schön, ist mit mir? Hat dich das jemals interessiert?«

»Wenn nein, stünde ich nicht hier.«

Ava Schumann lachte schnippisch auf. »Wie gütig von dir, da kann ich mich ja demnächst *von* schreiben.« Und geriet jetzt erst richtig in Fahrt: »Weißt du was, Tom?

Bei dir komme ich mir vor wie der letzte Mensch, wie bestellt und nicht abgeholt. Nicht die feine englische Art, wenn ich das mal so sagen darf.«

»Nur zu, tu dir keinen Zwang an, Ava.« Anstatt mit der Erwiderung fortzufahren, drehte sich Sydow nach allen Seiten um, steckte sich eine Fluppe an und blies den Rauch scheinbar unbeeindruckt nach oben. Doch die Gelassenheit war lediglich Fassade. Hier draußen, auf einem der insgesamt neun Innenhöfe, umgeben von einem Geviert aus rotem Backstein, kam er sich permanent beobachtet vor. Neben der Kripo gab es ja noch die Schupos, die Angehörigen der uniformierten Schutzpolizei. Und dann gab es natürlich die Gestapo, die hier logierte, bis vor wenigen Jahren, als die Welt noch halbwegs in Ordnung war, Preußische Politische Polizei genannt.

Überhaupt, die Gestapo. Selbst im Präsidium begegnete man ihr auf Schritt und Tritt. Zur Rechten und nur einen Steinwurf von ihm entfernt erstreckte sich der Zellentrakt, von zweifelhaftem Ruf, was die Haftbedingungen betraf. Allein dort hatten über 400 Häftlinge Platz, in der Mehrheit Männer, von den weiblichen Insassen streng getrennt. Auf Platz eins rangierten die Sittlichkeitsdelikte, oder zumindest das, was die Nazis darunter verstanden. Prostitution, wiewohl nach wie vor gang und gäbe, wurde streng geahndet, von Verstößen gegen den Paragrafen 175 nicht zu reden. Was das betraf, genügte der bloße Verdacht, um die Betreffenden hinter Schloss und Riegel zu bringen, und nicht nur Sydow stellte sich die Frage, ob das Gesetz auch für homosexuelle Braunhemden galt. Fast noch schlimmer traf es die Regimegegner, im Polizeijargon kurz »Politische« genannt, an denen auch hier kein Mangel herrschte. Im Gegensatz zu den Sittlichkeitsdelikten, für die eigens eine »Weibliche Kriminalpolizei« gebildet wurde, waren den Kollegen und ihm die Hände gebunden. Es war Sache der Gestapo, darüber zu entscheiden, was mit den realen oder imaginären Übeltätern geschah, und wem dies nicht passte, der lief Gefahr, Himmlers Schergen ins offene Messer zu laufen.

Wie er, der es gewagt hatte, die Klappe aufzureißen. »Wenn du schon mal hier bist, sprich dich aus, junge Dame.«

»Junge Dame, wie einfühlsam! Vor ein paar Wochen hat sich das aber noch anders angehört.« Ava Schumann lachte höhnisch auf, und während das Echo durch den kasernenartigen Innenhof hallte, wurde Sydow von aufkeimender Wut gepackt. »Selbst wenn ich es wollte, du hörst mir ja sowieso nicht zu«, konterte sie und verfiel in den stets gleichen und wie per Knopfdruck zur Verfügung stehenden Ton, den sie immer dann anschlug, wenn sie ihren Kopf nicht durchsetzen konnte. »Das hast du noch nie getan, dir ging es doch immer nur um dich.«

»Sag, was es zu sagen gibt – aber tu mir den Gefallen und mach es kurz. Und falls der Vorwurf an meine Adresse ernst gemeint sein sollte, die Tour hat so was von einen Bart.« In Sydows Gesicht blitzte gallenbitteres Lächeln auf. »Du weißt ja, Ava: Wie man in den Wald hineinruft, so schallt es wieder raus.«

»Mit anderen Worten, ich bin wieder mal an allem …«

»Jetzt hör mir mal gut zu, Fräulein«, fuhr Sydow vehement dazwischen, vergewisserte sich erneut, dass niemand in Hörweite war, und trat so nah wie möglich an seinen Widerpart heran. »Mit wem du dich abgibst, ist deine Sache, aber wie ich damit umgehe, das überlasse freundlicherweise mir. Ich persönlich denke mir meinen Teil, falls du nichts dagegen einzuwenden hast.«

»Na sieh mal an, da ist doch nicht etwa jemand eifersüchtig?«

»Das nicht gerade, aber …«

»Zum x-ten Mal, Tom: Die Einladung von Goebbels ist *die* Chance für mich, und wenn ich sie nicht beim Schopf packe, dann kann ich meine Karriere abschreiben. Sag mal, warum begreifst du das denn nicht – oder willst du es nicht begreifen?«

»Es bleibt also dabei, Madame strebt nach Höherem.«

»Jetzt hör *du* mir mal gut zu, du preußischer Sturkopf«, giftete die Angesprochene ihn an, schlug ihren Hutschleier zurück und nahm eine Position ein, die derjenigen einer angriffsbereiten Kobra glich: »Ich weiß nicht, wie oft ich dir das noch sagen soll, Herr von Sydow aus Neuruppin: Ich habe nicht vor, den Rest meiner Tage auf der Bühne im Delphi-Palast zu verplempern, begleitet vom Tanzorchester Teddy Staufer, mit dem ich notgedrungen Vorlieb nehmen muss. Nimm das gefälligst zur Kenntnis. Und wenn wir gerade dabei sind, falls du jemanden suchst, der sich damit begnügt, das Heimchen am Herd zu spielen – nur zu, lass dich von mir nicht aufhalten. Viel Glück im Voraus, du wirst es brauchen. Die gute alte Zeit, die ist ja wohl längst vorbei, selbst dir dürfte das inzwischen aufgegangen sein. Für den Fall, dass du dir Hoffnungen machst, du könntest mich zurechtbiegen, in dem Punkt muss ich dich enttäuschen. Als treusorgende Gattin komme ich nicht infrage, weder jetzt noch mit 30 oder 40. Und tu bitte nicht so, als hätte ich dich diesbezüglich im Unklaren gelassen – das nehme ich dir einfach nicht mehr ab. Und überhaupt, was ist denn daran so schlimm, wenn ich zum Film gehe, du tust ja gerade so, als sei das ein Kapitalverbrechen.«

»Wie gesagt, Ava – der Weg nach Babelsberg ist weit. Und steinig ist er ja wohl auch.« Die Fluppe im Mund, nahm Sydow einen besonders kräftigen Zug, ließ sie fallen und trat sie mit der Fußspitze aus. »Du bist also fest entschlossen, die Einladung zum … Wie nennt man das in deinen Kreisen doch gleich?«

»Vorsprechen.«

»Na prima, dann kann ja nichts passieren – zumindest nicht, solange gesprochen wird.« Sydows Mundwinkel sackten in die Tiefe. »Glaub mir, Verehrteste – bei so was kennt sich der Herr Propagandaminister aus. Wenn er etwas perfekt beherrscht, dann ist es die Kunst, den Leuten bis zum Anschlag die Hucke vollzulügen. Das muss ihm der Neid lassen. Mensch, Ava, jetzt nimm doch endlich Vernunft an, das hält man ja im Kopf nicht aus. In Berlin pfeifen es die Spatzen von den Dächern, dass in der Goebbels-Villa ordentlich die Post abgeht. Der Haussegen bei Familie Mustergültig hängt so was von schief, das kannst du dir überhaupt nicht vorstellen. Sogar Hitler persönlich soll seinen Adlatus ins Gebet genommen haben, und nun rate mal, warum. Dass auf Schwanenwerder keine Rosenkränze gebetet werden, das dürfte sich ebenfalls herumgesprochen haben. Apropos: Was sagt dir der Name Lida Baarová?«

Ava Schumann verdrehte gelangweilt die Augen. »Ich bin nicht so dumm, wie ich aussehe, Herr Kommissar. Ein Skandal wie dieser spricht sich ja wohl rum.«

»Verstehe ich das richtig, du hältst es für normal, wenn ein Vater von sechs Kindern in aller Öffentlichkeit mit einer tschechischen Schauspielerin herumturtelt und sich einen Dreck darum schert, welchen Eindruck er dabei hinterlässt?«

»Das sagt gerade der Richtige.«

»Und das ausgerechnet dann, wenn zwischen Prag und Berlin die Fetzen fliegen? Mal ehrlich, das meinst du ja wohl nicht ernst!«

»Zu deiner Information, ich bin volljährig.«

»Was du nicht sagst, da wird sich der Herr Reichsminister aber freuen.«

»Merkst du eigentlich, wie gemein du immer zu mir bist?«

»Ich mache mir Sorgen, das ist alles.« Die Hand im Nacken, wich Sydow dem Blick der Möchtegern-Diva aus. »Falls Madame nichts dagegen einzuwenden haben.«

»Sorgen – jetzt komm mir bitte nicht damit!«, stöhnte Ava Schumann gelangweilt auf, zog ihren Handspiegel aus der schmucken Krokodilledertasche und widmete sich der blonden Lockenpracht, die ihr den Anschein einer sprechenden Schaufensterpuppe verlieh. »Auf die Gefahr, dich bis in alle Ewigkeit zu vergraulen, deine Moralpredigten hängen mir so was von zum Hals …«

»Ja, wenn das so ist, bist du beim Herrn Goebbels an der richtigen Adresse.«

Im Begriff, eine besonders störrische Locke aus ihrer Stirn zu streichen, blickte die Revuetänzerin unvermittelt auf: »Was soll denn das jetzt schon wieder heißen?«

»Dass es der Herr Propagandaminister mit der Moral nicht so ernst nimmt, das kaufst du mir ja wohl ab, oder? Ich will dir ja nicht zu nahe treten, aber wie viele Filmsternchen der Klumpfuß schon vernascht hat, das möchte ich verdammt noch mal nicht wissen. Und seine Gattin ja wohl auch nicht«, versetzte Sydow und warf einen neuerlichen Blick in die Runde, ein Reflex, der ihm in Fleisch und Blut übergangen war. »Das heißt, falls es sie überhaupt noch interessiert. Weißt du, wie ihn die Filmfritzen bei der Ufa getauft haben?«

»Nein. Aber du wirst es mir bestimmt gleich sagen.«

»Bock von Babelsberg«, antwortete Sydow süffisant, nahm dem verblüfften Starlet den Spiegel aus der Hand und konnte es sich nicht verkneifen, eins draufzusetzen: »Und was, Fräulein Schumann, will uns der subversive Spitzname sagen? Genau, du hast es erfasst. Der Herr Reichsminister steht nun mal im Ruf, nichts anbrennen zu lassen, falls du verstehst, was ich damit zum Ausdruck bringen will. Und korrupt ist er obendrein. Oder wie, denkst du, ist der Märchenerzähler an die Grundstücke auf Schwanenwerder gekommen? So groß, um sich die Villa unter den Nagel zu reißen, ist sein Gehalt nun auch wieder nicht, mit Badesteg und Blick auf den Wannsee, was anderes kommt ja nicht infrage. Du wirst es ja bald mit eigenen Augen sehen, für einen Minister ist das Beste gerade gut genug. Wie in aller Welt er das geschafft hat, möchtest du wissen? Ganz einfach: Indem er den Eigentümer nach allen Regeln der Kunst erpresst hat, wie denn sonst. Unter dem Deckmantel der ›Aktionen gegen Juden im Wirtschaftsleben‹, wie praktisch, kann ich da nur sagen. Ich weiß, ich weiß. In Anwesenheit einer Dame gehört es sich zwar nicht, darüber zu sprechen, aber wenn wir schon mal dabei sind, halte ich es für besser, kein Blatt vor den Mund zu nehmen.«

»Sonst noch was, oder bist du jetzt endlich fertig?«

Die Hand auf der Stirn, atmete Sydow mit geschlossenen Augen aus. »Du bist dabei, dich in etwas zu verrennen, Ava. Das ist dir ja wohl hoffentlich klar.«

»Komm mir bloß nicht mit dem erhobenen Zeigefinger. Du weißt genau, ich kann das auf den Tod nicht ausstehen.«

»Ob du es hören willst oder nicht, der Weg zur Ufa führt über Goebbels – beziehungsweise durch sein Bett.«

»Du bist so was von mies, hat dir das mal jemand gesagt?«

»Na klar. Kollege Kalinke.«

»Sehr witzig. Ich lache mich gleich tot.«

»Apropos mies. Wenn es etwas gibt, was die Bezeichnung verdient, dann sind es die Filme, mit denen die Nazis uns beglücken. ›Wiener G'schichten‹, ›Stern von Rio‹, ›Wunschkonzert‹ – ich weiß ja nicht, warum sich die Leute das antun, aber wenn ich ehrlich bin, das Gesülze tötet mir den allerletzten Nerv. Es sei denn, ich kann wieder mal nicht einschlafen. Entweder Propaganda oder Herzschmerz, was anderes fällt den Langweilern bei der Ufa nicht mehr ein.« Sydow schüttelte verständnislos den Kopf. »Und für so einen Mist willst du dich hergeben? Das kann doch wohl nicht dein Ernst sein, oder? Begreif doch, Ava: Die machen das doch nur, um den Leuten Sand in die Augen zu streuen. Und zwar gleich tonnenweise, damit es sich auch lohnt. Um uns ruhigzustellen, damit wir auch alle hübsch die Klappe halten. Dabei weiß doch jeder, was in diesem Land am Laufen ist, oder sehe ich das falsch?«

»Sagen wir mal so, *Liebling*«, sprach Ava Schumann gedehnt, eingehüllt in Bleu de Chanel, mit dem sie von einem Verehrer ihrer Kunst beschenkt worden war. Und spielte auf Zeit, um die Wirkung ihrer Retourkutsche zu erhöhen: »Wenn hier jemand wissen müsste, was in diesem Land am Laufen ist, dann bist es ja wohl du, oder?

Wie lange bist du eigentlich bei der Kripo, Tom – drei Jahre oder vier?«

»Über fünf, wenn du es genau wissen willst.«

»Wie dem auch sei, man muss schon blind und taub zugleich sein, um nicht mitzubekommen, wie der Hase hierzulande läuft.« Ein süffisantes Lächeln im Gesicht, senkte Ava Schumann die sich überschlagende Stimme. »Und wie viele Leute die Herrn im Ledermantel auf dem Gewissen haben. Mit denen du und deine Kollegen Tür an Tür logieren. Aber das nur am Rande. Ob du es wahrhaben willst oder nicht, Tom, ich bin bei weitem nicht so naiv, wie du denkst. Aber im Gegensatz zu dir weiß ich wenigstens, was gespielt wird – und ich weiß auch, welche Schlüsse ich daraus zu ziehen habe.«

»Und die wären?«

»Um ein möglichst großes Stück vom Kuchen abzubekommen, das haben mich die letzten acht Jahre gelehrt, muss man mit den Wölfen heulen, ob es einem in den Kram passt oder nicht. Die Welt retten zu wollen bringt nichts, bekanntlich ist jeder seines Glückes Schmied.«

»Profan formuliert, um im Achtjährigen Reich einen Fuß auf den Boden zu bekommen, muss man über Leichen gehen. Über Berge von Leichen, um es korrekt zu formulieren.«

»Falls du diejenigen meinst, die so dumm waren, sich mit den Nazis anzulegen, damit habe ich nichts zu tun.«

»Und wie sieht es mit all den unschuldigen Leuten aus, die auf Nimmerwiedersehen …«

»Ich denke, ich muss diesbezüglich nicht deutlicher werden, Herr Kriminalkommissar. Und falls doch, dann wäre dies der denkbar ungeeignetste Ort dafür. Wir wollen ja nicht, dass du dir deine Karriere ruinierst, wäre ja auch ein Jammer, wenn du meinetwegen zum Rapport antreten müsstest. Nach allem, was man so hört, versteht der Polizeipräsident in solchen Dingen keinen Spaß, deshalb halte ich es für besser, wenn wir das Thema abhaken. Und noch was, um Missverständnissen vorzubeugen: Was deine Äußerungen betrifft, mach dir bitte keine unnötigen Gedanken. Du weißt ja, ich bin diskret. Hauptsache, du legst mir keine Steine in den Weg, falls doch, sieht die Sache natürlich anders aus.« Der Mund spitz wie ein Messer, ließ die Femme fatale den Blick auf ihrer vermeintlichen Marionette ruhen. »Hört sich fair an, oder was meint der junge Herr dazu?«

»Wenn du es genau wissen willst, Ava: Ich meine, es ist besser, wenn du jetzt gehst«, erwiderte Sydow, öffnete die Tür zum Foyer und wartete ab, bis die tödlich beleidigte Diva von dannen rauschte. »Der Worte sind genug gewechselt, keine weiteren Fragen. Ich denke, du findest allein hinaus, und wenn nicht, ein Kavalier wird sich schon finden. Dann mal auf Wiedersehen, die Dame – aber es eilt nicht, lass dir Zeit!«

16

Berlin-Mitte, Polizeipräsidium am Alexanderplatz
20:30 Uhr

Irgendwo da draußen lief ein Serienmörder herum. Der Mann ohne Gesicht – und ohne Gewissen. Die Skrupellosigkeit in Person. Mit einem Wort, eine tickende Zeitbombe. Ein Phantom-Killer, der keine Spuren hinterließ.

Fakt war, die Abstände zwischen den Morden wurden immer kürzer. Auch das ein Indiz, dass der Werwolf weiter von sich reden machen würde. Wann und weshalb, war nur eine Frage der Zeit.

Egal von welcher Seite man das Problem betrachtete, mit normalen Maßstäben war er nicht zu messen. Gerade das machte die Sache so schwierig, um nicht zu sagen prekär. Der Täter passte in kein Schema, in kein Raster, in keine seiner mentalen Schubladen. Für ihn eine nie dagewesene Herausforderung, womöglich eine Nummer zu groß. Jedoch fraglos ein Scheusal, das in den Annalen der Abnormität ganz vorn rangierte.

Erst gestern, zehn bis zwölf Stunden zuvor, hatte der Werwolf wieder zugeschlagen. Bereits das fünfte, aller Voraussicht nach jedoch nicht das letzte Mal, wo die Kripo auf die Blutspur des Psychopathen stieß. So demoralisierend sich das auch anhörte, man konnte die

Realität nicht ignorieren. Es sei denn, man machte sich etwas vor.

Die Fakten sprachen für sich. Selbst altgediente Kollegen konnten sich nur mit Mühe an einen auch nur annähernd so makabren Fall erinnern. Gewiss, da gab es die sattsam bekannten Schreckensfiguren aus den 20-er und frühen 30-er Jahren, so recht zum Gruseln, wenn die Rede auf sie kam. Doch noch lange kein Grund, sie mit dem Werwolf zu vergleichen. Serientäter vom Kaliber eines Friedrich Schumann, auch als »Massenmörder von Falkenhagener See« bekannt, waren dem Metier der Triebtäter zuzuordnen. Das heißt, sie töteten, weil sie nicht anders konnten. Weil sie nicht imstande waren, ihre Mordfantasien zu unterdrücken. Im Vergleich zum Fall Werwolf ergab sich jedoch ein, wiewohl bedeutsamer, Unterschied. Zugegeben, einstweilen handelte es sich zwar lediglich um Spekulationen. Auffällig jedoch, dass der Täter mit System zu Werke ging. Und genau das war es, was ihn vom Gros der Serienkiller unterschied. Der Mann – denn um eine Frau schien es sich beim augenblicklichen Stand der Dinge nicht zu handeln – verfolgte einen ganz bestimmten Plan. Worauf die Mordserie hinauslief und welches Ziel sich der kaltblütige Psychopath gesetzt hatte, genau das galt es möglichst schnell zu klären. Die Zeit lief Sydow davon, und wenn nicht bald etwas Bahnbrechendes geschah, dann stünden er und die Kollegen vor dem Aus.

Und mit einem Bein auf der Straße, wenn nicht gar vor dem Kadi.

Tom Sydow auf der Anklagebank. Für Schultze-Maybach ein gefundenes Fressen.

Noch knapp zwei Tage Frist, bis Samstagmittag. Dann

wäre er gezwungen, Farbe zu bekennen. Und seinen Hut zu nehmen, sollte es ihm nicht gelingen, dem Monstrum das perfide Handwerk zu legen.

Die Hände tief in den Hosentaschen vergraben, stierte Sydow geistesabwesend ins Leere, vor ihm die sogenannte Todesermittlungsdatei, eine wahre Fundgrube, was die archivierten Gewaltdelikte betraf. Ein Aktenregal am andern, randvoll mit Namen, Daten, Fotos von Tatorten, Fahndungsplakaten, Gerichtsprotokollen, handschriftlichen Notizen, Lageskizzen, Obduktionsberichten, psychiatrischen Gutachten, Vernehmungsprotokollen, sowohl abstrusen als auch haarsträubenden Fakten sowie Hunderten handschriftlich angefertigter Karteikarten, teils vergilbt, zum Teil aber auch neueren Datums, denen der unwiderstehliche Reiz des Morbiden anhaftete. Ihren Schöpfer, den vor zwei Jahren verstorbenen und schon zu Lebzeiten zur Legende gewordenen Kriminalrat Gennat, drei Zentner schwer, süchtig nach Stachelbeerkuchen und frei nach Schnauze »Buddha vom Alex« apostrophiert, hatte Sydow noch persönlich kennengelernt. Geradezu legendär, weil im Präsidium ohne Beispiel, war das Büro des sagenumwobenen Zigarrenrauchers geworden, möbliert mit einer verschlissenen grünen Polstergarnitur, über der eine konfiszierte Mordaxt hing. Dort thronte das Original hinter seinem Schreibtisch, umgeben von Schwaden von Zigarrenrauch, wie eine Buddha-Statue in Tibet. Ein Frauenkopf, aus der Spree gefischt und fachmännisch konserviert, durfte im Sammelsurium der makabren Relikte nicht fehlen.

Die Zentralkartei für Mordsachen, so die genaue Bezeichnung, war Gennats ganzer Stolz gewesen, und der Raum, im dem sie sich befand, galt als Heiligtum der

Kriminologie. Eingeteilt nach den jeweiligen Delikten, unter anderem Verbrechen wider die Sittlichkeit, Körperverletzung, Diebstahl und Unterschlagung, Betrug und Untreue, Glücksspiel sowie Raub und Erpressung, stellte die Sammlung das Herz des Polizeipräsidiums dar. Sydow hasste es zwar, sich dem Aktenstudium zu widmen, kam im Fall Werwolf jedoch nicht darum herum.

Im laufenden Jahr hatte es gleich mehrere aufsehenerregende Tötungsdelikte gegeben, und obwohl er sich nicht viel davon versprach, sah er den Fundus akribisch durch. Unter der Rubrik »Serienmörder« rangierten die Unterlagen zum Fall Grossmann fast zwangsläufig an erster Stelle, auch jetzt, fast 20 Jahre nach seinem Selbstmord in der Haft, in aller Munde: *Morde in Berlin, um den Schlesischen Bahnhof, Opfer: mehrere Frauen, Täter: Karl Grossmann (*13.12.1863, †1922 durch Selbstmord im Gefängnis)*, so der der eher nüchterne Vermerk. Was sich dahinter verbarg, nun ja, das war mittlerweile fast schon Legende geworden. Um ungezogenen Kindern Angst einzujagen, war Grossmann genau der Richtige, und was die Beseitigung der Leichen betraf, konnte von Skrupeln nicht die Rede sein.

Doch es ging noch schlimmer, wie ein Blick in die Unterlagen der Zentralkartei bewies. Friedrich Schumann, von Beruf Schlosser und 1921 in Plötzensee hingerichteter Serientäter, stellte Grossmann ohne Weiteres in den Schatten: *7 vollendete Morde, 15 versuchte Morde, 5 Brandstiftungen, 11 versuchte und vollendete Notzuchtvergehen, 9 einfache und schwere Diebstähle und 3 Raubüberfälle, von 1914 bis 1919, Opfer: etwa 50 Personen, Täter: Schlosser Friedrich Schumann (*01.02.1893 in Spandau)*.

Dritter im Bunde: ein gewisser Arthur Markmann, mittlerweile hingerichteter Mehrfachtäter, dessen Tat für erhebliches Aufsehen gesorgt hatte. *Mord in Berlin, Linienstraße 136, am 20.08.1939, Opfer: Martha (Käthe) Hickmann (*31.07.1884), Täter: Arthur Markmann (*27.02.1901 in Rotthausen/Essen), am 25.01.1940 wegen der Ermordung der Hausangestellten Käthe Keßler, die er am Bahnhof Börse vergraben hatte, hingerichtet, gab weiterhin zu, eine »Erna« ermordet und ebenfalls auf einem Laubengelände vergraben zu haben.*

Laubengelände. Gutes Stichwort.

Die Akte mit der Signatur *A Pr.Br.Rep. 030-03 Nr. 1022* in der Hand, bei deren Lektüre er wiederholt nach Luft schnappte, durchquerte Sydow den länglichen und mit Regalen vollgepferchten Raum, umrundete einen hölzernen Karteischrank und stellte den Ordner an seinen Platz neben dem Fenster zurück.

Akten zuhauf, aber kein einziger brauchbarer Hinweis, von einer konkreten Spur nicht zu reden. Die Situation war verfahren. Um die Erkenntnis, so ernüchternd sich das auch anhörte, kam er nicht herum.

»Wie spät ist es eigentlich?«, murmelte Sydow wie im Halbschlaf vor sich hin, riss das Fenster auf und warf einen Blick nach draußen, um der stickigen Luft im Archivraum zu entgehen. »Ich weiß nicht, aber wenn das so weitergeht, packe ich meinen Kram und fahr nach …«

»Red keinen Stuss, von und zu!«, fuhr Kalinke in ungewöhnlich scharfem Ton dazwischen, weit davon entfernt, die Äußerung für bare Münze zu nehmen. »Seien wir doch mal ehrlich. Du schlägst dir doch lieber die Nacht um die Ohren, als dich mir nichts, dir nichts zu verdrücken. Oder sehe ich das etwa falsch?«

»Und du?«

»Dich kann man ja nicht allein lassen, das ist ja gerade das Problem«, witzelte Kalinke, entledigte sich seines Jacketts und hangelte seine goldene Taschenuhr hervor. »Gib's zu, ohne mich bist du völlig hilflos. Aber um deine Frage zu beantworten, es ist kurz vor neun.«

»Da hast du nicht ganz unrecht, Dicker«, gab Sydow unumwunden zu, die Hand auf dem Sims, von wo aus er in die hereinbrechende Finsternis starrte. Trotz Ausgangssperre, per Verordnung mit Einbruch der Dunkelheit in Kraft, waren hier und da noch vereinzelte Passanten zu erkennen, die meisten auf dem Weg zur U-Bahn-Station, die sich in Sichtweite des abgedunkelten Präsidiums befand. Davon abgesehen hatte sich eine bleierne Stille herabgesenkt, die der Szenerie den Hauch des Surrealen verlieh. Kein Mond, keine Sterne, kein auch noch so schwaches Lüftchen, das Sydow ein bisschen Kühlung verschaffte. Hier und da ein vereinzeltes Geräusch, eine S-Bahn mit verbarrikadierten Fenstern, die den Bahnhof Alexanderplatz verließ, eine Tram, die mit kreischenden Rädern zum Stillstand kam, ein Streifenwagen, der die Einhaltung der Ausgangssperre überwachte. Und in der Ferne, umgeben von einem Meer aus Schatten, die Umrisse der Siegessäule, mit bloßem Auge fast nicht zu erkennen, erhellt vom Abglanz der Abenddämmerung, die in der Schwärze der hereinbrechenden Nacht versank.

Sydow wollte sich gerade abwenden, als ein Lichtkegel über das bläulich rote Firmament streifte, wie der Pinselstrich eines Malers, der dem Panorama den letzten Schliff verlieh. An den Anblick der Flakscheinwerfer, auf der Suche nach britischen Aufklärern, hatte er sich zwar schon gewöhnt. Wider Willen konnte er sich jedoch nur mit Mühe davon lösen und verharrte minutenlang am Fenster, um das makabre Schauspiel zu verfolgen. Sehr lange würde es nicht mehr dauern, bis der Krieg nach Berlin zurückkehrte, und was dann passierte, daran wagte er nicht zu denken.

Da lobte er sich doch seine Arbeit, und sei es nur, um die Vorahnung, die ihn plagte, zu verscheuchen. »Zu zweit sind wir unausstehlich, das hat man ja vorhin erst gesehen.«

In Gedanken weit weg, ließ Sydow den Nachmittag Revue passieren. Wer wusste es schon, vielleicht hatte Ava sogar recht. Was zählte, war das Parteibuch der NSDAP, auf den Trichter war er auch schon gekommen. Oder, besser noch, die Mitgliedschaft in der SS. Wer es bei der Kripo zu etwas bringen wollte, und davon gab es Exemplare zuhauf, dem blieb nichts anderes übrig, als in den sauren – und zugleich wurmstichigen – Apfel zu beißen. Karriere ja, aber wenn, dann mit dem Plazet des Reichsführers-SS. Der getreue Heinrich würde es schon richten. So weit die unausgesprochene Prämisse.

Ohne Uniform im Runen-Look ging überhaupt nichts mehr, die Tatsache war nicht von der Hand zu weisen. Und genau damit hatte Sydow ein Problem, und wie die Dinge lagen, drohte es ihm über den Kopf zu wachsen. Er war mit Leib und Seele Polizist, doch um seinen Job mit Anstand zu erledigen, genügte das bei weitem nicht mehr. Mehr als zwei Jahrhunderte, seit den Tagen des Alten Fritz, hatten sich die Sydows in den Dienst des Staates gestellt, das Gros als Richter, Landräte oder Ministerialbeamte, der Rest in der königlich-preußischen Armee. Hatten ihren Hintern riskiert, um für König, Volk und

Vaterland die Kastanien aus dem Feuer zu holen. Doch damit war es jetzt, im Jahr acht nach dem Untergang des Sündenbabels Berlin, unwiderruflich vorbei. Wer nicht für die Nazis war, den hatten sie auf dem Kieker. So weit Prämisse Nummer zwei, die es für aufstrebende Beamte zu beherzigen galt.

Die Blicke von Kalinke im Rücken, stöhnte Sydow leise auf. Der Tag, an dem er sich entscheiden musste, auf welcher Seite er stand, er rückte unaufhaltsam näher. Und was Sydow auch tat, um den Entschluss zum Handeln auf die lange Bank zu schieben, so wie bisher konnte es nicht weitergehen. Zu viel war geschehen, was nie und nimmer hätte geschehen dürfen, und wenn die Gerüchte zutrafen, die hinter vorgehaltener Hand kolportiert wurden, dann braute sich im Osten was zusammen. Waren doch die Informationen, die auf Umwegen bis ins Präsidium drangen, so ungeheuerlich, dass sich beim Gedanken daran die Haare sträubten. Es hatte keinen Sinn, vor der Realität davonzulaufen, und mit jedem Tag, der ungenutzt verstrich, wurde sein Dilemma größer.

Laubengelände. Das passende Stichwort, um von der Misere abzulenken.

»Herr Kollege, Sie haben das Wort«, brach Sydow das lang anhaltende Schweigen, drehte sich um und nickte Kalinke auffordernd zu. »Ich schlage vor, wir rollen das Feld von hinten auf, damit fahren wir am besten.«

»Wie der Herr Kriminalkommissar wünschen«, erwiderte Kalinke, umgeben von einem Stapel Akten, die aus den Beständen der SOKO Werwolf stammen. »Eins kommt mir bei der Sache komisch vor«, fügte er hinzu und deutete auf die zahlreichen Ordner, die mit akribischer Sorgfalt etikettiert worden waren. »Vielleicht sehe ich langsam weiße Mäuse, aber wenn ich dran denke, wie viele Knüppel Schultze-Maybach uns beiden allein in diesem Jahr zwischen die Beine geworfen hat, dann …«

»Fragst du dich, wie er auf die Idee kommt, ausgerechnet mir diesen Fall zu übertragen.«

»Stimmt.«

»Na, weil er mir eins reinwürgen will, was hast du denn gedacht. Bedeutet: Wenn wir es nicht schaffen, den Werwolf hinter Schloss und Riegel zu bekommen, dann ist er mich in spätestens zwei Tagen los. Tolle Aussichten, findest du nicht auch?«

»Und weiter?«

»Sollten wir beide den Kürzeren ziehen, was, wie ich hoffe, nicht der Fall sein wird, dann schlägt er zwei Fliegen mit einer Klappe. Du weißt ja, Schultze-Maybach ist alles andere als doof, und wir sind gut beraten, ihn nicht zu unterschätzen.«

»Mit anderen Worten, sollte sich die Pannenserie fortsetzen, dann hat er einen Sündenbock parat – nämlich dich.«

»Und dich, Dicker. Oder glaubst du, du könntest dich so einfach rausreden? Mitgegangen, mitgehangen.«

»Muss aber nicht sein, schon gar nicht in meinem jugendlichen Alter«, konterte Kalinke und massierte lachend seinen kurzen Hals, durch nichts totzukriegen, was ihn aus der Balance zu bringen drohte. »Und dann erst der Fraß in der Plötze, hör mir bloß damit auf! Der reinste Albtraum, ich darf gar nicht dran denken.«

»Wie gesagt, Leckermäulchen: Der Experte hat das Wort«, bereitete Sydow der Feixereien ein Ende, deutete auf die Unterlagen und sagte: »Kommen wir zum Fall Koczian, auch wenn einem dabei der Appetit vergeht. Also: Was wissen wir über die Dame?«

»Dame ist gut!«, murmelte Kalinke und durchforstete die Notizen, die er sich im Verlauf des Tages gemacht hatte. »Zutreffender wäre, sie als Gelegenheitsprostituierte zu beschreiben«, fuhr er fort, das Notizbuch in der Hand, das am Tatort sichergestellt worden war. »Wie dem auch sei, laut Ausweis vom 15. März 1939 ist – oder vielmehr war – Opfer Nummer fünf 34 Jahre alt und Serviererin von Beruf. Geboren in Friedrichsfelde, Familienstand geschieden und zuletzt wohnhaft in Laube 168 in der Kolonie Gartenland IV. So weit die Angaben zur Person.«

»Und was wissen wir noch?«

»Dass ihr Notizbuch die Namen, Adressen sowie in etlichen Fällen auch die Telefonnummern ihrer Kunden enthielt. Wird uns nichts übrigbleiben, als den Herren in Bälde auf die Bude zu rücken.«

»Da werden die sich aber freuen. Vor allem, wenn die bessere Hälfte davon erfährt.«

»Du bist so was von fies, hat dir das schon mal jemand gesagt?«

»Darauf kannst du wetten«, antwortete Sydow und begann vor den Aktenregalen auf und ab zu gehen. »Ist schon eine halbe Ewigkeit her, wenn ich mir's genau überlege. Und was wissen wir noch?«

»Na, was wohl – dass die Leiche auf geradezu fachmännische Art …«

»Schon gut, so genau wollte ich es nicht wissen«, fiel Sydow seinem Kollegen ins Wort, blieb stehen und drehte sich langsam zu ihm um: »Der Kerl muss komplett meschugge sein, anders kann ich mir das Gemetzel nicht erklären.«

»Oder auch nicht.«

Sydow blinzelte pikiert. »Na, du hast vielleicht Nerven. Der Mann hat fünf Frauen auf dem Gewissen, dann kann er ja wohl nicht mehr alle Tassen im Schrank haben, oder?«

»Logisch.«

»Aber?«

»Ich will es mal so sagen, Tom«, ließ sich Kalinke von dem harschen Ton nicht aus der Ruhe bringen, legte die Handflächen aneinander und sagte: »Einer wie Grossmann oder Schumann, der macht sich nicht die Mühe, seinen Opfern eine handschriftliche Notiz mit auf den Weg ins Jenseits zu geben.«

»Allen?«

Kalinke schüttelte den Kopf, kramte die in Folie eingeschweißten Zettel hervor und drückte sie Sydow in die Hand. »Fast allen, das erste Opfer ausgenommen.«

»Gerechter Richter der Vergeltung, schenke Vergebung am Tag der Abrechnung«, murmelte Sydow nachdenklich vor sich hin und ließ den Blick über die gestochen scharfen Schriftzüge wandern. »Denk meinetwegen, was du willst, aber der Kerl hat sie doch wirklich nicht mehr alle beisammen. Hört sich so an, als hätte er den Text aus der Bibel.«

»Hat er aber nicht.«

»Woher willst du das wissen?«

»Weil ich mir erlaubt habe, den Pfarrer der Marienkirche anzurufen. Hat meinen Sohnemann getauft, falls du es genau wissen willst.«

»Und?«

»Pfarrer Brinkmann sagt, wir könnten davon ausgehen, dass es sich *nicht* um Bibelzitate handelt«, antwortete Kalinke bestimmt, bedeutete Sydow, er möge ihm die

Notizen zurückgeben und heftete die Folien wieder ein. »Der Text käme ihm jedoch bekannt vor, hat er gemeint.«

»Davon können wir uns nichts kaufen.«

»Jetzt sieh doch nicht immer gleich so schwarz!«, rief Kalinke händeringend aus. »Schönen Gruß vom Bodenpersonal des Herrn: Falls ihm die Erleuchtung kommt, wird sich der Herr Pfarrer bei uns melden.«

»Amen.«

»War's das, du Lästermaul, oder hast du noch andere Kalauer auf Lager?«

Sydow hob abwehrend die Hände. »Ich schlage vor, wir setzen unser Fazit fort. Einverstanden, Herr Kollege?«

Kalinke stimmte schweigend zu. »Geht man davon aus, dass der Täter nicht schon anderweitig zugange war, wofür es keine Anhaltspunkte gibt, dann lässt sich der Beginn der Mordserie auf den 20. September letzten Jahres datieren. Erinnern wir uns: An jenem Freitag steigt die 30-jährige Hilde Franzten um 23.18 Uhr am Bahnhof Rahnsdorf in die S-Bahn Richtung Ostkreuz ein. Laut Fahrschein, der in ihrer Manteltasche steckte, entscheidet sich die Fabrikarbeiterin für ein Abteil 3. Klasse.«

»Und setzt sich in die 2. Klasse, die zehn Pfennig kann man sich ja auch sparen.«

»Genau, aber das machen ja viele.«

»Zeugen?«

»Leider nein«, antwortete Kalinke, den Bericht des diensthabenden Kollegen in der Hand, an dem ein Schwarz-Weiß-Foto vom Fundort steckte. Dann löste er die Büroklammer und reichte die Aufnahme an Sydow weiter. »Frage an meinen Vorgesetzten: Was will uns die Nahaufnahme sagen?«

»Na, was denn wohl – dass ihr die rechte Hand abgehackt wurde«, gab Sydow stirnrunzelnd zurück und betrachtete die Aufnahme näher. Entsprechend dem Vermerk auf der Rückseite stammte das Foto aus dem Fundus der Spurensicherung, aufgenommen am 21. September 1940 in Höhe des Kilometersteins 6,045, von wo aus die Fahrzeit nach Karlshorst in etwa eine Minute betrug. Das Opfer lag direkt neben dem Bahndamm, der linke Fuß auf dem Schotter, der rechte in paralleler Linie zu den Geleisen. Die Frau trug weder Strümpfe noch Schuhe, der Mantel über der zerfetzten Bluse hing lose um die Schultern. Der Mund sperrangelweit offen, der Blick trübe und wie erstarrt, als sei er im Moment des Todes eingefroren. Der Schädel, auch bei genauerem Hinsehen ohne feste Konturen, wies so gut wie keine individuellen Züge auf, mit Ausnahme der zerzausten Haare, zwischen denen sich tiefe Dellen befanden. Vom Gesicht, so es die Bezeichnung überhaupt verdiente, war außer der Stirnplatte nicht viel übrig geblieben, und wo die Nase saß, klaffte ein zentimetertiefes Loch.

Einmal mehr fehlten Sydow die Worte, und um nicht vollends in Schwermut zu verfallen, legte er das Foto rasch beiseite. Es wäre zwar pietätlos gewesen, den Gedanken offen auszusprechen, doch wenn er sich die Szenerie vergegenwärtigte, kam ihm der Leichnam wie eine dem Grab entstiegene Untote vor. »Auf die Gefahr hin, mich zu wiederholen: Ich frage mich, wer so was fertigbringt.«

»Du hast recht, da fällt einem wirklich nichts mehr ein.« Wie um das Gesagte zu unterstreichen, hob Kalinke entmutigt die Schultern. »Bevor ich es vergesse, laut Gutachten der Gerichtsmedizin wurde ihre Hand mit einer scharfkantigen Klinge abgetrennt.«

»Beziehungsweise abgehackt.«

»Oder so.«

»Beil?«

Kalinke wiegte das markante Haupt. »Viel zu auffällig, um damit durch die Weltgeschichte zu spazieren, oder was meinst du?«

»Auch wieder wahr.«

»Ergo: Die Amputation wurde unmittelbar nach der Abfahrt vom Bahnhof Köpenick durchgeführt, ob bei lebendigem Leib oder nicht, lässt sich nicht mehr feststellen.«

»So steht es zumindest in den Akten.«

Die Betroffenheit war Sydow deutlich anzumerken, und obwohl das Rauchen im Archiv verboten war, zündete er sich eine Fluppe an. Kalinke nahm es mit stoischer Miene hin, wie so oft, wenn sein Kollege die Vorschrift außer Kraft setzte. »Ich frage mich, wie so was möglich ist.«

»Falls es dir ein Trost ist, ich auch.«

»Was meinst du, wie viel Zeit hat der Täter dafür gebraucht?«

»Nicht länger als zwei, drei Minuten, wenn überhaupt.« Kalinke wedelte den Rauch beiseite, warf Sydow einen tadelnden Blick zu und ergänzte: »Ich weiß nicht, aber je länger ich darüber nachdenke, desto mehr drängt sich mir der Eindruck auf, der Werwolf …« Kalinke geriet unvermittelt ins Stocken. »Wie dem auch sei, ich vermute, er hat darin eine gewisse Übung.«

»Worin denn?«

»Na, im Töten.«

Sydow stutzte. »Wenn es dir nichts ausmacht, könntest du ein wenig deutlicher werden?«

»Egal mit welchem Motiv, wer so was zum ersten Mal durchzieht, der benötigt vor allem eins, nämlich Zeit. Sagen wir mal so, ein Amateur – man verzeihe mir den Ausdruck – hätte wesentlich mehr Zeit für die Aktion gebraucht.«

»Kann schon sein. Und was folgern wir daraus?«

»Dass der Täter weiß, wie man es fertigbringt, einen Menschen möglichst schnell und effektiv außer Gefecht zu setzen.«

»Verstehe ich dich da richtig: Du glaubst also allen Ernstes, es handelt sich um einen Kollegen?«

»Möglich, wenngleich nicht unbedingt wahrscheinlich.«

»Falls nicht, um wen dann?«

»Was für eine Frage«, stieß Kalinke augenrollend hervor und sah Sydow mit hochgezogenen Brauen an. »Viel bleibt ja wohl nicht mehr übrig, oder?«

»Na schön, nehmen wir mal an, es handelt sich um einen Landser«, gab Sydow widerwillig klein bei, nicht gewillt, seinem Partner die Partie zu überlassen. »Wie erklärst du dir die Sache mit der abgehackten Hand?«

»Tut mir leid, aber da bin ich vollkommen überfragt.«

»Apropos: Wie sieht es mit den anderen vier Opfern aus? Sagtest du nicht, alle vier hätten ziemlich was abgekriegt?«

»Falls du die Verstümmelung ihrer Leichname meinst, trifft die legere Ausdrucksweise zu«, versetzte Kalinke mit schulmeisterlichem Unterton, das Falscheste, was er hätte tun können. Sydow konnte es nun mal schwer ertragen, wenn er von Kalinke aufs Korn genommen wurde, schon gar nicht, wenn seine Laune unter den Gefrierpunkt gesunken war. »Wie im Zuge der Ermittlungen verlautete, kultiviert der Täter die Marotte …«

»Falls es dich interessiert, an dir ist ein Oberlehrer verloren gegangen«, hielt Sydow vehement dagegen, ließ Kalinke erst gar nicht ausreden und blaffte: »Na schön, dann drücken wir es eben nüchterner aus: Ungeachtet aller Verschiedenheiten, sowohl was den Tatort als auch den genauen Zeitpunkt des Mordes oder die involvierten Personen betrifft, eins merkt man sofort. Nämlich dass der Täter die Gewohnheit besitzt, die Leichname der Getöteten zu verstümmeln.«

»Na also, geht doch!« Kalinke deutete ein Händeklatschen an. »Aber egal, weiter im Text. Wie anhand der Akten ersichtlich, wurde dem zweiten Opfer die linke Hand abgetrennt, dem dritten und vierten der rechte beziehungsweise linke Fuß, und was den Leichenfund von heute Nachmittag betrifft, nun ja, da wissen wir ja Be…«

»Schon gut, Dicker – so genau wollte ich es nicht wissen«, lenkte Sydow mit erhobenen Händen ein. »Halten wir also fest: Dem Werwolf genügt es offenbar nicht, seine Opfer auf höchst grausame Art ins Jenseits zu befördern, sondern er lässt es sich nicht nehmen – ich bitte die legere Ausdrucksweise zu überhören –, nach vollendeter Tat ein Souvenir mitgehen zu lassen.« Sydow hielt abrupt inne. »Wenn wir gerade dabei sind, was wissen wir noch über die fünf Frauen?«

»Dass sie alleinstehend waren – oder geschieden.«

»Und was weiter?«

»Na ja, von gut situiert kann bei keinem der vier Opfer die Rede sein«, fuhr Kalinke mit Blick auf die Ermittlungsakten fort, pickte sich einen maschinengeschriebenen Bogen heraus und fügte mit ernster Miene hinzu: »Im Falle des zweiten Opfers, einer gewissen Johanna Mack, wohnhaft in Friedrichshagen, 38 Jahre alt, ledig und Mutter von zwei Kindern im Alter von sechs und neun Jahren, handelte es sich um eine Reinemachefrau. Passt ins Schema, wenn man so will.«

»Kann aber auch Zufall sein.«

»Vielleicht, vielleicht aber auch nicht.«

»Ort und Zeitpunkt der Tat?«, fuhr Sydow fort, mit dem Rücken zum Fenster, von wo aus er den Blick durch den Archivraum wandern ließ. »Muss irgendwann Ende Februar gewesen sein, sehe ich das richtig?«

Kalinke nickte. »Es war der elfte, falls du es genau wissen willst, Todeszeitpunkt laut Obduktionsbericht gegen 21.50 Uhr, Fundort: auf der Strecke zwischen dem Betriebsbahnhof Rummelsburg und Karlshorst. Bei Kilometer 6,5, um genau zu sein.«

»Jetzt bin ich aber überrascht, Dicker!«

»Deinen Humor wollte ich haben«, murrte Kalinke, in den Bericht der Kriminalinspektion Lichtenberg vertieft, die den Anruf des Betriebsleiters entgegengenommen hatte. »Aber lassen wir das. Du änderst dich ja sowieso nicht mehr. Zur Sache: Laut Bericht der Kollegen in Lichtenberg wurde die Leiche von einem Hilfsweichenwärter gefunden, Aussage liegt bei.«

»Wann genau?«

»Um 22.12 Uhr. Foto gefällig?«

»Muss im Moment nicht sein.«

»Sei's drum, die Kollegen vermuten, dass die Frau aus …«

»Einem fahrenden Zug geworfen wurde?«

»Bist ein helles Köpfchen, von und zu.«

»Ich weiß.«

»Laut Aussage des Hilfsweichenwärters lag die Tote auf dem Bauch, genauer gesagt zwischen den Schienen und der Stromleitung, neben den Geleisen.« Kalinke blickte kopfschüttelnd auf. »Jetzt mach dir doch nicht gleich ins Hemd, du Memme. Das gehört nun mal zu unserem Beruf. Denkst du vielleicht, mir macht das Spaß?«

»Sonst noch was?«

Ein erneutes Kopfschütteln, gefolgt von einer entnervten Geste.

»Weiterhin ist festzustellen, dass sich am Fundort eine große Blutlache gebildet hatte, was angesichts der Verletzungen ja auch kein Wunder ist. Schädeldecke zertrümmert, Austritt von Blut und Gehirnmasse, Gesicht bis zur Unkenntlichkeit entstellt, nach den Worten des Finders wie von einer Wolfstatze zerfetzt, Kleider zerrissen, Verletzungen an der Vagina. Des Weiteren zahlreiche Hämatome, Blutergüsse und geprellte Rippen.«

»Mit einem Wort, das volle Programm.«

»Moment mal – ich bin noch nicht fertig. Etwa 400 Meter in Richtung Karlshorst wurden ein Hut sowie eine Einkaufstasche von Karstadt gefunden, die mit an Sicherheit grenzender Wahrscheinlichkeit von der Toten stammen.«

»Bedeutet: Der Täter muss die Gegenstände wenige Sekunden nach dem Opfer aus dem Zug geworfen haben. Apropos: Wie schnell ist er gefahren?«

»Tempo 60.«

Am Fenster postiert, drückte Sydow die schwach glimmende Fluppe aus, bis nur noch Fasern davon übrig blieben. Den Rest erledigte ein Windstoß, der sie auf Nimmerwiedersehen davonwirbelte. »Eins kann ich dir flüstern: Wenn ich den Kerl am Wickel kriege, dann …«

»Komm wieder runter, Tom – das führt doch zu

nichts.« Die Handspitzen auf der Tischkante, schüttelte Kalinke begütigend den Kopf. »Bevor ich es vergesse: Ein Ausweis wurde nicht gefunden. Und um der Schandtat die Krone aufzusetzen, die Tote war im dritten Monat schwanger.«

»Mannomann, das darf doch wohl nicht wahr sein. Dieser Irre lässt ja wirklich nichts aus.«

»Amputation der linken Hand mit inbegriffen. Welche, man ahnt es, nicht aufgefunden wurde.«

»Da fehlen einem die Worte, oder was meinst du dazu?«

»Das Gleiche. Machen wir es also kurz.« Sichtlich mitgenommen, ließ Kalinke das Kinn auf den Daumenkuppen ruhen. »Beim dritten Opfer, einer gewissen Hedwig Baumgartner aus Köpenick, 27 Jahre alt und alleinstehend, der gleiche Film: Um zum Postamt O 17 in Friedrichshain zu kommen, wo sie als Postaushelferin arbeitet, benutzt sie die S-Bahn von Köpenick zum Schlesischen Bahnhof. Am 30. April dieses Jahres ist ihre Telefonschicht bereits um 5.45 Uhr beendet, und so nimmt sie den Frühzug Richtung Erkner, welchen genau, ist ungewiss. Sobald der Zug die Station Wuhlheide verlässt, wird die Frau tätlich angegriffen und kurz vor dem Zielbahnhof Köpenick aus dem Waggon gestoßen.«

»In etwa wann?«

»Zwischen 6.15 und 6.30 Uhr. Der Rest wie gehabt, so gefühllos es auch klingen mag. Kurz nach halb zehn wird der Leichnam von einem Streckenwärter entdeckt, zwischen S-Bahn und Fernbahngleis, nur Zentimeter von der Stromschiene entfernt.« Kalinke gab ein verlegenes Hüsteln von sich. »Die Einzelheiten in aller Kürze, weil du es bist. Als da wären: schwerer Schädelbruch und Gehirnverletzungen, verursacht durch den Aufprall auf den Geleisen, in der Hauptsache jedoch durch Schläge mit einem stumpfen Gegenstand. Würgemale in der Halsgegend, Gesichtspartie deformiert, Wangenknochen zertrümmert, Gesichtshaut buchstäblich in Fetzen gerissen. Der rechte Fuß amputiert und nicht auffindbar, siehe Vorgängerin.«

»Die Frage nach den Tatzeugen spare ich mir.«

»Und das ist auch gut so. Denn es gibt keine, genau wie bei Getrud Siebold, laufende Nummer vier. Aufgefunden etwa 200 Meter hinter dem Betriebsbahnhof in Richtung S-Bahnhof Karlshorst, nur ein paar Schritte vom Kilometerstein 502/03 entfernt. Foto oder Tatortskizze gefällig, schöner Mann? Ich muss schon sagen, die Spusi hat sich richtig Mühe gegeben.«

»Weißt du, was du mich gleich kannst, Dicker?«

»Bitte nicht, Mylord, davon bekomme ich doch nur Sodbrennen.« Kalinke hob abwehrend die Hand. »Du ahnst es bereits: Leiche auf dem Rücken liegend, Schädelbasisbruch, schwerste Verletzungen im Gesicht, am Oberkörper und im Vaginalbereich. Verkehr kurz vor dem Exitus, vermutlich erzwungen. Zahlreiche Brüche, Abschürfungen und Hämatome – und so weiter und so fort. Die Amputation des rechten Fußes nicht zu vergessen. Nachzulesen in den Akten der SOKO, mit freundlicher Genehmigung von Friedbert Schultze-Maybach, Leiter der Kriminalgruppe M.«

»Auweia, da haben wir uns ja was Schönes eingebrockt.«

»Wir? Habe ich da eben richtig gehört?«

»Jetzt komm schon, Wonneproppen«, stichelte Sydow, ein Lächeln im Gesicht, obwohl sein Humor auf Sparflamme lief. »Du wirst mich doch jetzt nicht im Stich lassen?«

Kalinke lächelte zurück, wenngleich nur schwach und mit tiefen Sorgenfalten auf der Stirn. »Dein Fazit, Holmes?«

»Vertrackte Lage.«

»Was du nicht sagst!«

»Tut mir leid, aber viel mehr fällt mir dazu nicht mehr ein«, fuhr Sydow gleichermaßen ratlos wie nachdenklich fort, mit Blick zum Fenster, wo sich die Nacht wie ein Trauerflor über den Horizont senkte. Die Stille ringsum drückte ihm aufs Gemüt, und für einen Moment bildete er sich ein, die Stadt, in der er lebte, existiere nicht mehr, hinweggefegt vom Strom der Zeit, der alles mitriss, was sich ihm in den Weg stellte. Der Himmel über Berlin war verglüht, und was blieb, war eine gestaltlose schwarze Masse, undurchdringlich wie eine Maske, hinter der das Unheil auf sein Stichwort wartete. Kein einziger Lichtfleck, ja nicht einmal der Mond leuchtete auf das schier endlose Meer der Finsternis herab, und ihm war, als befände er sich in einem Traum, aus dem es kein Erwachen für ihn gab. »Was soll ich sagen: Ich denke, wir haben es mit einem ausgewachsenen Psychopathen zu tun.«

Kalinke rang sich ein Nicken ab, die Augen gerötet vom Lesen, das ihn noch nie so angestrengt hatte wie jetzt. »Und weiter?«

»Zweitens: Mir ist schleierhaft, was der Kerl bezweckt.« Die Mundwinkel wie erstarrt, ließ Sydow die Hand über die rotblonden Schläfen gleiten. »Sicher ist nur, er mordet mit System – und ohne auch nur die Andeutung einer Spur zu hinterlassen. Auf die Gefahr hin, mich zu wiederholen, so einer wie der ist mir noch nicht untergekommen, weder im Dienst noch in meinen schlimmsten Träumen.«

»Und drittens?«

»Zum Dritten lässt sich konstatieren, dass die Abstände zwischen den Morden immer kürzer geworden sind. Ich will ja keine Panik verbreiten, aber wenn das so weitergeht, können wir uns auf was gefasst machen.«

Kalinke nickte. »Ich hab's mir notiert: 144 Tage zwischen dem ersten und zweiten Mord, 82 zwischen Nummer zwei und drei, 36 zwischen drei und vier und ganze 25 Tage zwischen dem Mord an Hedwig Baumgartner und dem – bisherigen – Höhepunkt.«

»Falls ich dir damit auf die Nerven gehe, lass es mich wissen«, fügte Sydow kleinlaut an, nahm am Kopfende des Tisches Platz und ließ den Kopf zwischen den Flächen seiner Hände ruhen. Der Vorabend steckte ihm immer noch in den Knochen, und es schien, als habe sich ein Schleier über seine leuchtend blauen Augen gesenkt, so tief in den Höhlen wie noch nie. »Aber das von heute Nachmittag, das werde ich mein Lebtag nicht vergessen. Abhanden gekommener Torso, Schrumpfkopf wie im Panoptikum, Notizbuch mit den Adressen amüsierwilliger Freier – da kriegst du ja echt die Tür nicht zu. Mal sehen, was der gute Theo auf die Beine stellt, irgendeine Spur muss es ja wohl geben. Keine Anhaltspunkte, keine Täterbeschreibung, keine Tatwaffe – es ist wirklich zum Verrücktwerden. Warum lasse ich mich auf so was ein, kannst du mir das verraten?«

»Weil du ein verbissener märkischer Sturkopf bist, darum.«

In Sydows Gesicht blitzte ein schwaches Lächeln

auf. Doch kaum hatte es Gestalt angenommen, war es auch schon wieder verschwunden. »Jetzt mach aber mal 'nen Punkt, Erich, so schlimm ist es ja wohl auch wieder nicht.«

»Und weil es wenigstens ein paar Leute geben muss, die noch an Gerechtigkeit glauben«, fuhr Kalinke unbeirrt fort und legte die Akten fein säuberlich aufeinander. »Falls du verstehst, was ich damit meine.«

»Oh ja.«

Kalinke sah Sydow fragend an. »Was meinst du, von und zu, sollten wir nicht besser Feierabend ma…«

Sydows Partner kam nicht dazu, den Satz zu vollenden. »Anruf vom 256. Polizeirevier in Karlshorst!«, rief Paul Hanke, diensthabender Beamter in der Telefonzentrale, mit hochroter Miene aus, so sehr in Eile, dass er die Tür ohne anzuklopfen aufgerissen und die Krümel auf seiner Uniformjacke übersehen hatte. »Ihr sollt sofort kommen, das Dreckschwein hat wieder zugeschlagen.«

»Nummer sechs, ich habe es geahnt«, stöhnte Sydow auf, schlüpfte hastig in seine Jacke und bedeutete Kalinke, ihm zu folgen. »Wisst ihr was? Allmählich kann ich keine Leichen mehr sehen.«

»Was heißt denn hier Leiche«, stieß Hanke schwer atmend hervor, kleinwüchsig und verbaut, aber bestimmt nicht auf den Mund gefallen. »Die Kollegen sagen, das Opfer habe überlebt. Und wisst ihr, was das Beste ist?«

»Nein, Paul – aber du wirst es uns bestimmt gleich sagen«, blaffte Sydow, riss die Tür auf und schlug den Weg zum Ausgang ein. »Jetzt komm schon, lass dir die Würmer nicht einzeln aus der Nase ziehen!«

»Die Frau kann den Täter beschreiben. Sogar ziemlich detailliert.«

»Sie kann *was*?« Im Treppenhaus angelangt, blieb Sydow wie vom Donner gerührt stehen. »Sag das noch mal, Paul – das ... Das kann ja wohl nicht sein.«

»Doch«, versetzte Hanke mit gekränkter Miene, sichtlich unter Strom, wie die einer Billardkugel ähnelnde Gesichtspartie verriet. »Aber wenn ihr mir nicht glaubt, überzeugt euch selbst. Das Rote Kreuz hat sie ins Kaiserin-Auguste-Viktoria-Krankenhaus gebracht, und wenn ich die Kollegen richtig verstanden habe, kann von Lebensgefahr nicht die Rede sein.«

»Dann mal los, Erich«, gab Sydow mit neu erwachter Energie zurück, drückte auf den Knopf, um den Aufzug herbeizurufen, und sagte: »Operation Werwolf läuft, den kaufen wir uns, Männer!«

ENDE VON TEIL I

GLOSSAR

EK I	Eisernes Kreuz 1. Klasse
HJ	Hitlerjugend
KZ	Konzentrationslager
NSDAP	Nationalsozialistische Deutsche Arbeiterpartei
RKPA	Reichskriminalpolizeiamt
RSHA	Reichssicherheitshauptamt
SD	Sicherdienst der SS
SIPO	Sicherheitspolizei
SOKO	Sonderkommission
SS	Schutzstaffel
V-Mann	Verbindungsmann

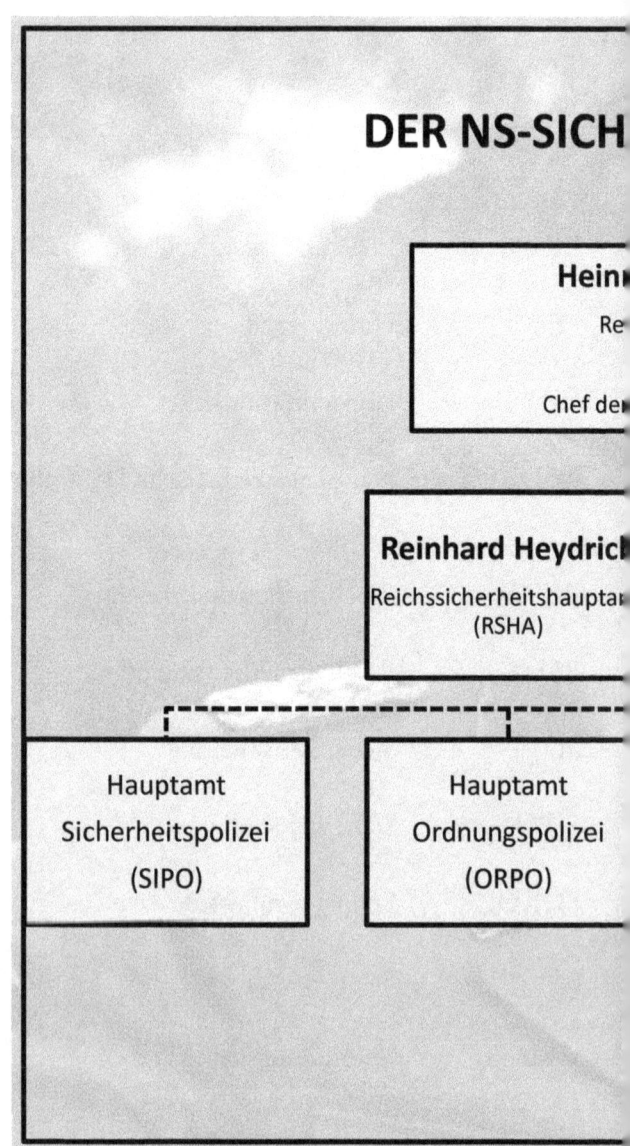

DER NS-SICH

Hein

Re

Chef de

Reinhard Heydric

Reichssicherheitshaupta
(RSHA)

| Hauptamt Sicherheitspolizei (SIPO) | Hauptamt Ordnungspolizei (ORPO) |

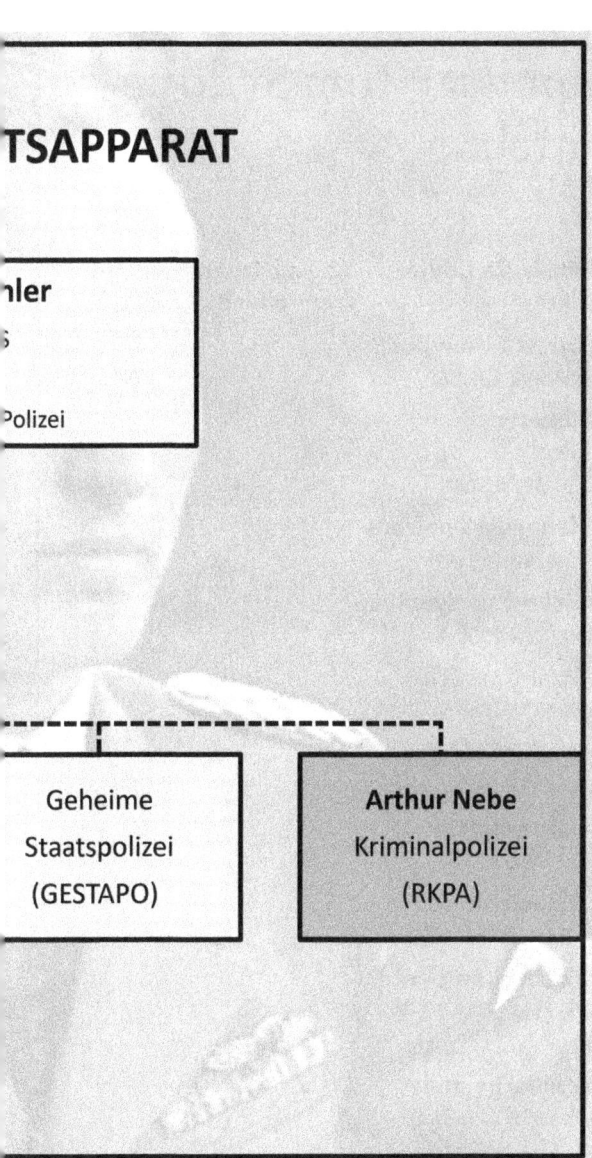

TSAPPARAT

...ler

...S

...Polizei

Geheime
Staatspolizei
(GESTAPO)

Arthur Nebe
Kriminalpolizei
(RKPA)

Kommissar Tom Sydow ermittelt:

GMEINER SPANNUNG

WWW.GMEINER-VERLAG.DE
Wir machen's spannend